Von Rainer
zum 19.7.99

Alois Kraus · Tödliche Spätfolge

Alois Kraus

Tödliche Spätfolge

Kriminalroman

FOUQUÉ LITERATURVERLAG

Die Deutsche Bibliothek - CIP-Einheitsaufnahme
Kraus, Alois: Tödliche Spätfolge : Kriminalroman / Alois Kraus. -
Egelsbach ; Frankfurt (Main) ; Washington: Fouqué, 1998
ISBN 3-8267-4198-6
NE: GT

Imprint der Verlagsgruppe Dr. Hänsel-Hohenhausen®
Egelsbach • Frankfurt a.M. • München • Bremen • Washington D.C.
Boschring 21-23 • D-63329 Egelsbach • Fax 06103-44944 • Tel. 06103-44940

ISBN 3-8267-4198-6
Erste Auflage
1998

Printed in Germany

I

„Nein!" – Zwei Sekunden eher von zu Hause weggefahren, und er hätte es geschafft. Aber so muß er ihn rausfahren lassen. Hier gilt nun mal Rechts vor Links. Jetzt zuckelt er wieder im Schneckentempo vor ihm her. Als weitere Provokation an der Heckscheibe: „Ich bin stolz, ein Deutscher zu sein".
„Arschloch!"
Irgendwann steigt Horst vorne an der Einmündung in die Bartershausener Straße, wo sie warten müssen, bis eine Lücke ihnen die Möglichkeit gibt nach links abzubiegen, aus und sagt diesem „stolzen Deutschen" in seinem 5er BMW, daß er ein „Arschloch" sei. Warum fährt Horst nicht eine Minute eher von zu Hause weg? Wenn es nur daran liegen würde! Das ließe sich machen! Aber egal – wann Horst auch aufbricht, dieser Scheißtyp ist immer einen Tick eher da. Manchmal glaubt Horst schon, der lauerte ihm auf. Wartet, bis er ihn kommen sieht, und fährt ihm dann vor die Schnauze. Bis zur Bartershausener Straße ist ein Überholen kaum möglich. Kein starker Gegenverkehr, aber immerhin so viel, daß es fast nie gefahrlos langt. Und zum Kamikaze-Fahrer wird er wegen diesem Scheißtypen nicht.
Apropos Gegenverkehr! Langsam kommt ihm der Verdacht, daß heute wieder mal ein Stau angesagt ist. So viele Autos kommen ihm nur entgegen, wenn die Bartershausener Straße „zu" ist. Dann biegen von da etliche Autofahrer ab, und einige, die vorne an der Einmündung stehen, wenden, fahren zurück und hoffen, auf einem anderen Weg schneller voranzukommen.
Letzte Klarheit bekommt Horst hinter der nächsten Kurve. Er sieht die Fahrzeugschlange schon von weitem oben auf der Brücke stehen. Von da sind es noch einmal gut zweihundert Meter bis zur Einmündung in die Bartershausener Straße. Nein! Das tut sich Horst nicht an! Also gleich die nächste Straße rechts rein, wenden und zurück. Vielleicht reicht der Rückstau

von der Friesenstraße noch nicht bis in die Ludwigstraße, und er kommt dort über die Ampel. Dann kann er am Klärwerk vorbei durch den Wald fahren und könnte so aller Wahrscheinlichkeit nach den Stau umgehen.

Es klappt! Glück gehabt! In zehn, spätestens fünfzehn Minuten geht hier nichts mehr. Dann ist auch der letzte Schleichweg verbaut. Zweimal zu spät kommen war genug. Jetzt fährt er so zeitig weg, daß ihm ein Stau nicht viel anhaben kann. Außerdem ist es viel angenehmer, in Gesellschaft zu frühstücken, bedient zu werden und in Ruhe die Zeitung zu lesen. Auch das Aufstehen ist nur noch halb so schlimm, weil sich Horst auf das Frühstück im Hotel „Kleiber" freuen kann.
„Scheiße! Bullen!"
Was er da ungefähr hundert Meter vor sich sieht, kann nur ein Polizeiauto sein. Das neutrale Beige ist nur Tarnung. Was macht ein parkender VW-Kombi gegenüber vom Klärwerkeingang?
Horst bremst. Er muß sich entscheiden.Wenn er noch näher ranfährt, können sie sein Nummernschild erkennen. Mit bloßem Auge. Wenn sie nicht sowieso ein Fernglas haben. Aber wo soll er hin? Umdrehen und rein in den Stau? Egal, sollen sie ihn aufschreiben! Er gibt Gas und fährt an dem VW vorbei. Ein Mann in Zivil auf dem Beifahrersitz hat ein Sprechgerät in der Hand. Gerade als Horst vorbeifährt, hebt er es in Richtung Mund. Er erkennt den Mann. Es ist einer der Dorfpolizisten.
„Wie die Geier!" flucht Horst. Die haben von dem Stau gehört und sofort jemanden hier postiert. Dabei ist es noch nicht einmal sieben. Und Horst hat immer gedacht, daß die Dorfbullen vor sieben nicht aktiv werden.
Im Rückspiegel sieht er, wie gerade wieder ein Auto an dem VW vorbeifährt. Als ihm am Ende des Waldes einer entgegenkommt, blinkt Horst ihn zweimal an. Doch der fährt unbeeindruckt weiter. Am Ende des Waldstücks, kurz vor der Brücke über die B 78, verengt sich die Straße weiter. Ein schneller Blick auf den Tacho: 95. Horst steigt auf die Bremse, verlangsamt auf knapp

unter 50. Am anderen Ende der Brücke muß er noch einmal runter – auf 20. Eine ganz scharfe Rechtskurve. Wer die zu schnell nimmt, landet in einem ein Meter tiefen Graben. Dann könnten sich die Bullen nützlich machen, denkt er und muß lächeln – trotz der Anzeige, die ihn erwartet.
Einen knappen halben Kilometer vor Leußen kommt er auf die B 78.
Er kann ohne anzuhalten auffahren, weil ein Lastwagen eine genügend große Lücke läßt. Dessen Fahrer ist da offenbar anderer Meinung. Er hupt und blinkt, und Horst sieht ihn im Rückspiegel wild gestikulieren. Horst nimmt den Fuß vom Gas, wird langsamer. Als er ungefähr dreihundert Meter vor der Ortseinfahrt am Schild „50 km“ vorbeifährt, ist er mit seiner Geschwindigkeit bis auf das angezeigte Limit herunter. Die Straße verläuft bis zum Ortseingang kerzengerade, Tempo 50 fährt hier kaum jemand – auch Horst normalerweise nicht. Aber jetzt macht es ihm Spaß. Und es macht Horst umso mehr Spaß, je ungebärdiger der Lkw-Fahrer sich aufführt. Kurz hinter dem Ortsanfang biegt der LKW lichthupend nach rechts zum Gewerbegebiet ab.
Schade! denkt Horst, gibt wieder Gas und verkleinert die Lücke zu dem Auto vor ihm.
Acht Minuten vor sieben steigt er vor dem Hotel „Kleiber“ aus dem Auto. Bevor er hineingeht, läuft er erst noch über die Straße an den Kiosk.
„Schon wieder Montag!“ sagt die Frau, als sie ihm den „SPIEGEL“ hinlegt.
„Ja, die Zeit vergeht wie im Flug.“
Horst kramt in seinem Portemonnaie, findet nicht mehr genügend Münzgeld, murmelt „Langt nicht“ und holt einen 10-Mark-Schein heraus.
„Wird ein schöner Tag heute.“
„Ja, wurde aber auch Zeit.“
Die Frau gibt ihm eine 5-Mark-Münze zurück. „Frohes Schaffen!“
„Danke, dito“, sagt Horst im Weggehen. Montagsritual.

Im Hotel „Kleiber“ dann auch das gewohnte Bild. Ein freundliches „Guten Morgen!“ von Frau Kienbaum, das die zufallende Tür halb verschluckt. Im Café rechts an der Säule die Frau mit den maskenhaften Zügen im aufgedunsenen Gesicht. Mit ihr am Tisch, ihr gegenüber, ein junger Mann. Einer, der heute mit zwanzig schon so aussieht wie mit vierzig. Beginnende Stirnglatze. Doppelkinn. Schweinsäuglein. Ihr Sohn. Seine Hauptaufgabe scheint darin zu bestehen, seiner Mutter mit monotoner Stimme Zeitungsberichte vorzulesen, unterbrochen von ihren knappen Kommentaren. Für ihn Gelegenheit, einen Schluck Cola zu trinken. Noch nie hat Horst die beiden lachen, gestikulieren oder streiten sehen. Kraft- und leblos. Ihre Bewegungen roboterhaft.

Zwei Tische weiter ein Mann etwa Mitte vierzig. Auch er Stammgast. Immer korrekt gekleidet. Anzug und Krawatte. Liest die FAZ, die er sich von der Ablage am Eingang zum Frühstücksraum holt. Immer das Frühstücksgedeck Nummer 2 mit Ei, aber ohne Konfitüre. Kännchen Kaffee. Bleibt bis kurz vor halb acht.

Und dann noch Elnich. Oberstudienrat. Unterrichtet am Heinrich-Kleist-Gymnasium. Latein und Geschichte. Mittlerweile schon fast zwanzig Jahre. Horst kennt ihn. Nicht erst, seit er hier jeden Morgen frühstückt. Sie wohnen im selben Ort. Elnich kann Unmengen von Eis verdrücken. Und das in atemberaubender Geschwindigkeit. Ein Schwarzwaldbecher und gleich danach ein großes gemischtes Eis mit Sahne. Elnich ist Junggeselle, wohnt bei seiner Mutter, fährt einen Mercedes 230 E, liest BILD und FAZ, Konsalik und Plato. Elnich hat Narrenfreiheit. Nicht überall würde man ihn so akzeptieren wie er ist. Horst ist dieser Mann ein Rätsel. Manchmal denkt er: Es kann doch nicht sein, daß dieser Mann nicht merkt, wie andere über ihn denken. Vielleicht spielt er nur eine Rolle, will ihre Reaktionen testen? Vielleicht ist er darüber erstaunt, daß sie ihm alles durchgehen lassen?

Horst hat seinen Stammplatz auf der Empore. Eckbank rechts. Von hier kann er alles überblicken. Das Café, den Verkaufsraum und die Tür zum Frühstücksraum für Hotelgäste. Heute ist es ruhig. Wie fast immer montags. Die Vertreter und Monteure und Geschäftsleute aus dem mittleren Management kommen erst heute abend und übernachten die Woche über im Hotel.
Die Tischdecke zeigt noch Kuchen- und Kaffeeflecken von den Sonntagsgästen. Auf der Sitzbank noch einige Krümel, die Horst mit dem Handrücken wegwischt, ehe er sich setzt.
„Entschuldigung!"
Frau Kienbaum steht schon mit dem Kännchen Kaffee und den zwei Brötchen mit gekochtem Schinken ohne Butter am Tisch.
Horst tut so, als schrecke er hoch. „Hilfe, Überfall!"
„Aber nur einer mit Kaffee und belegten Brötchen!" lacht Frau Kienbaum.
Sie stellt das Tablett mit dem Kännchen und den Teller mit den Brötchen vor ihn auf den Tisch. „Wir haben außer Schinkenbrötchen ..."
„Ich weiß, daß Sie mir jeden Wunsch erfüllen würden, aber mit den Brötchen machen Sie mich wunschlos glücklich."
Dabei schaut Horst ihr fest in die Augen. Aber es sind nicht ihre Augen, die ihn beeindrucken, sondern ihr mächtiger Busen.
„Ach Sie!"
Über Frau Kienbaums blasses Gesicht huscht ein leichtes Rot. Kann sie Gedanken lesen?
Horst schätzt sie auf Anfang vierzig. Sie arbeitet schon lange im Hotel „Kleiber". Als sie dort anfing, leiteten es noch die Eltern des jetzigen Chefs. Frau Kienbaum duzt sich mit ihnen, gehört gewissermaßen zur Familie. Er würde sie gern einmal einladen, mit ihm auszugehen. Vielleicht wäre die Sache ja entwicklungsfähig. Daß sie verheiratet ist, muß kein Hinderungsgrund sein. Aber Horst hat Hemmungen, sie darauf anzusprechen. Er wartet immer noch auf eine günstige Gelegenheit.
Jetzt?

Die Tür zum Verkaufsraum fällt geräuschvoll zu. Wahrscheinlich ein Kunde, der seine Frühstücksbrötchen holen will.
Frau Kienbaum geht.
Als Horst später bezahlt und, wie fast jeden Tag, zwei Croissants als Wegzehrung mitnimmt, entschuldigt sie sich noch einmal wegen der Flecken im Tischtuch.

II

„Du mit deinem Konfirmandenbläschen!"
„Ich kann auch nichts dafür, daß meine Nieren so gut arbeiten."
„Von wegen gut! Deine schaffen im Akkord."
„Da vorne kannst du mal kurz anhalten. Dauert ja nicht lange."
„Würde uns gerade noch fehlen, daß die Bullen vorbeikommen."
„Hab' doch gesagt, dauert nicht lange. Und wenn schon, die suchen uns doch jetzt noch nicht."
„Quatsch nicht soviel und mach nicht wieder erst ne halbe Tageswanderung! Dir guckt schon keiner was ab!"
Robin stoppt den hellbeigen VW-Golf auf dem Seitenstreifen kurz hinter dem Ortsausgang von Seckbach, einem Vorort von Frankfurt am Main. Rechts erstrecken sich die Kleingärten einer Schrebergartenkolonie. Robins Freund und Beifahrer Chris steigt aus und geht geradeaus auf einen von Bäumen und Gesträuch umsäumten kleinen Teich zu. Robin beugt sich etwas vor und schaltet das Radio an. Gerade verklingen die letzten Takte von „Strangers in the night". Als er wieder hochschaut, sieht er Chris nicht mehr. Er holt aus der Brusttasche seines gelben Polohemds ein angebrochenes Päckchen Benson & Hedges.
„Es ist sechs Uhr und dreißig Minuten. Sie hören Kurznachrichten in hr 4 ..."
Robin wirft das Streichholz, mit dem er sich seine Zigarette angezündet hat, aus dem halb heruntergekurbelten Fenster. Er macht einen tiefen Zug, inhaliert genüßlich den Rauch. Es ist seine erste Zigarette seit mindestens zwei Stunden. Ihn interessiert nicht, ob Rauchen gesundheitsschädlich ist, ob er vielleicht mit fünfzig oder sechzig Lungenkrebs bekommt oder ein Raucherbein. Jetzt will er leben, anständig leben, und dazu gehört nun mal eine Zigarette. Genausowenig interessiert ihn, was der Nachrichtensprecher gerade vorliest. Sollen sich doch Moslems, Serben und Kroaten oder wer auch immer die Köpfe einschla-

gen. Ihn geht das nichts an. Mit einem Ohr bekommt er mit, daß der Sprecher gerade bei den Staudurchsagen ist. Der einzige Stau, der ihn im Moment interessiert, ist Chris' Blasenstau, der sich hoffentlich bald erfolgreich aufgelöst haben wird, damit sie endlich hier wegkommen. Plötzlich sieht er seinen Freund wie von einer Tarantel gestochen auf das Auto zuschießen. Chris reißt die Tür auf, wirft sich auf den Beifahrersitz und hechelt: „Los, weg hier!"
Robin kann sich keinen Reim auf Chris' seltsames Verhalten machen. Erst läßt er sich beim Pinkeln jede Menge Zeit, und jetzt kann er nicht schnell genug hier wegkommen. Dabei ist weit und breit nichts Außergewöhnliches zu sehen.
„In der Form hätte selbst Linford Christie keine Chance gegen dich."
„Mensch, laß den Scheiß, hau endlich ab hier!"
Robin schaut in das schwitzende Gesicht seines Freundes, sieht die weit aufgerissenen Augen mit dem starren Blick. So hat er Chris noch nie erlebt. Er begreift, daß diese Augen etwas Fürchterliches gesehen haben müssen.
„Was ist los, Chris?"
Nach ein paar Sekunden, die Robin wie eine Ewigkeit vorkommen, sackt plötzlich der verkrampft dasitzende Körper seines Freundes in sich zusammen. Wie ein Luftballon, aus dem die Luft entwichen ist.
„Fahr endlich weg!"
Chris' Stimme hat einen bittenden Klang. Er spricht jetzt so leise, daß Robin Mühe hat ihn zu verstehen, obwohl bis auf die gedämpfte Musik aus dem Radio kaum Umweltgeräusche zu hören sind. Es ist sinnlos, weitere Fragen an Chris nach dem Grund seines Verhaltens zu stellen. Robin überlegt, ob er vielleicht aussteigen und nachsehen soll. Aber sehr schnell verwirft er diese Idee. Er will kein unnötiges Risiko eingehen. Und als ein solches erscheint es ihm, Chris in seiner jetzigen Verfassung allein im Auto zurückzulassen. Er hofft, daß er keinen Fehler macht.

Die Beifahrertür steht immer noch offen. Robin beugt sich weit nach rechts, greift mit der linken Hand nach dem Türgriff, zieht die Tür zu. Dann läßt er den Motor an. Langsam fährt er los, nimmt vorsichtig die nächste Linkskurve. Immer mit einem Auge seinen Freund beobachtend. Wartet auf eine Reaktion von ihm. Oder darauf, daß er anfängt zu reden. Darüber, was er gesehen hat.
Robin fährt in Richtung Riederwald. Am Ende der Flinschstraße springt die Ampel gerade auf Grün. Rechts oder links? Er setzt den linken Blinker. Zweihundert Meter weiter biegt er wieder nach links ab. Wohin soll er eigentlich fahren? Vor einer Viertelstunde noch wußte er, was er wollte. Jetzt ist alles so unwirklich. Neben ihm ein apathischer, nicht ansprechbarer Chris. Was soll er nur machen? Seine Hilflosigkeit schlägt langsam um in Wut. Verdammt, warum sagt ihm dieser Blödmann nicht, was los ist! Läßt ihn in der Gegend rumkutschieren, statt das Maul aufzumachen! Am liebsten würde er anhalten und ihm eins in die Fresse reinhauen. Was bildet der sich eigentlich ein!
Robin biegt nach rechts ab. Auffahrt zur A 66. In Richtung Hanau ist nicht viel Verkehr. In der Gegenrichtung hat sich am Autobahnende ein Stau gebildet. Wie fast an jedem Morgen. Viele Pendler aus dem Raum Hanau, Main-Kinzig und Fulda fahren von hier nach Frankfurt hinein.

Endlich scheint wieder Leben in Chris zu kommen. Er streckt seinen Oberkörper, setzt sich gerade hin. Dreht seinen Kopf zu Robin.
Seine Augen verlieren langsam ihre Starre.
„Es war schrecklich! Wirklich schrecklich! Ich bin fast über sie gestolpert." Chris schüttelt gedankenverloren den Kopf. „Ich war wie gelähmt. Stand da und konnte ... Nein! ... Sie war nackt."
Robin verlangsamt seine Fahrt. Fährt nur noch zwischen siebzig und achtzig. Will alles mitbekommen. Was Chris erzählt, ähnelt

bis jetzt wohl eher einem Gestammel als einer klaren Auskunft. Aber Robin ist erst mal froh, daß sein Freund überhaupt mal angefangen hat. Auch als er jetzt eine Pause macht, fragt Robin nicht nach. Drängt auch nicht. Laß ihm Zeit, sagt er sich.

„Ich hab' keine Kleider gesehen. Sie lag auf dem Rücken. Die Augen offen. Ganz weit. Ich hab' doch noch nie einen Toten gesehen. Und dann ... Ich wollte weg. Schnell weg. Ich konnte aber nicht ..."

Wieder macht Chris eine etwas längere Pause. Es hat den Anschein, als müsse er sich von der Anstrengung des Sprechens erst wieder erholen.

An der Abfahrt Maintal-Bischofsheim verläßt Robin die Autobahn.

„Da sind wir in eine ganz schöne Scheiße reingeraten!" sagt Chris. „Und was machen wir jetzt?"

Gott sei Dank, daß man jetzt anscheinend wieder normal mit ihm reden kann, denkt Robin und antwortet: „Wir fahren zu dir."

Chris hat eine kleine Ein-Zimmer-Wohnung mit Kochnische und Bad in Mühlheim, auf der anderen Mainseite.

III

„Nein!“ – Vor dem Haupttor der Schule herrscht das übliche morgendliche Chaos. In Doppelreihen parkende Autos von Eltern, die ihre lauffaulen Sprößlinge abliefern, machen ein Durchkommen unmöglich. Horst muß sich gedulden, ehe er auf den letzten freien Parkplatz an der Rückseite der Turnhalle fahren kann.

Beim Aussteigen sieht er die Klednitz auf das Haupttor zugehen. Er beugt sich hinüber auf den Beifahrersitz. Tut so, als ob er dort etwas suche. Hoffentlich hat sie ihn noch nicht gesehen. Horst hat keine Lust, sich schon am frühen Morgen mit irgendwelchen psychologischen Weisheiten vollabern zu lassen. Von einer Stimme, die klingt, als ob sie ein Reibeisen verschluckt hätte. Horst hat sich sagen lassen, daß die Klednitz bis vor fünf Jahren eine graue Maus gewesen sei. Angepaßt. Unauffällig. Bekam in den Konferenzen kaum den Mund auf. Bis Sandra Meiske auftauchte. Die brachte es innerhalb weniger Monate fertig, aus der Klednitz eine völlig andere Person zu machen. Kehrtwendung um hundertachtzig Grad. Scharfzüngig. Streitsüchtig. Intolerant. Selbstbewußt.

Vor drei Jahren dann kam Barbara Sailauf an die Schule. Anfangs sah es nicht danach aus, als ob die Meiske und die Klednitz mit der Sailauf ein Herz und eine Seele werden würden. Aber das änderte sich dann doch ziemlich schnell. Horst bekam erzählt, daß die Neue es schließlich schaffte, die beiden auf ihre Seite zu bringen. „Als hätte sie die hypnotisiert“, schilderte Wolf Ingramm ihm einmal seinen Eindruck. Intolerant seien die Meiske und die Klednitz auch weiterhin gewesen. Aber nicht mehr streitsüchtig. Sonderten permanent irgendwelchen psychologischen Schwachsinn ab, den ihnen offensichtlich die Sailauf vorgekaut hatte. Faselten irgendwas von „seelischen Schwierigkeiten und Irritationen“ und von einem „neuen, positiven Gemeinschaftsgefühl“, das dem entgegengesetzt werden

müsse. Ließen sich auch dadurch nicht entmutigen, daß sie damit auf wenig Interesse im Kollegium stießen. Bei manchen sogar auf schroffe Ablehnung. Vor einem Jahr zogen die Meiske und die Klednitz zu Hause aus. Verließen ihre Männer, die Klednitz auch ihre beiden Kinder. Wobei gemunkelt wurde, daß sie dies nicht freiwillig tat. Ihr Mann schien irgendwas in der Hinterhand zu haben, womit er sie wegen der Kinder „erpressen“ konnte. Spielte eine Sekte eine Rolle?
Als Pädagoginnen sind alle drei äußerst kompetent und sehr engagiert. Seit Beginn dieses Schuljahres ist Evi Klednitz Konrektorin der Schule. Dabei ist sie es, die die Rektorenarbeit macht. Der nominelle Rektor, Klaus Gräter, ist überfordert und konfliktscheu, froh, daß mit der Klednitz nach dem Weggang von Kurt Greiner wieder jemand aus der Schule sein Stellvertreter geworden ist. Greiner war es sechs Jahre. Nur noch halb so lange muß Gräter auf seine Pensionierung warten.
Evi Klednitz hat ihn nicht gesehen. Wenigstens diesen Vorteil hat das morgendliche Chaos.
Horst nimmt den Schuleingang gegenüber der Turnhalle und nicht den Haupteingang, der in die Pausenhalle führt. Vor dem warten seine Drittkläßler. Und wenn die ihn abfangen, kommt er vor dem Klingeln nicht mehr hoch. Fast ein Jahr hat er nun eine dritte Klasse. Von seiner Ausbildung her ist er Haupt- und Realschullehrer. Im Referendariat war er meistens in achten bis zehnten Klassen eingesetzt. Als er vor zwei Jahren hier an die Schule kam, übernahm er eine sechste Förderstufenklasse. Für die neuen fünften Förderstufenklassen lagen nur noch fünfundvierzig Anmeldungen vor. Eine Zahl, mit der nicht mehr, wie bisher, drei Parallelklassen gebildet werden konnten. Von den bisherigen drei Klassenlehrern wurden nur noch zwei für eine Klassenführung gebraucht. Horst hatte schlechte Karten. Einer der drei, Christoph Damm, ist Förderstufenleiter, die andere Kollegin, Grit Annemann, eine der beiden Englischlehrerinnen der Schule, wird dringend für den Englischunterricht gebraucht. Für Horst stellte sich die Alternative: Übernahme einer Grund-

schulklasse oder Versetzung an (irgendeine) andere Schule. Gräter gab ihm zwei Wochen Bedenkzeit.
Mittlerweile hat sich Horst mit der neuen Situation recht gut arrangiert. Claudia Gärtner und Christa Wuhl, mit denen er parallel arbeitet, sind gestandene Grundschullehrerinnen und haben ihm besonders in den ersten Monate kräftig unter die Arme gegriffen. Er hat gelernt, mit Acht- und Neunjährigen umzugehen, mit ihrer Spontaneität, Unverbildetheit und Ehrlichkeit.
Im Lehrerzimmer ist nur Christine Hafler, die Klassenlehrerin der 4b und Mentorin von Birgit Kahn, die am Donnerstag Prüfung hat. Zweites Staatsexamen. Horst hat mit Gräter am Mittwoch letzter Woche wegen einer Übernahme von Birgit als Schwangerschaftsvertretung für Ulla Bergham gesprochen. Gräter hat ihm zugesagt, sich beim Staatlichen Schulamt rechtzeitig darum zu kümmern. Allerdings ginge das nur, wenn Frau Kahn ihr Referendarexamen bestehe (natürlich nur dann; der Einwand typisch Gräter!!) und Frau Bergham sich vorzeitig bis zum Antritt ihres Schwangerschaftsurlaubs krankschreiben lasse (das solle er nur den Personalrat machen lassen, hat ihm Horst darauf gesagt). Für Birgit wäre das eine Chance, nach Ablauf des für die Dauer der Schwangerschaftsvertretung befristeten BAT-Vertrags als Beamtin in den Schuldienst übernommen zu werden. Vielleicht nimmt Ulla Bergham ja auch Erziehungsurlaub?
Christine Hafler steht mit dem Rücken zu ihm vor einem geöffneten Lehrerfach. Aber nicht vor ihrem. Sie zuckt zusammen. Macht hastig das Fach zu. Dreht den Schlüssel herum. Niemand im Kollegium hat den Schlüssel zu seinem Fach abgezogen. Dort sind fast ausschließlich schulische Sachen gelagert. Warum also abschließen?
Als Horst seine Tasche auf einem Stuhl in der Nähe der Lehrerfächer abstellt, sieht er, daß es das Fach von Birgit Kahn war. Aber weder das noch die etwas seltsame Reaktion von Christine machen ihn stutzig.

Ohne Hintergedanken sagt er zu ihr: „Einen recht schönen guten Morgen, Christine. Kann ich dir beim Suchen helfen?"
„Nein! Aber vielleicht schleichst du dich das nächste Mal nicht so an, daß man zu Tode erschrickt!"
Die patzige Antwort überrascht ihn. Und macht ihn jetzt stutzig. Hat sich Christine beim Nachschauen in Birgit Kahns Fach ertappt gefühlt?
„Na hör mal, ich habe ..."
Weiter kommt er nicht, da wird die Tür zum Lehrerzimmer aufgerissen (vielleicht hätte er vorhin so geräuschvoll vorgehen sollen?) und Evi Klednitz kommt hereingestürmt.
„Gut, daß ich Sie sehe, Herr Bär, Sie müssen in den ersten beiden Stunden Herrn Damm in seiner Fünften vertreten! Er hat gerade angerufen. Ist auf der Treppe gestürzt. Irgendwas mit seinem Arm. Seine Frau fährt ihn zum Arzt. Ihr Förderkurs für Ausländer fällt aus. Ihre Schüler gehen in ihre Klassen."
Die Klednitz hängt den Vertretungsplan an die Pinnwand. „Ach ja, Herr Damm hat gesagt, Sie sollten mit den Satzgliedern weitermachen. Ein Übungsblatt dazu liegt in seinem Fach."
Natürlich, die vier Stunden Deutsch-Förderkurs für Ausländer in der Woche sind immer als erstes dran, wenn es ans Streichen geht. Die Eltern dieser Kinder beschweren sich nicht, die Stunden brauchen nicht extra vertreten zu werden, die Kinder bleiben einfach in ihren Klassen. Daß so eine kontinuierliche und sinnvolle Arbeit nicht möglich ist, interessiert nicht. Pädagogik ist nur dann gefragt, wenn sie den reibungslosen Ablauf nicht stört. Er hat manchmal sowieso das Gefühl, als sei Förderkurs nur eingerichtet worden, weil er sich ideal als Verfügungsmasse für Vertretungen eignet. Laut regt er sich schon lange nicht mehr darüber auf. Am Anfang des Schuljahres hat er ein paarmal was gesagt. Zu der Klednitz und zu Gräter. Aber die haben was von Sachzwängen gefaselt und so dürfe er das nicht sehen und noch irgendwelches ungereimte Zeugs. Auch als Personalratsvorsitzender hat er die Sache in einer offiziellen Sitzung mit Gräter und der Klednitz angesprochen. Doch da bekam er das

Gleiche zu hören. Und formal ist die Schulleitung im Recht: Bei solchen Dingen hat der Personalrat kein Mitbestimmungsrecht.
„Ich gehe nachher nur schnell nach hinten zum Pavillon und sage meinen Förderkurskindern selber ..."
Horst bemerkt erst jetzt, daß die Klednitz schon wieder draußen ist.
Die Schulklingel. Es ist Viertel vor acht. Aufforderung zum Startklarmachen. Nach dem nächsten Klingeln in fünf Minuten beginnt der Unterricht.
Horst geht in den Raum hinter dem Lehrerzimmer. Dort stehen die Schränke mit den Folien, Kassettenrekordern und den Materialien für die Verkehrserziehung, dort hängen gleich hinter der Tür die Wandkarten an einer in der Wand eingelassenen großen hufeisenförmigen Stange, dort sind in Hängeschränken wahllos zusammengekauftes Geschirr und Bestecke vom Billigsten untergebracht (immerhin: bis vor einigen Jahren gab's noch nicht mal das, hat sich Horst sagen lassen) und sogar eine Spülmaschine, die allerdings das Geschirr so gründlich reinigt, daß ein Hygienekontrolleur die Hände über dem Kopf zusammenschlagen würde – und dort steht, last but not least, ein ausrangierter altersschwacher Tisch mit drei Aschenbechern, meist einigen Feuerzeugen und Streichholzschachteln. Refugium für die Raucher, seit sie vor sieben Jahren von einem asthmakranken Kollegen, der schon längst nicht mehr an der Schule ist, aus dem Lehrerzimmer vertrieben worden sind.
Horst raucht nicht – nicht mehr (seit jetzt genau fünf Jahren, drei Monaten und siebzehn Tagen). Normalerweise reagiert er allergisch auf Zigarettenrauch, legt sich auch schon mal mit einem Qualmer an, wenn der (oder die) ihn rücksichtlos einnebelt. In der Schule scheint ihn der Qualm aber geradezu magisch anzuziehen. Während der Pausen ist er nur selten im raucherfreien Lehrerzimmer. Er holt sich seine Tasse, in die gut und gern der Inhalt von einem Kännchen hineingeht, und seine zwei Croissants aus seinem Fach und verschwindet im Raucherzimmer.

Nur dort trifft er die Kolleginnen und Kollegen, mit denen er das Bedürfnis hat zu quatschen. Nur dort erfährt man die wichtigsten Informationen. Ob die Qualmer einen guten oder schlechten Einfluß ausüben, ist unentschieden. Wolf Ingramm raucht seit einem knappen Jahr wieder, nachdem er vorher fünf Jahre nicht geraucht hat. Claudia Gärtner ist seit einem dreiviertel Jahr Nichtraucherin. Beide sind seit Einrichtung des Raucherzimmers in allen Pausen regelmäßig dort zu finden.
Trotz der beiden weit geöffneten Fensterflügel ist schon heute früh im Raucherzimmer eine Luft zum Schneiden. Horst schaut auf eine Nebelwand. Der Qualm kann gar nicht so schnell abziehen wie er produziert wird.
„Na, ihr entwickelt heute ja wieder große Aktivitäten", begrüßt Horst die Raucher, „wenn ihr nachher so weitermacht, können eure Schüler sich freuen. Von wegen Köpfe qualmen."
„Nur keinen Neid", sagt darauf Jung-Qualmer Wolf Ingramm. „Kannst dich ja mit uns solidarisch erklären und ..."
„Und auch wieder anfangen zu rauchen wie du Schwächling. Darauf kannst du lange warten."
„Irgendwann schaffen wir den auch noch", lacht Ingrid Gressien.
„Dann hoffe mal schön, liebe Ingrid."
Ingrid Gressien kam zusammen mit Horst an die Schule. Sie ist mit zweiunddreißig Jahren die Jüngste im Kollegium (abgesehen von der Referendarin Birgit Kahn).
Horst lehnt sich an den Folienschrank, „seinen" Folienschrank. „Seinen" deshalb, weil er für die sachgerechte Betreuung der Folien zuständig ist.
Meike Noh, Sportlehrerin für die Grundschüler und mit einer Zweidrittelstelle an der Schule, drückt ihre runtergebrannte Zigarette aus. Schaut auf die Uhr und dann auf ihre geöffnete Zigarettenschachtel. Zögert einen Augenblick, macht sie dann aber zu und steckt sie in ihre Handtasche.
„Für eine neue ist die Zeit ein bißchen knapp. Wo steckt eigentlich Birgit?"

„Hat die nicht heute ihren Seminartag?“ Karlheinz Lochte, Klassenlehrer der 6b. Einer, der meistens zuhört. Erst jetzt wird Horst Bär auf ihn aufmerksam, obwohl er schon die ganze Zeit neben ihm steht.
„Der Kandidat hat leider null Punkte“, lästert Meike Noh. „Dienstag, Karlheinz, nicht Montag. Seminartag meine ich.“
„Man kann ja nicht alles wissen.“
Bei Karlheinz Lochte weiß Horst oft nicht, ob er es ernst meint oder nicht.
„Aber daß Birgit schon fast anderthalb Jahre an unserer Schule ist und am Donnerstag ...“
„Prüfung macht“, fällt ihr Karlheinz ins Wort, „ja, liebe Frau Kollegin Noh, das habe selbst ich mitbekommen.“
Die Klingel zum Unterrichtsbeginn.
„Wenigstens das, lieber Herr Kollege Lochte. Immerhin.“
Allgemeine Aufbruchstimmung. Stühlerücken. Zigaretten werden ausgedrückt. Vom Lehrerzimmer her wird die Tür aufgemacht. Christine Hafler kommt herein, einen Kassettenrekorder in der Hand.
„Hast du Birgit heute schon gesehen, Christine?“
Christine Hafler geht, ohne Meike Noh anzusehen, auf den Schrank mit den Kassettenrekordern zu. Im Aufmachen sagt sie: „Nein. Ich bin nicht ihr Kindermädchen. Nur ihre Mentorin.“
Horst Bär denkt an die Antwort, die er vorhin von ihr bekommen hat. Vielleicht wieder Ärger zu Hause. Ihr Mann scheint kein Kostverächter zu sein. Auch auf Birgit soll er ein Auge geworfen haben. Ob mehr, weiß Horst nicht. Interessiert ihn auch nicht. Einmal hat er mit ihr geschlafen. Am Fastnachtssamstag letztes Jahr. Aber das waren besondere Umstände. Alkohol. Beide waren schlecht drauf damals. Das verbindet. Hier in der Schule weiß das niemand. Hofft er wenigstens. Er kann sich nicht vorstellen, daß Birgit das irgend jemand erzählt hat. Auch nicht dem Mann von Christine Hafler. Falls zwischen den beiden Überhaupt was sein sollte.

„Wir können nichts für dein schlechtes Wochenende", kann sich Meike Noh nicht verkneifen zu sagen.
Auf der Treppe nimmt Wolf Ingramm Horst beiseite. Wartet, bis Waltraud Kleske mit ihrer 1b im Gefolge an ihnen vorbei und außer Hörweite ist.
„Die Meckel macht wieder Stunk. Sabine hat mir am Freitag erzählt, daß ihr eine von den Kindergartenmüttern gesagt hat, die Meckel sei wieder über dich hergezogen. Genau wie im letzten Jahr. Du bist ungerecht zu Anita, stellst sie bloß, undundund."
Sie kämpfen sich durch den Strom der in ihre Klassen stürmenden Kinder. Ab und zu ruft eines von ihnen ihre Namen. Winkt. Lacht. Reflexartig winken und lachen auch Wolf und Horst. „Ich wollt's dir nur sagen, damit du im Bilde bist. Überleg' dir, wie du drauf reagierst. Ich würde ... Ach Quatsch!" Wolf schüttelt den Kopf. „Keine Ratschläge. Du wirst schon wissen, was du tun mußt."
„Danke, Wolf!"
Verdammt! Jetzt geht diese Scheiße wieder los. Ein halbes Jahr lang ist Ruhe gewesen. Zwei Gespräche mit dieser Meckel und mit Gräter. Anita ist in seiner Klasse geblieben. Ihre Mutter hat nicht mehr darauf bestanden, daß sie in eine andere Klasse kommt. Er hat schon gar nicht mehr daran gedacht. Eine unerfreuliche Episode. Abgehakt. Offenbar war er da zu voreilig.
Horst hat keine Zeit mehr, weiter darüber nachzudenken. Die ersten aus seiner 3b umkreisen ihn. Ziehen und schieben ihn mit sich nach oben. In diesem Alter freuen sich die meisten noch, wenn sie ihn sehen. Zumal wenn ein Wochenende dazwischen war. Sie wollen ihm alle gleichzeitig erzählen, was sie erlebt haben. Ganz tolle Sachen. Auf dem Treppenabsatz zwischen Erdgeschoß und erstem Stock fällt ihm ein, daß seine Klasse jetzt nicht bei ihm, sondern bei Christa Wahl Sachkunde hat. Er macht sich los aus der Umklammerung der Schüler. Wieder der Kampf gegen den Strom. Endlich hat er das Nadelöhr Treppe hinter sich.
In der Pausenhalle läuft ihm Gräter über den Weg.

„Guten Morgen, Herr Bär! Ihr Förderkurs ...“
„ ... fällt aus. Frau Klednitz hat es mir schon gesagt. Ich will den Schülern nur Bescheid sagen, daß sie in ihre Klassen gehen.“
„Die Damm-Klasse habe ich schon hochgeschickt. Frau Annemann sperrt ihnen auf.“
„In Ordnung. Ich gehe dann gleich hoch.“
Gräter im dunkelblauen Zweireiher und Krawatte. Lindgrün mit rotem Rautenmuster. Über Geschmack läßt sich bekanntlich streiten. Insbesondere über den von Gräter. Aber warum ? Na klar, die Besprechung. Um neun Uhr. Bei Gräter. Die Rektorinnen der drei ortsansässigen Grundschulen, der Leiter der Rathenau-Haupt- und Realschule, Herr Dostal vom Schulträger und Frau Groß, die zuständige Schulamtsdirektorin. Es geht um das „Schicksal“ der Förderstufe. Respektive darum, ob sie auf Dauer hier an der Hermann-Löns-Schule bleibt oder der Rathenau-Schule angegliedert wird. Von den FörderstufenkollegInnen – und da nimmt er sich nicht aus – hat niemand große Lust, an die Rathenau-Schule zu gehen. Der Rektor dort heißt nicht nur Schleifer, er ist auch einer. Dazu cholerisch und unberechenbar. Nicht nur Schüler und Eltern lassen an ihm kaum ein gutes Haar. Da nehmen die FörderstufenkollegInnen gerne Gräter und die Klednitz in Kauf. Er muß dran denken, daß er Gräter sobald als möglich fragt, was bei der Besprechung herausgekommen ist. Wenn es geht, heute noch. Bei der Besprechung selbst bleiben die Personalräte der Schulen wieder mal außen vor. „Entschieden wird ja am Montag ohnehin noch nichts, Herr Bär“, hat ihn Gräter letzte Woche zu beruhigen versucht.
Vor dem Pavillon erwarten ihn seine Förderkursler. „Es fällt leider wieder mal aus heute“, sagt er zu ihnen. „Geht bitte in eure Klassen! Wir sehen uns am Mittwoch wieder.“ Wenn ich dann mal keine Vertretung habe, muß er sich verkneifen zu sagen.
Mißmutig trotten sie hinter ihm her zum Schulgebäude. Den meisten macht der Förderkurs Spaß. Da geht es ihnen nicht anders als ihm. Damms Fünfte erwartet ihn ruhig und diszipliniert.

Als er in die Klasse kommt, wünschen sie ihm im Chor einen „Guten Morgen". Fehlt noch, daß sie aufspringen, strammstehen und der Klassensprecher militärisch Meldung macht. Dann schon lieber das, was Damm einen „Sauhaufen" nennen würde, spontane, lebendige Schüler und keine Marionetten. Auch wenn sie einen manchmal ganz schön nerven. Das hier ist doch nur die Karikatur einer Klasse. Ergebnis einer monatelangen Dressur.
Aber wehe, wenn sie losgelassen!
Horst hat das Übungsblatt zu den Satzgliedern vergessen. Er bittet sie, bis er zurückkommt, ihre Deutschsachen herauszuholen.
Obwohl er die Tür zu Damms Klassenraum aufgelassen hat – gespenstische Stille. Nur aus dem Raum gegenüber hört er Schülerlachen, dazwischen Grits Stimme, erst nur als Gemurmel, dann laut und fordernd.
Horst schließt die Tür. Mit stumpfen, ausdruckslosen Gesichtern sehen ihn Damms Schüler an. Die Tische sind nicht in Gruppen angeordnet und auch nicht in Hufeisenform, die Gesichter der Schüler sind frontal nach vorne ausgerichtet.
„Na, was seid ihr für ein trauriger Haufen! Hat's euch die Sprache verschlagen, oder seid ihr noch nicht richtig wach?"
Horst versucht ein aufmunterndes Lächeln. Doch keiner reagiert darauf. Wahrscheinlich deshalb, weil sie ihn noch nicht kennen und nicht wissen, woran sie bei ihm sind. Vielleicht will er sie ja nur testen und dann Damm „Störenfriede" melden.
Horst gibt es auf. Er läßt das Satzglieder-Arbeitsblatt austeilen. Er hat selten eine so geruhsame Stunde erlebt. Trotzdem ist er heilfroh, als es zur Pause klingelt. Er verabschiedet sich von der Klasse. Zum zweiten Mal kommt so etwas wie Leben in die Schüler. Sie rufen im Chor „Auf Wiedersehen!
Horst ist noch keine drei Schritte von der geschlossenen Tür entfernt, da hört er Gejohle, Getrappel und dazwischen Geräusche wie von umstürzenden Stühlen. Er lächelt und geht die Treppe hinunter. Im Flur vor seinem Klassenraum gegenüber dem Lehrerzimmer kommen ihm schon Maria und Natascha aus

seiner Dritten entgegengelaufen und beklagen sich lauthals darüber, wer ihnen was heute bereits getan hat. Manchmal fließen dabei auch Tränen, heute nicht. Er fährt Natascha mit seiner freien Hand über den Kopf. Tröstungsritual. Als Maria ihm seine Tasche abnimmt, hat er die zweite Hand frei, um auch ihr über die Haare zu streichen.

In seiner Klasse schallt ihm auf seinen Gruß hin das „Guten Morgen“ der Schüler entgegen. Doch klingt das nicht eingeübt, und kaum einer läßt sich deswegen bei dem stören, was er gerade tut.

IV

Er sitzt am üppig gedeckten Frühstückstisch. Zwei Eier im Glas, Brötchen, Butter, Wurst, Käse, Marmelade. Dazu Kaffee und Orangensaft. Natürlich frisch gepreßt.

Malte Bechler läßt es sich schmecken. Die letzten Tage waren hektisch und anstrengend. Ganz besonders der gestrige. Bis spät in den Abend hinein ist er beschäftigt gewesen. Aber es hat sich gelohnt. Ein schwieriger Fall konnte erfolgreich abgeschlossen werden.
Das Telefon klingelt, als er gerade die letzten Eireste aus dem Glas kratzt. Bechler hofft, daß der Anruf nicht ihm gilt. Vielleicht hat sich jemand verwählt.
„Für dich!" Seine Frau hält ihm den Hörer hin. „Verwählt", knurrt Bechler.
„Dein Adlatus ruft nach dir."
Statt eines Grußes gibt Bechler einen Grunzlaut von sich. „Ich bin nur der Überbringer der schlechten ..."
„... der schlechten Nachricht. Du mußt auch nicht deswegen sterben."
„Junge Frau. In Seckbach. Wahrscheinlich erwürgt, sagen die Kollegen am Tatort."
Bechler hat es gern, kurz und knapp, aber trotzdem umfassend informiert zu werden.
„Gut. Kurt, du veranlaßt das Nötige."
„Alles klar, Malte, bis dann!"
Daß sich Bechler mit seinen Untergebenen duzt, ist seinem Vorgesetzten, Kriminalrat Hörstein, überhaupt nicht recht. „Distanz, Herr Kollege", versuchte er ihm einmal in einem längeren Gespräch als Maxime für den Umgang mit den ihm unterstellten Mitarbeitern anzuraten, „Distanz, nicht fraternisieren heißt das Gebot. Sonst büßen Sie Ihre Autorität ein!" Schon damals

wußte Bechler, daß es zwecklos ist, mit Hörstein darüber zu diskutieren.

Bechler setzt sich erst einmal wieder an den Tisch und frühstückt in aller Ruhe weiter.

„Dein Adlatus ist offenbar zu Höherem berufen", bemerkt seine Frau ironisch.

„Du sollst Kurt nicht immer Adlatus nennen", ermahnt Bechler seine Frau.

„Adlatus kommt aus dem Lateinischen und heißt Beistand. Was ist also daran schlimm, wenn ich deinen Kurt Adlatus nenne?"

„Ich weiß, daß du das Große Latinum hast, ich aber nur ein abgebrochener Gymnasiast bin. Und ich weiß auch, daß du Kurt..."

„Bitte, Malte, das hatten wir alles schon!"

„Dann fang' auch nicht jedes Mal ..."

Bechler läßt den Satz unvollendet. Seine Frau weiß ohnehin, was er sagen will. Es ist immer wieder das Gleiche. Sie führen eine recht gute und harmonische Ehe. Schon seit fast zwei Jahrzehnten. Aber er hat noch immer große Schwierigkeiten, ihre Überlegenheit in Bildungsdingen klaglos zu akzeptieren. Dabei ist es doch weiß Gott keine Schande, wenn er sich in der Literatur oder in der Altphilologie nicht so gut auskennt wie seine Frau. Schließlich ist sie Oberstudienrätin für Deutsch und Latein.

Hanna Bechler ihrerseits ärgert sich, daß sie wieder einmal der Versuchung erlegen ist, ihren Mann mit ironischen Sticheleien zu provozieren. Sie meint es nicht böse. Es ist wie ein Spiel. Besonders dieser Kurt hat es ihr angetan. Vor einigen Monaten hat Malte ihn einmal abends zum Essen eingeladen. Über den grünen Klee hat Malte ihn gelobt. Wie fähig er sei. Endlich jemand, der mitdenke, auch mal von sich aus Verantwortung übernehme. Sie hat ihn einen „Ehrgeizling, Schaumschläger, substanzlosen Schwätzer" geschimpft. „Du bist ungerecht", hat er ihr da vorgeworfen, „ich arbeite jeden Tag mit ihm, ich weiß, daß er das alles nicht ist."

Hanna sagt nichts. Sie hat gelernt, daß es in solchen Situationen am besten ist zu warten, bis Maltes Ärger verraucht ist. Schließlich ist sie dessen Urheber. Auch wenn sie der Meinung ist, Malte reagiere zu überempfindlich und dünnhäutig.
Nach einiger Zeit bricht Malte das Schweigen: „Wann kommst du heute nach Hause?"
„Kann ich nicht genau sagen. Wir haben in der sechsten Stunde Personalratssitzung mit Klauer. Das kann dauern."
„Mal sehen, wie sich der neue Fall anläßt. Vielleicht hat Kurt ihn schon gelöst, wenn ich hinkomme, und ich liege bereits faul auf der Couch herum, wenn du nach Hause kommst."
Offenbar hat er seinen Humor wiedergefunden, denkt Hanna.

Kurt Harrem hat die Fundstelle der Leiche der jungen Frau weiträumig absperren lassen.
„So, wie ich die Sache sehe, kann ich meine Frau doch nicht schon heute mittag auf der Couch empfangen", begrüßt Malte Kurt.
Sein Mitarbeiter hat darauf eine schlagfertige Antwort parat. „So früh wolltest du damit anfangen! Hätte denn da deine Kondition gereicht?"
Malte klopft Kurt anerkennend auf die Schulter. „Alle Achtung, Kurt! Auf den Kopf gefallen bist du nicht."
Die Umstehenden – Polizeibeamte, der Arzt und die unvermeidlichen Gaffer – deuten das Schulterklopfen natürlich anders, als es gemeint ist. Als dienstliches Lob. Von dem Gespräch zwischen den beiden haben sie nichts mitbekommen.
Etwas lauter berichtet nun Kurt seinem Chef.
„Die Frau ist nicht hier getötet worden. Der oder die Täter haben sie hier nur abgelegt. Dachten wohl, sie wäre in dem Gesträuch recht gut versteckt. Daß sie so schnell gefunden ..."
„Wieso schnell?"
„Der Doc sagt, sie ist seit zehn bis zwölf Stunden ..."

gafft lieber als sich ... Ach, es ist zum Kotzen! Schau sie dir an, diese widerlichen, sensationsgeilen ..."

Malte ballt die rechte Hand zur Faust und streckt seinen linken Arm zur Seite und zeigt in Richtung der etwa zwanzig Menschen, die hinter dem Absperrgitter stehen und teils wortlos, teils diskutierend die Arbeit der Polizei verfolgen.

„Für die sind wir viel zu lasch. Kopf ab. Rübe runter. Kurzen Prozeß. Ruck zuck. Nicht noch Steuergelder verschwenden. Schau ihn dir an, unseren Maulhelden! Wahrscheinlich erzählt er gerade, daß er den Mörder gesehen hat. Wenn es nach ihm ginge, wäre der längst schon verhaftet."

Kurt wartet, bis Malte sich abreagiert hat. Er weiß, daß der das braucht. Gaffer sind für ihn ein rotes Tuch.

„Meinst du, der Knabe, der es so eilig hatte ..."

„Nein, nein, Kurt, der hat mit unserer Sache hier nichts zu tun! Dreck am Stecken, ja. Vielleicht haben die einen Bruch gemacht, deswegen die geklauten Nummernschilder. Dann hat ihn die Blase gedrückt, und er wollte hier pinkeln gehen. Da hat er die Tote gesehen und hat es mit der Angst zu tun gekriegt. Die Frau ist doch schon seit gestern nacht tot."

„Aber wann sie hierhergebracht wurde, wissen wir nicht."

„Wer eine Tote hier ablegt, kommt nicht, wenn es schon hell ist. Die gehen doch nicht ein so großes Risiko ein."

„Die Nummernschilder waren geklaut."

Malte schüttelt den Kopf. „Ich sag' ja, die haben Dreck am Stecken. Aber die bringen bei Tageslicht keine Leiche hierher. Die müssen damit rechnen, daß sie jemand sieht, beschreiben kann. Ein Spaziergänger, ein früher Schrebergärtner, ein Autofahrer, der hier vorbeikommt. Außerdem hat unser Zeuge nur einen ins Auto springen sehen. Meinst du, der andere bleibt seelenruhig im Auto sitzen, während sein Kumpel die Leiche ins Gebüsch schleppt?"

Malte schüttelt seinen Kopf jetzt noch heftiger. Und ehe Kurt etwas darauf erwidern kann, fährt er fort in seinen Überlegungen: „Außerdem, denk dran, was der Doc gesagt hat. Zehn bis zwölf Stunden ist die Frau bereits tot. Noch ein Grund mehr anzunehmen, daß die nicht bis zum Hellwerden gewartet haben."

„Gut, du bist der Boß!"

„Laß die Sprüche, Kurt! Geb zu, ich hab' dich restlos überzeugt."

„Ich sag' ja, du bist der Boß!"

„Quatschkopf!" schmunzelt Malte. „Wenn wir zurück sind, holst du den Fall von vor drei Jahren raus und versuchst rauszukriegen, wo Heitmeier abgeblieben ist!"

„Du mußt mir nicht einreden, ich hätte Alzheimer."

Diesmal weiß Malte sofort, worauf Kurt anspielt. „Dann gestehe mir als dem Älteren von uns beiden Alzheimer zu."

„Herr Bechler!"

Malte dreht seinen Kopf nach hinten. Arne Berson vom Erkennungsdienst, der sich immer noch an der Leiche zu schaffen macht, winkt ihn zu sich heran.

„Gleich!" ruft er zurück. „Kurt, tu mir einen Gefallen! Schaff' mir die Gaffer vom Leib. Du willst doch bestimmt auch nicht, daß ich nachher beim Weggehen ausfallend werde!"

„Ich werd' mein Bestes versuchen", verspricht Kurt. „Danke!"

V

„Mensch Chris, jetzt sei endlich vernünftig! Wem nützt es, wenn du die Bullen anrufst?! Du hast eine Tote gesehen. Ob die heute, morgen oder erst in ein paar Wochen gefunden wird, ist doch egal. Die ist tot, Chris. Tot! Kapier das endlich! Du kannst ihr nicht mehr helfen. Du kannst höchstens erreichen, daß wir mit in die Sache reingezogen werden. Willst du das vielleicht?"
Robin redet wie mit Engelszungen auf seinen Freund ein. Schon seit einiger Zeit. Seit der plötzlich die Schnapsidee hatte, den „Fund" bei den Bullen zu melden. Konnte doch höchstens Scherereien geben.
„Die nehmen alle Anrufe auf Band auf. Und was glaubst du, was bei denen abgeht, wenn sich da einer meldet und sagt, daß er an der und der Stelle eine Leiche gesehen hat. Die fragen sich doch gleich, warum sagt der uns denn nicht seinen Namen. Weil er was mit der Sache zu tun hat. So denken die. Glaub' nur ja nicht, daß die die Sache auf sich beruhen lassen. Die gehen ihr nach. Jede Wette. Die geben nicht eher Ruhe, bis sie wissen, wer da angerufen hat. Und weißt du, wie die deinen Namen rauskriegen? Ganz einfach. Die spielen das Band im Radio und im Fernsehen so lange ab, bis sich jemand meldet, der ihnen sagt, daß das deine Stimme ist. So läuft das. Kapierst du das?"
Robin ist ganz erschöpft vom vielen Reden. Warum sagt denn Chris nichts? Sie kennen sich schon seit vielen Jahren. Chris ist doch bis jetzt immer vernünftig gewesen. So schnell konnte ihn nichts aus dem Gleichgewicht bringen. Der muß doch verstehen, daß das ein Scheiß ist, was er da machen will. Bei den Bullen anrufen. So was Beklopptes. Sitzt da. Sagt nichts. Glotzt nur vor sich hin. Am liebsten ...
„Chris!" Robin hat ihn an den Schultern gepackt und schüttelt ihn. „Chris! Hörst du mir eigentlich zu? Chris, du Idiot! Mach' endlich das Maul auf! Sag' was!"

Als Robin ihn wieder losläßt, fällt Chris nach hinten gegen die gepolsterte Lehne seines Stuhls. Und er macht immer noch keine Anstalten, das Maul aufzumachen. Glotzt stumm weiter vor sich hin.
Robin überlegt angestrengt. Eins hat er kapiert: Wenn er so wie bisher weitermacht, wird er wohl nichts erreichen. Er muß die Sache anders anpacken. Ruhiger. Weniger hektisch. Nicht so bedrängend.
„Chris, wir sind doch Freunde! Wirkliche Freunde! Und Freunde reden miteinander. Warum willst du bei den Bullen anrufen? Sag's mir! Ich versteh's nämlich nicht. Erklär's mir bitte!"
Es fällt Robin schwer, ruhig zu bleiben. Zumal Chris weiter schweigt. Allmählich ist Robin mit seinem Latein am Ende. Er ist sich noch nicht einmal sicher, ob Chris, wenn er anruft, vielleicht sogar seinen Namen sagt. Nicht absichtlich natürlich. Aber die Bullen haben bestimmt allerhand Tricks auf Lager. Die merken, wen sie da in der Leitung haben. In welcher Verfassung der ist. Die stellen ihm eine Falle und entlocken ihm seinen Namen. Er hat Angst, in die Sache mit reingezogen zu werden. Und wen die Bullen mal in der Mangel haben, den lassen sie so schnell nicht wieder los.
„Scheiße!" flucht er vor sich hin. Am liebsten würde er Chris ...
„Ich könnte mit verstellter Stimme anrufen."
Robin braucht ein paar Sekunden, bis er begreift, daß Chris gerade gesprochen hat.

VI

In der großen Pause gilt Horsts erster Blick dem Vertretungsplan am Schwarzen Brett. Er hat jetzt eine Freistunde. Damm ist noch nicht da. Muß er ihn noch einmal vertreten?
„Vertretungsplan Damm. 3. Stunde. 6b Kunst Bär."
Hat es ihn also noch einmal erwischt. Aber wenigstens nicht in Damms eigener Klasse.
Horst holt seinen Kaffeepott mit dem Namenszug „Dieter" aus seinem Fach. Den hat er zu seinem vorletzten Geburtstag von seiner damaligen Sechsten geschenkt bekommen; irgendeiner aus der Klasse – wer, wußten die Schüler selbst nicht mehr – hatte gesagt, er heiße Dieter. Horst füllt die Tasse zu etwa Dreiviertel; dann nimmt er die Tüte mit den zwei Croissants und geht in das Raucherzimmer.
Meike Noh gibt Ingrid Gressien gerade Feuer.
„Ich verstehe das nicht, Birgit wollte doch heute in der zweiten Stunde mit mir ihre Sport-Prüfungsstunde durchgehen. Sie ist bis jetzt noch nicht da. Im Sekretariat hat sie sich auch nicht gemeldet. Das ist doch sonst nicht ihre Art." Meike schüttelt nachdenklich den Kopf.
„Vielleicht hat sie verschlafen oder steckt im Stau."
„So lange verschlafen? Nein, glaub ich nicht. Und im Stau? Claudia kommt doch aus derselben Richtung. Und die ist schon lange da."
„Hat Frau Stanelle bei Birgit angerufen?" mischt sich Horst in das Gespräch ein.
„Weiß ich nicht", antwortet Meike, „gesagt hat sie davon jedenfalls nichts."
Als Wolf Ingramm und Nikos Mitsopoullos, der griechische Kollege, hereinkommen, wird das Thema gewechselt. Horst steht dabei, nimmt ab und zu einen Schluck aus seinem Kaffeepott und beißt gedankenverloren in sein Croissant. Von dem Gespräch der vier bekommt er nur ab und zu einige Wortfetzen

mit. Es geht um Gewalt. Normalerweise mischt er sich in so ein Gespräch ein, redet mit. Aber jetzt beschäftigt ihn die Sache mit Birgit. Irgendwie komisch ist das schon. Auch er hat gestern abend zweimal versucht, sie anzurufen. Fehlanzeige. Dabei hat sie gewußt, daß er sie anrufen will. Trotzdem hat er sich da noch nichts dabei gedacht. Vielleicht ist ihr etwas dazwischengekommen. Etwas Wichtigeres als sein Anruf, und sie hat einfach vergessen ...

Er spürt ein leichtes Klopfen auf seinen linken Arm. Dann die Stimme von Meike: „Hast du nicht gehört, Horst?"

Er schaut erst auf seinen Kaffeepott in seiner rechten, dann auf das Croissant in seiner linken Hand, ehe er begreift, daß Meike zu ihm gesprochen hat. „Was hast du gerade gesagt?"

„Der Bernd Lackmert und der Giovanni Berluso waren doch in deiner Sechsten, oder?"

Horst weiß nicht, was diese Frage soll. Er hat das Gespräch der vier ja nicht verfolgt. „Ja, die waren in meiner letzten Sechsten. Warum? Was ist mit denen?"

„Lange Nacht gehabt, was? Trotzdem darf ich um etwas mehr Konzentration bitten, Herr Kollege!" lästert Meike Noh.

„Entschuldigt, ich war in Gedanken! Was ist mit Bernd und Giovanni?"

„Die Polizei war ihretwegen gestern in der Rathenau-Schule. Sie sollen einen Mann zusammengeschlagen haben, weil der ihnen auf dem Bürgersteig keinen Platz gemacht hat und sie deswegen von ihren Rädern absteigen mußten", erzählt Meike.

„Giovanni?" Horst schüttelt ungläubig den Kopf. „Seit wann hat der was mit Bernd am Hut? Weißt du, daß es tatsächlich Giovanni war? Ich kann mich nicht entsinnen, daß der hier mal in dieser Richtung unangenehm aufgefallen ist. Bei Bernd wundert mich das eigentlich nicht. Ich hab' sowas kommen sehen. Wie oft war ich bei Gräter und hab' ihn bekniet, mich zu unterstützen, mehr zu tun. Wenn wir nichts unternehmen, hab' ich ihm gesagt, rutscht der schnell weiter ab, wird kriminell. Na, na, hat er darauf immer gesagt, wer wird denn gleich so schwarz sehen.

Wir wollen das Ganze nicht dramatisieren. Der will keinen Ärger und hofft, bis zur Pension über die Runden zu kommen. Und jetzt hat der Bernd es tatsächlich geschafft, auch noch einen wie Giovanni zu sich runterzuziehen."

Die Sache geht Horst so an die Nieren, daß er im Moment nicht mehr an Birgit denkt.

„Da drüben herrschen anscheinend chaotische Verhältnisse", mischt sich Wolf Ingramm in das Gespräch ein. Jedem ist klar, daß er mit „da drüben" die Rathenau-Schule meint. „Das mit Bernd und Giovanni ist ja weiß Gott kein Einzelfall. Ich hab' gehört, daß mindestens zwei Kollegen drüben so eine Art Schutzgeld zahlen, damit man sie in Ruhe läßt. Der Schleifer muß doch mitkriegen, was bei ihm an der Schule los ist. Aber er macht die Augen zu. Statt dessen mault er seine Leute wegen Kleinigkeiten an, motzt an allem Möglichem rum, läßt sich von Kollegen, die er auf dem Kieker hat, die Entschuldigungen ihrer Schüler geben und vergleicht die mit den Eintragungen im Klassenbuch – und wenn eine Fehlstunde nicht ordnungsgemäß verbucht ist, macht er einen Aufstand. Aber da, wo es wirklich nötig wäre, unternimmt er nichts."

„Wenn man vom Teufel spricht ...", sagt Ingrid Gressien, die am Fenster steht und auf den Schulhof schaut.

Weil das überhaupt keinen Bezug zu ihrem Thema zu haben scheint, sehen alle kopfschüttelnd zu ihr hin.

„Von was sprichst du?" Als erster findet Horst seine Sprache wieder.

„Ja von Schleifer, von wem sonst!" erwidert Ingrid. Sie dreht sich zu ihnen um und sieht Horst an, als würde sie nicht verstehen, warum man so eine blöde Frage stellen kann. „Was macht der denn um die Zeit hier bei uns?"

„Ach soooo!" Jetzt ist bei Horst der Groschen gefallen. „Das Gespräch über unsere Förderstufe. Aber das hat doch erst um neun angefangen. Ist das schon zu Ende?"

Horst geht ans Fenster und sieht, wie Schleifer gerade sein Auto zuschließt und wieder auf die Schule zukommt. „Der hat nur was aus seinem Auto geholt."
Claudia Gärtner betritt das Raucherzimmer.
„Und warum bist du als Personalratsvorsitzender da nicht dabei?" fragt Meike Noh.
„Laut Gräter ist das heute ein informelles Gespräch, an dem nur die Schulleitungen, die Schulaufsicht und der Schulträger teilnehmen. Eine Entscheidung fällt erst später. Bevor es soweit sei, würden auch die Personal- und Elternvertreter eingeschaltet."
„Geht es um unsere Förderstufe?" fragt Claudia.
Horst nickt. „Ja."
„Wenn die der Schleifer schluckt, gibt's die nicht mehr lange. Zwei, drei Jahre Schamfrist, danach machen die nur noch Haupt- und Realschulklassen für die Fünfte und Sechste auf", gibt sich Claudia sicher.
„Nur, damit kannst du nicht argumentieren", wendet Horst ein, „der Schleifer ist natürlich nicht so blöd und läßt jetzt die Katze aus dem Sack, gesetzt dem Fall, er hat wirklich vor, was du ..."
„Natürlich hat er das", unterbricht ihn Claudia, „da bin ich sicher!'
„Ich auch", pflichtet ihr Horst bei, „aber du kannst es ihm halt nicht beweisen."
„Schweinerei!" empört sich Claudia, obwohl für sie als Grundschullehrerin der Verlust der Förderstufe keine dienstlichen Auswirkungen hätte.
„Abgesehen von dem, was du befürchtest, Claudia", meldet sich Wolf Ingramm zu Wort, „noch schlimmer wäre es für die Schüler, die nach der Grundschule in Schleifers Chaotenhaufen kommen. Das paßt wunderbar zu dem Thema Gewalt, über das wir gerade gesprochen haben. Die gefährdeten labilen Schüler, die wir hier bei uns auf der Förderstufe ganz gut in den Griff bekommen, sacken da drüben ab. Oder meint ihr, der Schleifer kümmert sich dann um die?" Wolf beantwortet seine Frage

gleich selbst mit einem kurzen Auflachen, dem ein „Gerade der!" folgt.
Es klingelt. Pausenende. Horst bemerkt, daß er von seinem zweiten Croissant über die Hälfte in der Hand hat und auch sein Kaffeepott noch zu einem guten Drittel gefüllt ist. Er ißt erst mal in Ruhe sein Croissant zu Ende und trinkt den restlichen Kaffee. Spült anschließend seinen Pott mit heißem Wasser aus und stellt ihn in sein Fach zurück.
Vom Fenster des Lehrerzimmers aus schaut er auf die Schüler hinunter, die dort noch auf ihren Aufstellplätzen stehen. Einige aus der 6b kennt er. Sie sind bei ihm im G-Kurs Mathematik. Keiner sieht zu ihm hoch. Normalerweise werden die Klassen immer von ihren Lehrern auf dem Schulhof abgeholt. Horst verstößt manchmal gegen diese ungeschriebene Regel, weil er keine Lust hat, vom Strom schiebender und knurrender Schüler nach oben geschoben zu werden. So auch heute. Fast direkt unter seinem Fenster steht Oliver Ringlo. Er ruft seinen Namen. Als er hochsieht, winkt er ihn nach oben. Oliver tippt den beiden, die in unmittelbarer Nachbarschaft von ihm stehen, auf den Rücken, und setzt sich in Marsch. Die anderen folgen ihm.
Die 6b ist offenbar erleichtert, daß sie heute nicht den „strengen" Damm hat. „Bei dem müssen wir immer fragen, wenn wir mal aufstehen und was holen wollen, Wasser zum Malen oder so", beschweren sich einige Schüler.
„Warum ist Herr Damm eigentlich nicht da?" ruft Sandra, die ebenfalls in seinem Mathekurs ist.
„Ich habe gehört, er ist gestürzt", antwortet ihr Horst. Er gehört nicht zu den Lehrern, die meinen, den Schülern darauf keine Antwort geben zu müssen, weil es sie nichts angeht. Warum soll er ein Staatageheimnis daraus machen? Wenn Damm mit einem Verband oder einem Arm in einer Schlinge hier auftaucht, erfahren sie ja doch, was los ist.
An einem der hinteren Tische gibt ein Schüler seinen Kommentar dazu. „Hoffentlich richtig, damit ...". Mehr versteht Horst nicht, weil nicht weit von ihm quietschend der Schrank aufge-

macht wird, in dem die Malsachen lagern. Sein Nachbar sagt darauf halblaut „Hätt' ich nichts dagegen" und lacht, unterbricht sich plötzlich, schaut zu Horst vor, weil ihm wahrscheinlich gerade eingefallen ist, daß sie nicht alleine sind, und er sehen will, ob Horst etwas gehört hat. Horst tut so, als habe er das nicht. Er fordert die beiden auf, doch endlich auch ihre Malsachen zu holen, damit sie anfangen können.
Bevor Horst nach dieser Vertretungsstunde in seine Dritte geht, will er im Lehrerzimmer seine Tasche holen. Er ist gerade dabei, seinen Schlüssel ins Schloß der Lehrerzimmertür zu stecken, da kommt ihm diese entgegengeflogen. Nur mit einem schnellen Schritt zur Seite kann er ausweichen. Vor ihm steht Damm, den Hals in einer Manschette verpackt. Ihn hier zu sehen, damit hat Horst nun zu allerletzt gerechnet. Auch wenn sein Diensteifer schon ans Perverse grenzt.
„Ist ein Verletzter pro Tag nicht genug?" fragt Horst, als er sich vom ersten Schrecken erholt hat.
Doch Damm geht darauf nicht ein. „Du warst in der ersten Stunde in meiner Klasse? Hat irgendjemand nicht gespurt?"
Arschloch! denkt Horst. Und wenn sie den halbtot aus seinem zertrümmerten Auto rausziehen, fragt der noch, ob seine Schulsachen nichts abbekommen haben. „Was für eine Frage! Bei dir als Klassenlehrer!"
Horst hört im Hineingehen, wie Damm hinter ihm Töne von sich gibt, die wie das Meckern einer Ziege klingen.
In der zweiten Pause hat Horst Aufsicht. Wie üblich eine Schülertraube um sich. Fast ausschließlich Mädchen. Selten einmal verirrt sich ein Junge hierher. Wie Kletten hängen sie an ihm. Wollen alles Mögliche wissen. Ob er verheiratet ist? Warum nicht? Ob er Kinder hat? Einerseits freut er sich, daß die Kinder ihn offensichtlich mögen, andererseits hätte er ganz gern mal eine Viertelstunde Sendepause. Zeit zum Luftholen.
Nach der Pause fängt ihn die Klednitz vor seiner Klasse ab. Frau Stanelle habe schon mehrmals vergeblich versucht, Birgit Kahn telefonisch zu erreichen. Langsam mache man sich doch Sorgen.

Die macht sich auch zunehmend Horst. Wenn sie krank wäre, hätte sie doch schon längst Bescheid gesagt. Vielleicht Prüfungsangst? Vielleicht hat sie ...? Nein, Horst glaubt nicht an irgendeine Kurzschlußreaktion. Aber irgendwas muß doch passiert sein! Er läßt seine Dritte die Kunstsachen holen und ihr Kasper-und-Hexe-Bild weitermalen. Er hatte vorgehabt, Mathe zu machen. Einführung der Division mit Rest. Aber dazu ist er jetzt zu unkonzentriert.

Die Kinder freuen sich natürlich. Kein Mathe und keine Hausaufgaben in diesem Fach für morgen.

Kurz vor dem Ende der Stunde sagt ihm Klaus Weidenmacher, daß seine Mutter heute nicht kommen könne, es sei ihr etwas Dringendes dazwischengekommen. Er entschuldigt sich, daß er es erst jetzt sage.

Horst tröstet ihn, er brauche sich deswegen keine grauen Haare wachsen zu lassen. Es ist ihm ganz recht, wenn er gleich nach der Stunde gehen kann.

Im Lehrerzimmer fragt ihn Ingrid Gressien, ob er noch auf ein Schwätzchen in Zigarettenlänge ins Raucherzimmer mitkomme. Er schiebt einen Zahnarzttermin vor, schnappt seinen Sakko und geht. Wohin? Eigentlich hat er vorgehabt heimzufahren und dann im Bistro „Journal“ einen Salat zu essen. Aber auf dem Weg zum Auto fällt ihm ein, daß er ja auch im „Kleiber“ eine Kleinigkeit essen könnte. Großen Appetit hat er ohnehin nicht. Immer noch geht ihm die Sache mit Birgit im Kopf herum. Zwischendurch in der fünften Stunde hat er sich überlegt, ob er zu ihr fahren und nachschauen soll, was mit ihr los ist. Doch diesen Gedanken hat er schnell wieder beiseitegeschoben. Birgit könnte das mißdeuten.

Das Café „Kleiber“ ist jetzt, kurz nach halb eins, bis auf eine Gesellschaft aus zwölf Leuten, die an mehreren zusammengeschobenen Tischen nicht weit vom Eingang weg sitzen, nur schwach besucht. Es ist schließlich Mittags- und keine Kaffeezeit.

Horst setzt sich an seinen Stammplatz. Eine von den jüngeren Bedienungen bringt eine Runde Cognak zu der Gesellschaft. Sie

prosten sich zu. Als ihn die Bedienung sieht, kommt sie gleich zu ihm und fragt ihn nach seinen Wünschen. Horst bestellt erst einmal einen Kaffee. Nach ein paar Schritten dreht sich die junge Frau noch einmal um. „Ein Kännchen?"
„Ja, bitte!"
Frau Kienbaum ist offenbar nicht mehr da. Soll er trotzdem hierbleiben und etwas essen oder doch ins Bistro „Journal" fahren? Ist er enttäuscht, daß Frau Kienbaum schon weg ist? War sie der eigentliche Grund, weswegen er hierhergefahren ist? Mitten in seine Gedanken platzt sie hinein. Sie kommt durch die Tür, die zum Hoteltrakt führt. Als sie zu ihm hinsieht und ihm lächelnd zunickt, merkt Horst, wie er rot wird. Wie ein verliebter Pennäler! Gut, daß Frau Kienbaum das auf diese Entfernung nicht sehen kann. Kurz danach bringt sie ihm das Kännchen.
„Sie um diese Zeit?"
„Sie einmal am Tag zu sehen, hat mir nicht mehr genügt." Plötzlich ist dieser Satz raus. Mit einem Lächeln versucht er sein Erschrecken darüber zu überspielen.
„Dem kann abgeholfen werden. Wenn Ihnen soviel an meiner Gegenwart liegt, könnten Sie mir einen großen Gefallen tun und mich nachher mitnehmen. Ich bin heute ohne Auto."
Horst weiß im ersten Moment nicht, ob Frau Kienbaum auch wirklich das gesagt hat, was er gehört zu haben meint. Wahrscheinlich macht er jetzt ein ganz dämliches Gesicht.
„Natürlich nur, wenn es Ihnen nichts ausmacht. Aber ich habe gedacht, weil wir doch die gleiche Richtung haben."
Er hat also tatsächlich richtig gehört! Da ist sie, seine große Chance!
„Selbstverständlich bringe ich Sie nach Hause!"
Er muß sich zusammennehmen, um nicht seine Gefühle rauszulassen. Ob Frau Kienbaum dasselbe für ihn empfindet wie er für sie, muß sich ja erst noch herausstellen.
Eine gute halbe Stunde später steigt Frau Kienbaum in sein Auto. Nicht vor dem Hotel. Er wartet in der nächsten Querstraße auf sie. „Ich würde Sie gerne zu mir nach Hause zum Es-

sen einladen“, sagt sie zu Horst, nachdem sie erfahren hat, daß er noch nichts gegessen hat, „aber Sie verstehen ...“
Was er verstehen soll, versteht sich von selbst. Ihr Mann ist wohl nicht zu Hause, doch die Nachbarn ...
Horst verzichtet darauf, ihr den Vorschlag zu machen, bei ihm zu essen. Ihm ist wohl gleichgültig, was seine Nachbarn denken, aber nicht, was Frau Kienbaum denkt. Und die könnte den Vorschlag falsch verstehen. Das heißt, wenn sie das dahinter vermutet, was sie vermutet, wenn sie seinen Vorschlag „falsch versteht“, dann liegt sie gar nicht falsch, sondern ... Scheißspiel! flucht er lautlos.
Sie gehen schließlich in ein argentinisches Steakhaus. Horst kommt hier alle vier bis sechs Wochen einmal her. Großes Filetsteak, Pommes frites, gemischter Salat und Maiskolben, dazu einen Apfelsaft. Frau Kienbaum bestellt sich ein kleines Huftsteak mit gemischtem Salat und ein Mineralwasser.
Sie sitzen im ersten Stock, haben durch die gardinenlose Fensterfront einen weiten Blick auf die Hauptwache und die Zeil. Nur sehr gedämpft dringen die Verkehrsgeräusche zu ihnen herauf. Obwohl es schon fast halb drei ist, ist immer noch ungefähr die Hälfte der Tische besetzt.
Horst bietet Frau Kienbaum an, den Salat für sie von der Salatbar mitzubringen. Die Zusammenstellung überlasse sie ihm. Besondere Wünsche habe sie keine.
Während er an der Salatbar die Teller füllt mit Tomaten, Bohnen, Mais, rote Beete, Blumenkohl, Paprika und allem, was es sonst noch gibt, überlegt er, daß es langsam Zeit würde zu wissen, wie es weitergehen soll. Was will *er* überhaupt? Mit ihr ins Bett? Stellt sich die Frage: Will *sie* das auch? Klingt einfach, ist es aber nicht. Er kann sie schlecht direkt danach fragen. Aber die Situation war noch nie so günstig wie jetzt. Er hat es geschafft – allerdings ohne sein Zutun –, mit Frau Kienbaum außerhalb des Café „Kleiber“ zusammenzusein. Eine solche Chance bekommt er so schnell nicht wieder. Er könnte es sich nicht verzeihen, wenn er sie ungenutzt verstreichen ließe.

Die beiden Teller sind gut gefüllt. Horst schwankt zwischen French- und Joghurt-Dressing. Entscheidet sich für French. Er muß jetzt zurück an den Tisch. Ende der Schonfrist.
„Sie sind nicht verheiratet?“ fragt ihn Frau Kienbaum, kaum daß sie begonnen haben, den Salat zu essen.
„Nein. Aber woher ...?“
„Nun, Sie tragen erstens keinen Ehering, und zweitens kommen Sie jeden Morgen zum Frühstücken.“
„Nicht jeder, der verheiratet ist, trägt seinen Ehering. Und das mit dem Frühstücken ... „
„Sie haben recht. Der Ehering alleine ... Aber das und das Frühstück ... Ich denke mir, wenn Sie verheiratet wären, würden Sie öfter mal mit Ihrer Frau frühstücken. Ich kann mir einfach nicht vorstellen, daß ...“ Frau Kienbaum schüttelt den Kopf. „Entschuldigen Sie, wenn ich Ihnen mit meinem Gequatsche auf die Nerven gehe!“
„Nein! Wie können Sie glauben, daß Sie mir auf die Nerven gehen! Ich sitze gerne mit Ihnen hier. Sehr gerne! Endlich haben wir auch einmal Zeit, uns außerhalb des 'Kleiber' zu sehen. Ich bin froh, daß uns Ihr kaputtes Auto zu Hilfe gekommen ist. Und daß Ihr Mann Sie nicht abholen konnte.“
„Und daß Sie heute ausnahmsweise einmal auch mittags ins 'Kleiber' gekommen sind.“
„Vielleicht so eine Art sechster Sinn.“ Die Bedienung bringt die Steaks.
„Lassen Sie es sich schmecken!“ sagt Horst.
Frau Kienbaum macht keine Anstalten, das Besteck in die Hand zu nehmen.
„Du willst mit mir schlafen?“ Sie spricht leise, aber deutlich genug, so daß Horst sie rein akustisch nicht mißverstanden haben kann. Seltsamerweise erstaunt ihn zuerst am meisten, daß Frau Kienbaum diese Frage – oder war es gar keine Frage, sondern eine Feststellung? – stellen kann, ohne dabei rot zu werden. Sie macht ein Gesicht, als hätte sie ihn gefragt, ob er ein Kännchen Kaffee wolle.

„Ich will auch!“ setzt sie noch hinzu.
Erst jetzt begreift Horst das ganze Ausmaß dieser paar Worte, die er da eben gehört hat.
„Du wußtest also, daß ich ...“
„Wissen, na ja ... Ich dachte mir, daß du es willst, aber nicht so recht wußtest, wie du es mir sagen sollst.“
„Du hältst mich also für ...“
Aber Frau Kienbaum läßt ihn nicht sagen, für was sie ihn seiner Ansicht nach hält. „Was soll das jetzt? Ich bin froh, daß es raus ist, und du solltest es auch sein. Und jetzt fangen wir endlich an zu essen. Alles andere können wir anschließend bereden. Guten Appetit!“
Sie nimmt Messer und Gabel und läßt es sich schmecken.

VII

Malte Bechler ist auf dem Weg zu seinem Zimmer. Wie üblich mit raumgreifenden schnellen Schritten. Der dicke Teppichboden verschluckt ihren Hall. Er biegt in den Trakt ein, in dem sein Dienstzimmer liegt. Kurt Harrem kommt gerade aus dieser Richtung. Weil er ebenso eilig ausschreitet, wäre es beinahe zu einem Dienstunfall gekommen. Nur ein geistesgegenwärtiger Ausfallschritt Kurts nach links verhindert das.

„Hörstein hat gerade angerufen. Gerade als ich die Tür zu deinem Zimmer aufgemacht habe, klingelte das Telefon. Er wollte wissen, ob wir auch fleißig sind und ..."

„Hörstein", Malte zieht die Augenbrauen und läßt Luft ab, „wenn er uns wenigstens ungestört unsere Arbeit machen lassen würde."

„Anscheinend hat ihm die Fliege Druck gemacht, und er gibt den an uns weiter." Fliege ist der Spitzname für Staatsanwalt Dr. Pregnitz.

Mittlerweile sind sie vor Bechlers Zimmer angekommen. Malte öffnet die Tür und läßt Kurt vorgehen. Er zeigt auf die Akte, die Kurt in der Hand hat.

„Ist das die alte Sache?"

„Ja."

Kurt nickt und legt sie auf den Schreibtisch.

„Ich habe schon mal den Inhalt überflogen. Wie der Doc sagte. Es gibt da Parallelen zu unserem Fall: Tatort ist nicht gleich Fundort; sie ist damals aber nicht so schnell gefunden worden, hat ungefähr vier Tage dort gelegen. Die Frau ist erwürgt worden; die Leiche war nackt, die Kleider fehlten, sind übrigens bis heute nicht wieder aufgetaucht; keine Spuren einer Vergewaltigung; auch das Alter der beiden könnte in etwa übereinstimmen: die Frau damals war achtundzwanzig."

„Wir wissen also, wer sie ist?"

„Elvira Strodtner."

„Irgendwelche Tatverdächtige?“

„Ja. Ein Mike Busche. Nach knapp zwei Wochen hat man ihn aber damals wieder laufenlassen müssen.“

„Was ist das für ein Knabe? Warum hat man ihn laufenlassen? Kurt, nun laß dir doch nicht alles einzeln aus der Nase ziehen!“

„Warum so ungeduldig, Malte? Also, dieser Busche hatte schon öfter in dieser Gegend – Bornheim, Seckbach, Riederwald – Frauen belästigt. Das ist aber erst rausgekommen, nachdem Elvira Strodtner gefunden worden ist und zwei Zeugen ausgesagt haben, daß sie Busche zur vermeintlichen Tatzeit in der Nähe des Fundorts gesehen haben.“

„Halt, Kurt!“ unterbricht ihn Malte. „Wieso hat man erst nachher erfahren, daß ...“

„Daß dieser Busche schon vorher Frauen belästigt hat? Ganz einfach. Keine der Frauen hat vorher eine Anzeige gemacht.“

„Wie viele Frauen waren das?“

„Vier. Vier haben sich gemeldet, nachdem Busche als Tatverdächtiger festgenommen worden war.“

„Warum haben die sich nicht schon vorher gerührt?“

„Weil sie Busche für einen harmlosen Spinner gehalten haben. Sie haben unabhängig voneinander fast übereinstimmend gesagt, sie hätten die Sache nicht für so schlimm gehalten. Deswegen hätten sie auch keine Anzeige erstattet. Außerdem wollten sie sich Unannehmlichkeiten ersparen. Aussagen vor der Polizei, vor Gericht. Wer weiß, vielleicht hat dieser Busche ja noch mehr Frauen belästigt, und die haben sich auch nach dem Mord nicht gemeldet.“

„Und wieso war Busche nach zwei Wochen wieder aus dem Schneider? Der Heitmeier war doch bekannt dafür, daß er nicht so schnell aufgegeben hat. Wenn dem Busche was nachzuweisen gewesen wäre, der Heitmeier hätte das bestimmt rausgefunden.“

„Es konnte nie ermittelt werden, wo Elvira Strodtner getötet worden ist. Auch ihre Kleider sind nie wieder aufgetaucht. Man hat also deshalb Busches Kleider nicht auf eventuelle Faserreste

von Elvira Strodtners Kleidung untersuchen oder am Tatort Spuren sichern können."
„Hat es ein Verfahren gegen Busche wegen der anderen Fälle gegeben? Ist er psychiatrisch untersucht worden?"
„Beides. Wegen der vier Belästigungen hat er vier Monate auf Bewährung bekommen. Zum genaueren Studium des psychiatrischen Gutachtens bin ich noch nicht gekommen. Ich habe nur auf die Schnelle das Fazit überflogen: Der Gutachter hielt ihn für nicht aggressiv; eine Gefährdung seiner Umwelt sei nach menschlichem Ermessen nicht wahrscheinlich."
„Wo dieser Busche heute ...?"
„Auch ich kann nicht zaubern, Malte."
„Sollten meine Mitarbeiter aber können." Malte lacht.
„Dann sorge bitte dafür, daß unser Lehrgangsangebot entsprechend erweitert wird."
„Ich werde deine Anregung weitergeben. Aber vielleicht ist es dir trotzdem möglich, diesen Busche heute noch ausfindig zu machen. Könnte ja sein, daß er aus irgendeinem Grund als Täter überhaupt nicht in Frage kommt. Wegen der Identität der toten Frau ..."
Kurt unterbricht Malte: „Ich habe schon veranlaßt, daß ein Bild von ihr in der Abendausgabe der FRANKFURTER RUNDSCHAU erscheint."
„Kommt die nicht schon kurz nach eins auf den Markt?"
„Nein, Malte. Nur freitags. An den anderen Tagen wird sie so ab halb vier verkauft."
„Na, dann wollen wir hoffen, daß wir möglichst bald wissen, um wen es sich bei der Toten handelt."
Das Telefon läutet.
„Bechler."
An Maltes Mimik kann Kurt ablesen, daß sehr wahrscheinlich Kriminalrat Hörstein am anderen Ende der Leitung ist.
„Bis gleich."
Malte legt den Hörer aus der Hand.

„Wenn es darum geht, andere Leute von der Arbeit abzuhalten und überflüssige Ratschläge zu geben, ist der einsame Spitze."
„Hörstein?" fragt Kurt.
„Wer sonst!"

VIII

Horst hat die Augen geschlossen, sein rechter Daumen und Zeigefinger spielen mit Hildes steifer Brustwarze.
„Ich habe noch nie meinen Mann ... Das Wort „betrogen“ spricht sie nicht aus. Sie fängt noch einmal an. „Ich habe noch nie, seit ich verheiratet bin, mit einem anderen Mann geschlafen.“ Es ist das erste Mal, daß Hilde über ihren Mann spricht.
„Gewissensbisse?“
„Nein, zumal ich vermute, daß Edgar schon länger fremdgeht.“
„Starke Vermutung oder nur vage Ahnung?“
„Ist doch egal. Reden wir lieber über uns.“
Horst zuckt leicht zusammen. Aber nicht leicht genug, als daß Hilde es nicht doch gemerkt hätte.
„Das ist dir wohl nicht recht?“
Nein, das ist ihm wirklich nicht recht. Er hat keine Lust, jetzt die ganze Sache zu komplizieren. Es war schön mit ihr, und sie könnten auch in Zukunft miteinander schlafen. Jedenfalls solange, wie sie Spaß daran haben. Deswegen müssen sie doch jetzt nicht „über uns“ reden und vielleicht irgendwelche Pläne schmieden.
„Sag' was, Horst! Wie soll es mit uns weitergehen?“
Er fühlt, daß sich Hilde nicht mit Floskeln abspeisen lassen würde. Die hat tatsächlich vor, ein ernsthaftes Gespräch mit ihm zu führen. Auch wenn dies nicht das ist, was er will – weiter neben ihr liegen und stumm bleiben geht auch nicht. Sie würde weiter bohren, solange bis er sich äußert. Könnte er nicht einfach aufstehen, aus dem Zimmer gehen und sie allein lassen? Aber auch das wäre eine Antwort.
„Ich weiß es nicht. Laß mir doch etwas Zeit, darüber nachzudenken!“
„Ich will von dir keine Lösung vorgelegt haben. Ich will nur, daß wir miteinander reden, über uns reden, mehr nicht. Ich

sehe nicht ein, warum wir das nicht jetzt tun können. Oder bin ich nur gut genug dafür gewesen, mit dir ins Bett zu gehen?"
„Du bist unfair, Hilde!"
Sie stößt seinen Arm weg, setzt sich mit einem Ruck auf und schaut ihn böse an. „So, unfair bin ich! Ich bin wohl nur dann fair, wenn ich die Beine breit mache und der Herr seinen Spaß hat. Nimm zur Kenntnis, daß du nicht nur meine Fotze und Brüste haben kannst. Wenn du nur das willst, dann gehe zu einer Nutte! Als Lustobjekt bin ich mir zu schade!"
Spricht's, steht auf, rafft ihre Sachen zusammen und geht aus dem Zimmer.
Horsts „Hilde, was soll denn das?" kommt erst, als sie schon die Tür hinter sich zugeworfen hat. Soll er ihr nachgehen oder sie laufen lassen? Es dauert keine zwei Minuten, da hat sie ihm die Entscheidung abgenommen. Er hört die Wohnungstür ins Schloß f allen.
„Scheiße!" schimpft er halblaut. Er ist böse auf sich und auf Hilde. Er hat sich blöd benommen, taktisch völlig falsch. Als er gemerkt hat, wie wichtig es ihr offenbar war, mit ihm zu reden, hätte er ihr nicht Unfairness vorwerfen sollen. Aber wer hätte denn gedacht, daß Hilde plötzlich so zickig werden würde. Von wegen Beine breit machen und Spaß haben. Lachhaft, ihm so etwas an den Kopf zu werfen. Als ob sie keinen gehabt hätte. Lustobjekt. Was für ein Schwachsinn! Genauso gut könnte er sich als solches empfinden. Nein, er denkt nicht so. Aber hat nicht Hilde gesagt, daß auch sie mit ihm schlafen will? Na also! Diese Märtyrerpose, in der sich viele Frauen gefallen, kotzt ihn an. Immer sind es die schwachen Frauen, die hilflos der sexuellen Ausbeutung durch die bösen Männer ausgeliefert sind.
Das Telefon klingelt. Schrill. Fordernd. Siebenmal. Horst ignoriert es. Sie können ihn alle mal.

IX

„Guten Tag. Polizeipräsidium Frankfurt. Melhart. Bitte?"
„An einem kleinen Weiher am Ende von Seckbach liegt eine tote Frau. Ich rufe nur an, damit Sie jemand hinschicken können. Ich habe die Frau nur zufällig gefunden, weil ich dort pinkeln wollte. Mit der Sache habe ich nichts zu tun."
Susanne Melhart, Telefonistin im Polizeipräsidium Frankfurt, hat bereits von dem Fall gehört. Ihre Kollegin Inge Seipel hat die Neuigkeit vorhin aus der Kantine mitgebracht.
„Wer sind Sie?"
Sie hat ihre Frage noch nicht beendet, da hört sie ein Knacken in der Leitung. Der Anrufer hat aufgelegt. Susanne Melhart ist überzeugt, daß es ein junger Mann war. Sie macht schon etliche Jahre Telefondienst und hat Erfahrung darin, Stimmen bestimmten Personengruppen zuzuordnen.
„Aufgelegt?" fragt Inge Seipel.
„Ja. Ein junger Mann hat wegen der Toten in Seckbach angerufen. Ich denke, die Mordkommission war schon heute früh deswegen unterwegs. Wieso ruft der jetzt erst an? Und überhaupt, das hat geklungen, als hätte da jemand ein Tonband ablaufen lassen."
„Ich würde gleich Bescheid sagen." Susanne Melhart nickt. „Klar."
Sie sucht die Nummer von Malte Bechler heraus. 286.

X

Nein! – Zum wiederholten Male versucht Horst seiner Mutter klarzumachen, daß sie ihre Bemühungen, ihn und Marianne wieder zusammenzubringen, einstellen solle. „Warum fängst du immer wieder damit an? Du mußt einfach akzeptieren, daß ..."
„Aber Marianne ..."
„Du sagst es, Mutter. Marianne. Sie spannt dich vor ihren Karren, und du merkst es nicht. Oder willst es nicht merken." „Das stimmt nicht, Horst! Du ..."
„Es ist mir im Grunde genommen auch egal, ob es stimmt oder nicht. Die Sache mit Marianne ist vorbei. Ein für allemal vorbei. Versteh' das endlich! Ich habe nichts gegen Marianne. Ich bin ihr auch nicht böse, daß sie damals mit diesem aufgeblasenen Dummkopf auf und davon ist und ..."
„Du weißt genau, daß sie das schwer bereut. Sie hat eingesehen, daß das ein Fehler war. Und so ganz unschuldig bist du ..."
„Mutter, bitte, fangen wir nicht wieder mit dieser Geschichte an! Ob ich Marianne damals einen Grund gegeben habe oder nicht, ist mir heute völlig wurscht!"
„Ihr wart doch mal glücklich miteinander."
„Du sagst es, Mutter, wir waren."
„Aber ihr könnt es doch wieder miteinander versuchen, vielleicht ..."
„War Marianne gestern bei dir?"
„Warum – wie kommst du denn darauf?"
„Weil du dann immer besonders hartnäckig bist."
„Ach, Junge", ihr Ton wurde weinerlich, Horst hätte am liebsten aufgelegt, „ihr würdet mich auf meine alten Tage glücklich machen, wenn ihr doch noch zusammenkämt. Andere Frauen in meinem Alter sind schon längst Oma. Jetzt hast du endlich eine Stelle und ein geregeltes Einkommen, du wirst doch auch nicht jünger ..."

Er ist nahe daran, den Hörer hinzuschmeißen. Er hat eine Stinkwut. Aber wenn er jetzt drauflosschimpft, fängt seine Mutter an zu weinen und wird es wieder einmal geschafft haben, daß er ein schlechtes Gewissen hat. Er will sich nicht erpressen lassen.
„Ich versteh' dich ja, Mutter", sagt er in besänftigendem Ton, „du mußt mir aber noch ein wenig Zeit lassen! Es wird bestimmt alles gut werden. Glaub mir!"
„Also kann ich Marianne ..."
„Bitte, Mutter, du sollst mich nicht drängen! Ich nehme das schon selbst in die Hand."
Jetzt hat er es doch, ein schlechtes Gewissen nämlich. Nicht weil seine Mutter traurig ist, sondern weil er wieder einmal zu feige gewesen ist, ihr ihre Illusion zu nehmen. So ermutigt er sie ja immer dazu, einen neuen Versuch zu starten. Das nächste Mal wird er hart bleiben. Heute hat er nicht die Kraft und die Nerven dazu. Horst schiebt einen Termin vor, um das Gespräch zu beenden.
„Dieses Biest!" schimpft er laut vor sich hin. Nachdem sie dieser Lackaffe hat sitzen lassen, ist er wieder gut genug. Und sie weiß genau, daß seine Mutter einen Narren an ihr gefressen hat. Weiß der Teufel warum, aber es ist so!
An seiner Mutter prallen alle Argumente ab, wenn es um Marianne geht. Da läßt sie sich von ihr sogar einreden, daß er sie diesem Möchtegern-Don Juan in die Arme getrieben habe. Und daß er deshalb jetzt, verflixt nochmal, die Pflicht und Schuldigkeit habe, sie über das Fiasko mit dem hinwegzutrösten. Er hätte schließlich damals mit ihrer Schulfreundin geschlafen. Zugegeben, hätte er gerne. Er steht auf großen Brüsten, und Inge hat in der Hinsicht ganz schön was zu bieten. Aber es war nichts. Doch Marianne hat seinen Beteuerungen nicht geglaubt. Sie weiß um seine Schwäche, und Inge hat sie offenbar in dem Glauben gelassen, es wäre was gewesen zwischen ihm und ihr. Vielleicht noch eine alte Rechnung, die offen war. Und ihn hat Inge dafür zahlen lassen.

Das Telefon läutet. Weil er immer noch direkt daneben sitzt, schreckt er hoch. Noch einmal seine Mutter? Er läßt es klingeln. Fünfmal. Hilde? Birgit? Er hebt ab.
„Ja."
„Herr Bär? Weidenmacher hier. Wir hatten heute einen Termin. Leider habe ich den Weg in die Schule umsonst gemacht."
Es dauert zwei Sekunden, bis er sich auf die neue Situation eingestellt hat: „Ich bin gegangen, nachdem Klaus mir gesagt hat, Sie könnten den Termin heute nicht wahrnehmen."
„Wieso kommt der Junge dazu, so etwas zu sagen?"
„Da müssen Sie Klaus schon selbst fragen. Sollen wir gleich einen neuen Termin festmachen?"
„Sie wissen doch, wie schwierig das bei mir ist. So auf die Schnelle ... Zu dumm, jetzt habe ich mich heute ganz umsonst freigemacht."
Es klingt vorwurfsvoll.
„Dafür dürfen Sie nicht mich verantwortlich machen. Fragen Sie Klaus, warum er ..."
„Können wir nicht jetzt am Telefon ...? Herr Bär, es dauert doch bestimmt nicht lange."
„Leider nein. Erstens habe ich gleich einen Termin, zweitens ist ein Gespräch am Telefon ..."
„Ich habe Sie heute schon zweimal vergeblich zu erreichen versucht."
Ah, sie war es also, die ihn vorhin angerufen hat. Aber was soll dieser Satz im Zusammenhang mit seiner Weigerung, mit ihr am Telefon über Klaus zu sprechen? Vielleicht ein Appell an sein schlechtes Gewissen, damit er doch jetzt mit ihr spricht.
„Auch das tut mir leid, Frau Weidenmacher. Aber wie gesagt, jetzt geht es nicht. Wir werden bestimmt einen Termin finden, der uns beiden genehm ist."
Das Gespräch mit Frau Weidenmacher ist kaum beendet, da nimmt er den Hörer wieder in die Hand. Versucht, Birgit zu erreichen.

XI

„Und Sie sind sich ganz sicher, Frau Doberta, daß das Bild in der FRANKFURTER RUNDSCHAU Ihre Nachbarin Birgit Kahn zeigt?“
„Aber natürlich! Ich kenne doch Frau Kahn. Sie wohnt doch schon fast ein Jahr neben mir. Warum wollen Sie mir denn nicht glauben?“
Die Frau, mit der Kurt Harrem am Telefon verbunden ist, macht einen aufgeregten Eindruck. Kein Wunder, wenn man nichtsahnend die Zeitung aufschlägt und plötzlich das Bild seiner Nachbarin sieht: „Wer kennt diese Frau?“ Daneben ein Bericht, daß sie das Opfer eines Verbrechens geworden ist.
„Ich glaube Ihnen ja, Frau Doberta!“ Kurt Harrem hat Mühe, seine eigene Aufgeregtheit zu bezähmen. Wenn diese Frau wirklich sagen könnte, wer die Tote ist, wären sie schon einen gewaltigen Schritt weiter. „Wir müßten Sie so schnell wie möglich sprechen. Rufen Sie von zu Hause aus an?“
„Nein, Herr Kommissar, ich bin in der Stadt. Ich habe Sie doch sofort, nachdem ich das Bild gesehen habe, angerufen. Ich kann das selbst alles noch gar nicht glauben. Die arme Frau Kahn. Ich habe mich ja schon gewundert, daß sie ...“
„Entschuldigen Sie, Frau Doberta, wenn ich Sie unterbreche! Wie gesagt, wir müßten Sie so schnell wie möglich sprechen. Am besten wäre es, wenn Sie sofort ins Polizeipräsidium kommen könnten. Wo sind Sie denn jetzt genau?“
„Auf der Zeil, Herr Kommissar, im Hauptpostamt. Ich nehme die U-Bahn und komme auf dem schnellsten Wege zu Ihnen.“
„Prima, Frau Doberta! Sie wissen, wo das Polizeipräsidium ist?“
„Aber natürlich.“
„Melden Sie sich bitte in Zimmer 286, 2. Stock, bei Hauptkommissar Bechler.“
„Ich beeile mich, Herr Hauptkommissar!“

Kurt will Frau Doberta aufklären, daß er nicht der ist, für den sie ihn hält. Doch er kommt nicht mehr dazu. Sie hat schon aufgelegt.

Eine gute halbe Stunde später, es ist jetzt Viertel vor vier, klopft es an Bechlers Tür. Herein tritt eine kleine zierliche Frau von Mitte dreißig.
„Frau Doberta?“ fragt Bechler. Er steht auf, kommt hinter seinem Schreibtisch vor und geht auf die kleine Frau zu, die gerade dabei ist, die Tür zu schließen. Er streckt ihr die rechte Hand hin und begrüßt sie. Malte ist zwei Köpfe größer als sie. Als sie direkt vor ihm steht, wirkt sie noch zerbrechlicher als aus der Distanz. Er drückt ihre Hand nur leicht, weil er Angst hat, ihr sonst wehzutun.
„Guten Tag, Frau Doberta! Bechler.“
Malte bittet sie, auf dem Stuhl vor seinem Schreibtisch Platz zu nehmen. „Sie haben vorhin auch nicht mit mir, sondern mit meinem Assistenten, Herrn Harrem, gesprochen.“
„Ich dachte ...“
„Weil Sie vorhin so schnell eingehängt hatten, kam Herr Harrem gar nicht mehr dazu sich vorzustellen. Kommen wir aber jetzt zu dem Grund Ihres Anrufs. Sie haben also auf dem Bild in der Rundschau Ihre Nachbarin erkannt. Und daran gibt es keinen Zweifel?“
„Das hat mich auch schon Ihr Assistent gefragt. Nein, die Frau auf dem Bild ist Frau Kahn, meine Nachbarin. Da gibt es keine Zweifel. Ich habe mich schon gewundert, daß ich sie heute früh nicht weggehen gehört habe.“
Malte ist fasziniert von dem Gegensatz zwischen der energischen festen Stimme dieser Frau und ihrer zierlichen Erscheinung.
„Nicht daß Sie denken, ich würde ihr nachspionieren. Aber wir wohnen direkt nebeneinander, und ich höre fast jeden Morgen, wenn Frau Kahn die Türe hinter sich zuzieht und abschließt. Und heute morgen eben nicht. Doch war das für mich kein Grund, mir dabei irgendwas Schlimmes zu denken. Hätte ja sein

können, daß sie gestern abend noch mal mit ihrem Bekannten, dem Herrn Hafler, weggegangen ist. Obwohl, gewundert hätte es mich schon, wenn sie mit dem über Nacht weggeblieben wäre. Denn eigentlich hat sie mit dem Schluß gemacht. Wenigstens hat sie es mir so erzählt."
Malte hakt ein. „Wer ist dieser Herr Hafler? Was wissen Sie von ihm? War sie mit ihm lange befreundet? Und warum hat sie mit ihm Schluß gemacht? Hat Ihnen Frau Kahn Näheres berichtet?"
Sofort beginnt Frau Doberta mit den Antworten: „Wissen Sie, Herr Hauptkommissar, wir haben nicht ständig beieinander gesessen und erzählt. Aber hin und wieder ... Frau Kahn war eine sehr angenehme Nachbarin, freundlich, aufgeschlossen, doch trotzdem zurückhaltend. Nicht so eine, die über andere klatscht und tratscht ..."
Frau Doberta schüttelt mit dem Kopf. „Entschuldigen Sie, ich versuche mich kürzer zu fassen, Sie interessiert sicherlich nicht, was ich von Frau Kahn halte."
„Nein, nein, Frau Doberta", widerspricht ihr Malte, „erzählen Sie nur, es ist schon wichtig, daß ich mir ein Bild von Frau Kahn mache. Und da ist es nicht unwichtig, wie andere sie sehen."
„Also, wir haben schon mal auch über Privates miteinander geredet. Nicht bis ins Letzte natürlich. So gut befreundet waren wir auch wieder nicht. Aber von Herrn Hafler hat Frau Kahn hin und wieder gesprochen. Er ist der Mann einer Kollegin von ihr. Die Frau von Herrn Hafler war die Mentorin von Frau Kahn. Sie war Referendarin an der Hermann-Löns-Schule. Irgendwann in den nächsten Tagen sollte sie ihre Prüfung machen. Die arme Frau Kahn."
Die Stimme von Frau Doberta hat ihre Festigkeit verloren, ist brüchiger geworden. Sie nimmt ein Papiertaschentuch aus ihrer Handtasche. Tupft sich die Tränen weg, bevor sie ihr über die Wange laufen. Atmet zweimal tief aus und ein.
„Es ist schlimm, wenn man plötzlich erfährt, daß jemand, den man so gut kennt, tot sein soll. Und dann noch so ..."

„Das ist doch selbstverständlich, Frau Doberta, daß Sie betroffen sind. Wäre schlimm, wenn Sie es so einfach wegstecken könnten. Wollen Sie, daß wir eine kurze Pause machen?"
„Nein, nein, es geht schon wieder. Ich will ja, daß Sie den, der so etwas macht, schnell finden."
„Gut, Frau Doberta. Dann erzählen Sie mir doch bitte weiter, was Sie von Herrn Hafler wissen. Wie lange hatte sie ein Verhältnis mit ihm? Sie hatten doch ein Verhältnis? Es war nicht nur Freundschaft?"
„Ja, ja, sie schliefen miteinander. Das hat sie mir erzählt. Wie lange fragen Sie? ... Nun, so ganz genau weiß ich das nicht, aber es waren bestimmt ein paar Monate."
„Sie haben mir vorhin gesagt, daß Frau Kahn mit ihm Schluß gemacht hat. Wann war das? Und warum? Wissen Sie Genaueres?"
„Gesprochen hat sie darüber vor ungefähr ..." – Frau Doberta macht eine kleine Denkpause – „... vor ungefähr zwei Wochen. Allerdings weiß ich nicht warum. Ich habe sie auch nicht danach gefragt. Ich dachte mir, wenn sie es mir erzählen wollte, hätte sie es getan."
„Hat sich Frau Kahn vielleicht einmal ..."
Als die Tür aufgeht, unterbricht Malte Bechler. Kurt Harrem kommt herein. Als er die Frau sieht, zögert er.
„Entschuldigung, ich ..."
„Komm bitte, Kurt!" Malte winkt ihn herein. „Das ist Frau Doberta."
Malte stellt seiner Besucherin Kurt Harrem vor. „Mit ihm haben Sie vorhin gesprochen."
„Ich habe gerade mit Fl ...", Kurt korrigiert sich schnell, „ich meine Staatsanwalt Pregnitz gesprochen. Die Obduktion soll in einer halben Stunde beginnen."
Malte überlegt einen Augenblick.
„Gut, dann fahren wir gleich los. Frau Doberta", Malte wendet seinen Blick wieder seinem Gast zu, „Sie verstehen, daß uns daran gelegen sein muß, endgültige Klarheit über die Identität

der Toten zu bekommen. Wenn Sie jetzt mit uns zur Gerichtsmedizin fahren, können Sie dort die Tote als Frau Kahn identifizieren. Ich weiß, daß das nicht leicht für Sie ist, aber Sie würden uns damit sehr helfen."
Frau Doberta nickt.

Eine gute Viertelstunde später nickt Frau Doberta noch einmal. Diesmal auf die Frage, ob die Frau auf dem Sektionstisch ihre Nachbarin Frau Kahn sei.
Kurt Harrem bleibt im Gerichtsmedizinischen Institut. Er soll bei der Obduktion anwesend sein.
Malte Bechler fährt mit Frau Doberta zur Wohnung von Frau Kahn. Da jetzt eindeutig ist, wer die Tote ist, bestellt Malte die Spurensicherung in die Wilhelmshöher Straße 101. Um von der Gerichtsmedizin in der Kennedyallee, nicht weit von der Autobahnauffahrt Frankfurt-Süd, nach Seckbach zu kommen, muß man fast die ganze Stadt durchqueren. Und das jetzt, mitten im Berufsverkehr. Malte stellt sein mobiles Blaulicht auf das Dach und schaltet das Martinshorn ein.

XII

„Bei Kahn."
Eine Männerstimme.
Horst überlegt, ob er auflegen soll.
„Wer ist denn da? Bitte, melden Sie sich!"
Kurz darauf noch einmal: „Wer sind Sie? Wen möchten Sie sprechen?"
Seltsam. Nicht weil ein Mann bei Birgit sich meldet. Er kann ja nicht davon ausgehen, daß sie wie eine Nonne lebt. Auch drei Tage vor ihrer Prüfung nicht. Aber er hat nicht den Eindruck, daß es ein Bekannter Birgits ist. So vom Gefühl her.
„Warum melden Sie sich nicht? Wer sind Sie?" Horst legt auf.
Erst kommt Birgit heute nicht in die Schule. Meldet sich noch nicht einmal. Nimmt auch nicht ab (oder ist nicht zu Hause), als man sie zu erreichen versucht. Dann jetzt dieses eigenartige Verhalten eines Mannes, der sich unter Birgits Nummer meldet. Hat er sich vielleicht verwählt? Nein. „Bei Kahn", hat der Mann gesagt. Horst hat ein ungutes Gefühl. Irgendwas stimmt da nicht. Abwarten bis morgen?
Er geht in die Küche. Mixt sich seinen täglichen Zaubertrank gegen seinen erhöhten Cholesterinwert. Fünfzig Gramm Haferkleie in einen halben Liter Hohes C. In drei Schlucken hat er das Glas leer. Er würde es sogar in einem Zug schaffen, aber zwischendurch muß er die Mixtur immer mal herumrühren, sonst setzt sich zuviel Haferkleie am Boden des Glases ab. Danach spült er das Glas sorgfältig aus, damit keine Kleiereste haften bleiben.
Er holt den SPIEGEL. Setzt sich an seinen Schreibtisch. Liest ein paar Absätze, ohne aber den Sinn des Gelesenen zu erfassen. Er kann sich nicht auf den Artikel konzentrieren. Da hilft alles Wollen nichts.
Die Sache mit Birgit läßt ihn nicht los. Je mehr er sich bemüht zu verstehen, daß es für alles sehr wahrscheinlich eine einfache

Erklärung gibt, desto seltsamer erscheint ihm das Ganze. Nachdem er ein paar Minuten wie ein Tiger im Käfig ruhelos in seinem Arbeitszimmer auf und ab marschiert ist, hält er die Ungewißheit nicht mehr aus.
Birgit wohnt in Seckbach, einem Vorort von Frankfurt. Vor etwa fünfundzwanzig Jahren hat man hier auf einem Gelände, auf dem es bis dahin nur Schrebergärten gab, begonnen, Hochhäuser zu bauen. Zehn bis fünfzehn Stockwerke. Ein- bis Dreizimmerwohnungen. Anonym. Abweisend. Kalt. Trotzdem war Birgit froh, hier eine Ein-Zimmer-Wohnung mit kleiner Küche und Bad zu einem für Frankfurt erschwinglichen Preis bekommen zu haben. Während ihres Studiums übernahmen ihre Eltern die gesamten Mietkosten, seit sie Referendarin ist, zahlen sie die Hälfte.
Birgit wohnt im sechsten Stock. Eine Frau, die ihren Hund ausführen will, öffnet ihm die Eingangstür. Horst fährt mit dem Lift nach oben. Birgits Wohnung liegt am Ende des langen Ganges, der vom Lift nach rechts führt. Ein Polizist steht vor ihrer Tür. Ehe er aber dazu kommt, sich darüber zu wundern, steht er bereits vor ihm.
„Zu wem möchten Sie?"
„Zu Frau Kahn."
„Wer sind Sie?"
„Ho ... Sagen Sie, was ist hier eigentlich los?"
„Sind Sie ein Verwandter oder Bekannter von Frau Kahn?"
In der halboffenen Tür erscheint ein weiterer Mann, in Zivil.
„Bitte, kommen Sie!"
Horst folgt ihm in den winzigen Wohnungsflur. Die Tür zum Zimmer ist nur einen Spaltbreit offen. Seine Augen brauchen ein paar Sekunden, bis sie sich an das dämmrige Flurlicht gewöhnt haben. Ein Polizist vor der Tür, dieser Mann neben ihm, die Männerstimme vorhin am Telefon.
„Was ist mit Birgit, Frau Kahn?"
„Sie sind ein Bekannter von Frau Kahn?"

„Ein Kollege. Frau Kahn ist bei uns an der Schule Referendarin."
„Was wollen Sie von ihr?"
„Sie war heute nicht in der Schule. Ich wollte nach ihr sehen. Sie hat sich am Telefon nicht gemeldet."
„Ach, Sie waren das, der vorhin angerufen hat?"
Horst nickt. „Jetzt sagen Sie endlich, was los ist mit Frau Kahn!"
„Frau Kahn ist tot. Ermordet."
Wahrheit brutal.
„Ist ... Frau Kahn ... noch ...?" Horst zeigt auf die Tür zum Zimmer.
Seine Hand zittert ein wenig.
„Nein. Sie wurde schon in die Gerichtsmedizin gebracht."
Malte Bechler sagt ihm nicht, daß sie überhaupt nicht hier gefunden worden ist.
Birgit ist tot? Ermordet? In die Gerichtsmedizin gebracht? In welchen Film ist er da geraten? Er steht doch nicht wirklich mit diesem Kripobeamten im Flur der Wohnung von Birgit? „Wie wurde Frau Kahn ...?" Er kann das Wort „ermordet" nicht aussprechen. Weil er es nicht begreift. Er begreift ja nicht einmal, daß Birgit tot sein soll.
„Sind Sie nur ein Kollege von Frau Kahn oder ...", der Mann macht eine kleine Pause, „... oder kennen Sie Frau Kahn näher?"
Warum sagt er mir nicht, wie – erschossen, erwürgt, erstochen? Birgit ist tot, und er fragt mich, ob ich näher mit ihr bekannt gewesen bin.
„Sie hat doch in drei Tagen ihr Zweites Staatsexamen."
Malte merkt, daß bei dieser Fragerei jetzt nichts Sinnvolles mehr herauskommt. Diesen Kollegen – wie heißt der eigentlich?
„Darf ich bitte Ihren Namen erfahren?"
„Bär. Horst Bär."
Nein, diesen Bär hat Frau Doberta vorhin nicht erwähnt. Und er hat sie ausdrücklich gefragt, ob sie sonst noch jemanden aus Frau Kahns Schule kenne oder ob ihre Nachbarin einen Kollegin oder eine Kollegin häufiger erwähnt habe.

„Wir reden morgen miteinander, Herr Bär. Sie sind doch morgen in der Schule?“
Horst nickt. „Selbstverständlich!“
„Also bis morgen, Herr Bär!“
Horst geht den langen Flur entlang bis zum Lift, drückt auf den Knopf, wartet, bis er kommt, zieht die Tür auf, fährt hinunter in das Erdgeschoß, tritt auf die Straße. Seine Beine und Arme bewegen sich mechanisch. In seinem Kopf ist nur Leere. Er hätte im nachhinein nicht sagen können, wie er in die Innenstadt gekommen ist. Er stellt sein Auto in der Kaiserstraße am Euro-Turm ab, dem ehemaligen BfG-Hochhaus, schräg gegenüber vom Goethe-Denkmal. Bis zur Schließung vor einiger Zeit waren die „Goethe-Terrassen“ im ehemaligen BfG-Hochhaus sein Stammcafé. Und fast immer noch sucht er jedesmal, wenn er nach Frankfurt kommt, im Bereich Schauspielhaus – Euro-Turm – ehemaliges Finanzamt Mitte, dem heutigen JapanCenter, einen Parkplatz. Wahrscheinlich deswegen landet er auch heute ganz „automatisch“ hier.
Menschen hasten an ihm vorbei. Autos hupen. Reifen quietschen. Feierabendzeit. An der nächsten Straßenecke bleibt er stehen. Rot. Kurz danach stößt ihm jemand seinen Ellenbogen in die Seite. „Grün“, murmelt der massige Mann und schüttelt den Kopf. „Idiot“, schickt ihm Horst hinterher. Der Mann reagiert nicht darauf, aber für Horst ist es die erste „normale“ Reaktion, seit er von der Ermordung Birgits erfahren hat. Wie ein Wiedereintritt ins Leben. Im „Alten Café Schneider“ will er sich hinsetzen, bei einem Kaffee alles überdenken. Versuchen zu begreifen, was passiert ist. Doch kaum hat er den Stuhl weggezogen, verscheucht ihn eine piepsige Stimme: „Leider, wir schließen gerade!“ Die Stimme gehört einer sehr kräftigen, untersetzten Frau Anfang fünfzig, zu der sie überhaupt nicht paßt. Wieder eine neue Bedienung, denkt Horst, läßt den Stuhl los und geht weiter.
Mehr Glück hat er im „Café Schwille“ in der Freßgaß. Da bekommt er endlich seinen Kaffee.

In seinem Kopf herrscht weiter ein heilloses Durcheinander. Wie ein unruhiger Bienenschwarm schwirren seine Gedanken kreuz und quer darin umher. Daran ändert alles Sich-zur-Ruhe-Zwingen nichts. Eigentlich auch kein Wunder. Es wäre vielmehr erstaunlich, wenn Horst in dieser Situation ruhig und vernünftig nachdenken könnte. Schließlich erfährt man nicht alle Tage, daß jemand, den man gut kennt, ermordet worden ist. Er weiß, daß Menschen, die „eines vermutlich gewaltsamen Todes gestorben sind", in die Gerichtsmedizin gebracht werden. Er weiß, daß sie dort in einem Kühlfach gelagert werden. Auch Birgit. Auch ihr skalpiert man die Kopfhaut, durchtrennt die Schädeldecke und legt das Gehirn frei. Auch ihr schneidet man Brust- und Bauchhöhle auf, holt die Organe heraus und untersucht sie. Ausgenommen wie ein geschlachtetes Tier, nur daß nach der Obduktion aus Gründen der Pietät – auch ein Toter hat schließlich noch so etwas wie Menschenwürde – alles wieder so in den Körper gepackt wird, daß außer den Nahtstellen nichts auf eine Ausschlachtung hindeutet. Von außen sieht schließlich niemand, daß das Herz da liegt, wo die Leber hingehört. Und wenn zwecks Entnahme zur Untersuchung Teile fehlen, wird eben mit Holzwolle nachgeholfen.

Er weiß das alles, weil er schon bei Hunderten von Sektionen als Protokollführer dabei gewesen ist. Das war in der Zeit, bevor er begann, das Abitur auf dem Zweiten Bildungsweg nachzumachen. Vier Jahre lang verdiente er als Angestellter bei den Justizbehörden sein Geld. Weil er rekordverdächtig auf den Tasten einer Schreibmaschine herumzuhämmern verstand (wundersamerweise erwischte er auch noch meistens die richtigen), löcherten sie ihn solange, bis er sich einverstanden erklärte, den Job zu machen. Er fing gleich mit einer „Wasserleiche" an. Die stank nicht nur fürchterlich, sondern war auch schon halb seziert, weil sie offensichtlich eine Kollision mit einer Schiffsschraube gehabt hatte. Schlimmer konnte es also kaum noch werden. Nach zehn Obduktionen war die Sache Routine für ihn. Er führte hier so selbstverständlich Protokoll wie bei einer

Haftprüfung, wo die Hauptperson quicklebendig im Raum anwesend ist und Rede und Antwort stehen kann.
Wäre Horst noch Protokollführer bei Obduktionen, so würde morgen – oder vielleicht sogar schon heute? – Birgit nackt vor ihm auf dem Sektionstisch liegen. Aber sie wäre für ihn dann genauso eine Unbekannte wie all die Hunderte von Leichen in den drei Jahren.
„Todesermittlungssache zum Nachteil Birgit Kahn." Der Gerichtsmediziner würde ihm den Obduktionsbericht und den vorläufigen Obduktionsbefund diktieren: „Eine junge, altersgemäß entwickelte, 27 Jahre alte, einhundertfünfundsechzig Zentimeter große Frau ..." Aber Birgit ist nicht irgendeine Frau. Er kennt sie seit eineinhalb Jahren, hat mit ihr geredet und gelacht, auch gestritten, sogar geschlafen haben sie einmal miteinander. Horst neigt nicht zu Pathos und Gefühlsausbrüchen. Er kann sich nicht entsinnen, wann er das letzte Mal geweint hat. Es muß auf alle Fälle schon sehr, sehr lang her sein. Doch jetzt spürt er, wie ihm eine Träne die rechte Backe hinunterläuft. Er spürt ihren salzigen Geschmack im Mundwinkel. Bevor Nachschub kommen kann, wischt er sich mit dem linken Handrücken über beide Augen.
Birgit ist tot. Ermordet. Ihm fällt ein, daß der Kripobeamte nicht gesagt hat, wie Birgit ermordet worden ist. Er wird es morgen erfahren. Aus der Zeitung.

XIII

Nein! – Ungläubig starrt Wolf Ingramm Horst an. Beide stehen sich auf dem Parkplatz an der Rückfront der Turnhalle gegenüber. Vor nicht mehr als einer halben Minute haben sie ihre Autos auf den beiden noch freien Plätze hier abgestellt. Wolf wußte noch nichts von Birgits Ermordung. „Nein!" Nur dieses eine Wort hat er herausgebracht.
Um sie herum das gewohnte morgendliche Treiben: Autos suchen sich einen Weg zwischen den bereits parkenden, halten an einem frei werdenden Platz, Mütter und Väter verabschieden mit Klaps oder Küßchen ihre lieben Kleinen oder schon auch etwas Größeren, Autotüren klatschen. Noch hat erstaunlicherweise kein Schülerruf Wolfs und Horsts „Idylle" gestört. Das besorgt jetzt Horst selbst. Er nimmt Wolf den Schlüssel aus der Hand, sperrt dessen Tür zu und klopft ihm auf die Schulter. „Komm Wolf, wir müssen!" Die ersten paar Schritte schiebt er ihn, dann kann Wolf sich ohne diese Nachhilfe fortbewegen.
Als sie im Schulgebäude sind, bleibt Wolf stehen. „Seit wann weißt du es, Horst?"
„Ich wollte gestern nachmittag nach Birgit sehen, weil sie nicht in der Schule war und sich auch telefonisch nicht gemeldet hat. Irgendwie hatte ich ein seltsames Gefühl."
„Und warum hast du mich nicht angerufen?" fragt Wolf schon im Weitergehen.
Horst will gerade erklären, daß er genauso geschockt gewesen ist wie Wolf eben, und daß ihm alles Mögliche durch den Kopf gegangen ist, nur nicht, ihn anzurufen, da läuft ihnen die Klednitz über den Weg. Kaum daß sie Horst sieht, kräht sie auch schon los: „Da sind Sie ja endlich! Gräter sucht Sie schon seit einer Ewigkeit!"
Obwohl die Klednitz ihn anschaut, stellt sich Horst dumm. „Mich?"
„Ja, Sie natürlich, Sie! Er ist in seinem Zimmer."

Wolf Ingramm ist schon weitergegangen. Horst mag die Klednitz jetzt nicht fragen, was sie mit „natürlich Sie“ gemeint hat. Bestimmt soll er wegen Birgit zu Gräter kommen. Vielleicht ist die Kripo schon bei ihm, und die haben ihm erzählt, daß sie ihn gestern nachmittag vor Birgits Wohnungstür angetroffen haben.
Als er dann ins Sekretariat eintritt, kommt gerade Christine Hafler aus Gräters Zimmer. Grußlos und mit einem Blick, der durch ihn hindurchgeht, stürzt sie an ihm vorbei. Ihm fallen ihre roten, verquollenen Augen auf.
Fragend schaut Horst die Sekretärin an. Wortlos zeigt sie auf die halb geöffnete Tür schräg hinter sich.
„Sie haben mich ...“ Weiter kommt Horst nicht.
„Ja, da sind Sie endlich, Kollege Bär! Sie wissen, was mit Frau Kahn passiert ist! Schrecklich!“
Woher weiß Gräter?
„Die Kripo hat vorhin angerufen. Sie wollten gestern zu Frau Kahn.“
Aha, deswegen also weiß er Bescheid! Fehlt nur noch, daß er mir jetzt auch Vorwürfe macht, warum ich ihm nicht Bescheid gesagt habe!
Aber deswegen hat Gräter ihn nicht kommen lassen. „Kollege Bär! In welches Licht kommt unsere Schule! Schrecklich! Frau Kahn war Referendarin bei uns und dann auch noch die Sache mit Frau Hafler. Was machen wir denn jetzt?“
Horst wundert sich nicht über Gräters Hilflosigkeit. Aber was will er von ihm? Er hat doch die Klednitz. Und was ist das für eine Sache mit Christine Hafler? Sie war Birgits Mentorin. Was hat das mit ihrer Ermordung zu tun? Er beschließt, seine Neugier erst einmal zu unterdrücken. Eine diesbezügliche Frage würde seine Anwesenheit hier nur verlängern. Wenn es etwas Wichtiges sein sollte, würd er es ohnehin schon bald erfahren.
„Ich weiß nicht, wie ich Ihnen da helfen kann.“
„Für halb neun haben sich die Kripoleute angesagt. Trotzdem denke ich, daß es das Beste ist, wenn der Unterricht erst mal ganz normal weiterläuft. Ihre Klasse habe ich in den ersten bei-

den Stunden aufgeteilt. Nehmen Sie sich doch bitte gleich mal die Kollegin Hafler vor! Sie hat mir gerade erzählt, daß ihr Mann heute nacht verhaftet worden ist. Er soll Frau Kahn getötet haben. Mehr war aus der Kollegin Hafler nicht herauszubekommen. Sie war völlig aufgelöst. Natürlich verständlich! Trotzdem wollte sie in dieser Verfassung unterrichten. Ich habe es ihr untersagt. Dienstliche Anweisung."

Horst wundert sich über Gräters Entscheidungsfreude. Doch seine Verwunderung dauert nur so lange, bis er kapiert, was ihm Gräter da eben gesagt hat.

„Was ist mit Frau Haflers Mann? Er soll ..." Horsts Stimme versagt. Das ist ja eine Geschichte aus dem Tollhaus. Nicht genug, daß Birgit umgebracht worden ist, jetzt soll auch noch der Mann einer Kollegin der Mörder sein. Er kennt Christines Mann kaum, hat ihn zweimal gesehen, beide Male im letzten Jahr – einmal beim Schulfest, das andere Mal beim Weihnachtsbazar. Da hat er sich auch mit ihm kurz unterhalten. Small talk. An Einzelheiten kann sich Horst heute nicht mehr erinnern. Gerüchteweise hat er vor ein paar Monaten gehört, daß es in Christines Ehe kriseln soll, und daß zwischen Birgit und Christines Mann „was" sei. Wer hat ihm das damals erzählt? Meike Noh? Ingrid Gressien?

„Für mich war das auch ein Schock. Erst das mit Frau Kahn und dann mit Frau Haflers Mann. Wie gesagt, aus Frau Hafler war nicht mehr herauszubekommen."

Gräters Stimme hat Horst aus seinen Gedanken gerissen. Im Moment hat er nur einen Wunsch: Weg von hier! Weg aus diesem Zimmer! Weg von Gräter! Vielleicht erfährt er von Christine Genaueres.

„Ich dachte, daß Sie als Personalrat ... Nun, es muß sich doch jemand um Frau Hafler kümmern. Und ich muß mich ... Nachher hat sich die Kripo angesagt, da dachte ich, daß Sie vielleicht ... Und Frau Klednitz brauche ich ..."

Horst beendet Gräters Stotterei. Möglicherweise hat der sein Schweigen mißdeutet und gedacht, er wolle sich nicht um Chri-

stine kümmern. „In Ordnung, Herr Gräter! Ich spreche mit Frau Hafler.“ Im Hinausgehen hört er hinter sich ein erleichtertes „Danke“.
Horsts Vermutung, wo er Christine finden könnte, erweist sich als zutreffend. Sie sitzt in ihrem Klassenzimmer am Pult. Als die Tür aufgeht, hebt sie nur kurz ihren Kopf und starrt ihn mit dem gleichen durchdringenden Blick wie eben an. Wortlos nimmt Horst einen Stuhl und stellt ihn neben das Pult. Einen halben Meter läßt er zwischen sich und Christine frei. Wie soll er anfangen? Vom Schulhof dringen, gedämpft durch die geschlossenen Fenster, die Geräusche der lärmenden Kinder zu ihnen herauf. Verdammt! Warum fällt ihm nur nichts ein? Immer unangenehmer wird ihm die Stille. Er rutscht unruhig auf seinem Stuhl hin und her.
„Hat Gräter dich geschickt?“ Christines Stimme ist erstaunlich klar. Sie hat ihren Kopf zu ihm hingedreht und sieht ihm in die Augen. Ihr Blick hat seine Starre verloren. Auch ihre Augen erscheinen ihm nicht mehr so rot und verquollen, wie er sie von ihrer Begegnung im Sekretariat in Erinnerung hat.
„Ja.“ Horst macht keine Anstalten zu leugnen oder auch nur drumherumzureden, warum er hier ist.
Das weiß auch Christine zu würdigen. „Danke! Wenigstens versuchst du nicht, mir was vorzumachen.“ Sie gibt einen Ton von sich, der sich anhört wie ein kurzes Auflachen. „Gräter hat wohl Angst, ich verzapfe irgendwelchen Blödsinn. Weil sie meinen Alten eingelocht haben. Muß er nicht. Mit dem bin ich fertig. Den können sie meinetwegen behalten, bis er schwarz wird. Keinen Finger mach' ich für den krumm. Erst hurt er mit der Birgit rum, dann hat sie ihm wahrscheinlich den Laufpaß gegeben, und dann murkst er sie ab.“
Horst deutet Christines Ausbruch als zynische Trotzreaktion, die er unkommentiert einfach so stehen läßt.
„Ja wußtest du, daß Birgit und dein Mann ...“
„Du nicht?“ fällt ihm Christine ins Wort.
„Gerüchte. Tratsch. Du weißt, mich interessiert so etwas nicht.“

„Dich betrifft es ja auch nicht."
„Hast du nicht mit deinem Mann darüber gesprochen?"
Wieder dieses kurze Auflachen. „Wozu? Er hätte es ja doch geleugnet."
„Na hör mal, Christine! Ich stelle mir vor, wenn ich in eine ähnliche Situation käme, wenn ich erfahren würde, daß ..."
„Du kannst so nur reden, weil du meinen Mann nicht kennst. Mit dem kann man nicht reden."
„Du hast recht, ich kenne ihn nicht, aber ich könnte nicht neben jemandem so herleben, von dem ich wüßte oder, sagen wir mal, annehmen müßte, er hat ein Verhältnis mit einer anderen. Da muß man doch einfach miteinander drüber reden."
„Horst, ich will darüber nicht mehr sprechen!"
Die Schulklingel begleitet Christines letzte Worte. Das heißt, eigentlich ist die „Klingel" ein Dreiton-Gong: A – Fis – D.
„In Ordnung, Christine! Lassen wir dieses Thema! Es geht aber doch jetzt für deinen Mann um viel mehr. Um Leben und Tod. Klingt pathetisch, aber ..."
„Und was kümmert das mich? Hat er vorher danach gefragt, wie es mir geht?"
Horst will laut werden, bremst sich jedoch noch rechtzeitig. Den Mund hat er schon auf, macht ihn aber noch einmal zu, atmet tief durch, ehe er von neuem ansetzt. Diesmal hält er sich in Lautstärke und Ton zurück. „Das kann nicht dein Ernst sein, Christine!"
„Doch, mein voller."
„Bitte Christine! Du kannst ihn nicht so hängen lassen! Sorge wenigstens dafür, daß er einen guten Anwalt kriegt! Das mit Birgit ist eine Sache, ich meine, daß er ein Verhältnis mit ihr gehabt hat – der Mord ist eine andere Sache. Oder glaubst du wirklich, daß er es war?"
„Es ist mir egal. Ich bin fertig mit ihm."
Christine unterstreicht jeden ihrer Sätze mit einem Faustschlag auf das Pult. Sie ist in einer Verfassung, in der Horst es für we-

nig sinnvoll hält, weiter in sie zu dringen oder an ihr Mitgefühl zu appellieren.
Was soll er jetzt machen? Christine hier sitzen lassen und einfach rausgehen? Weiter mit ihr reden? Aber was? Bei ihr bleiben, schweigen und darauf warten, daß Christine wieder etwas sagt, auf das er erwidern kann? Der Gräter macht es sich leicht. Um ihm Widrigkeiten vom Hals zu halten, dafür ist er als Personalrat gut. „So nicht!" rutscht es ihm halblaut heraus.
„Doch, ich bin fertig mit ihm", wiederholt Christine, weil sie denkt, er habe sie gemeint.
Horst kann ihre Entgegnung nicht gleich einordnen. Erst nach einigen Sekunden begreift er. „Nein, Christine, du warst eben nicht angesprochen. Obwohl ..."
Horst spricht nicht weiter, weil er sich vorgenommen hat, dieses Thema nicht weiter zu vertiefen.
Von den Fluren her hört man Gejohle, Getrampel, Türen fallen zu, Rufe. Das dauert jetzt so drei bis vier Minuten, so lange, bis alle Schüler in ihren Klassen sind. Die Tür zu ihrem Raum wird aufgerissen. Eine Schülerin steht auf der Schwelle. Aus dem offenen Mund kommt kein Laut. Sie schaut zu den beiden Lehrern, die vorne am Pult sitzen. Eine Hand zieht sie nach draußen. Die Tür schließt sich wieder.
Horst steht auf. Geht nach hinten zur Tür, sperrt sie von innen zu. Er überlegt krampfhaft, wie er sich weiter verhalten soll. Dabei fällt ihm ein, daß er noch gar nichts darüber weiß, warum die Kripo Christines Mann vorläufig festgenommen hat. Welche Anhaltspunkte hat sie für seine Täterschaft? War Christine bei der Festnahme dabei? Weiß sie mehr als die bloße Tatsache der Festnahme? Vielleicht ist sie ja bereit, darüber zu sprechen.
„Wieso kamen die Bullen so schnell auf deinen Mann, Christine?"
„Interessiert mich nicht!" blafft sie ihn an.
Unbeeindruckt fragt Horst weiter: „Haben sie ihn in eurer Wohnung festgenommen? Warst du dabei? Hast du erfahren, ob sie irgendwas Konkretes gegen ihn in der Hand haben?"

„Interessiert ..."
„Aber mich interessiert es", unterbricht Horst sie barsch. „Denk dir einfach, du würdest mich über etwas informieren, was mich interessiert. Also Christine, warst du dabei, als ..."
„Ja", platzt Christine heraus, „ich war dabei. Drei Mann hoch haben gestern abend vor unserer Wohnungstür gestanden. Kannst du dir überhaupt vorstellen, wie schlimm das für mich gewesen ist? Und du verlangst von mir, ich solle diesem auch noch helfen. Weißt du überhaupt, was du da von mir verlangst!"
Horst läßt sich nicht wieder auf dieses Gleis führen. „Haben die Kripobeamten sich darüber ausgelassen, wie sie auf deinen Mann als Verdächtigen gekommen sind? Haben sie ihm Fragen gestellt? Sie müssen doch irgendwas gesagt haben, bevor sie ihn mitgenommen haben. Du warst doch dabei. Du mußt doch einiges mitbekommen haben."
„Sie haben ihn nur gefragt, ob er der Herbert Hafler ist, und dann gesagt, daß er im Zusammenhang mit dem Mord an Birgit vorläufig festgenommen sei."
„Und dein Mann, was hat der gesagt?"
„Nichts. Der hat ein paar Sachen zusammengepackt und ist mitgegangen."
Horst dringt nicht weiter in Christine. Im Moment ist nicht mehr aus ihr herauszubekommen. Aber seine detektivische Neugier ist wiedererwacht. In der Zeit, bis er nach seinem Zweiten Staatsexamen in den Schuldienst übernommen worden ist, hat er sich neben einem Job als Taxifahrer auch als Mitarbeiter in einer Detektei finanziell über Wasser gehalten. Natürlich hat er da nicht spektakuläre Fälle im Alleingang gelöst. Meistens hat er irgendwelche Observationsaufträge ausgeführt. Das war weder spannend noch unterhaltsam. Wahrscheinlich wären ihm aus dieser Zeit höchstens steifgefrorene Glieder, Erkältungen oder verspannte Rückenmuskeln in Erinnerung geblieben, wenn da nicht Peter Muskuweit, einer der beiden Chefs der Detektei, gewesen wäre. Mit ihm saß er öfter mal in der „Letzten Instanz"

zusammen, einer Kneipe in der Nähe der Detektei. Von ihm bekam er seine Aufträge. Peter drückte ihm aber nicht nur ein Bild in die Hand und schickte ihn irgendwohin zur Observation. Er weihte ihn in den jeweiligen Fall ein. Erklärte ihm, um was es ging. Gab ihm mehr Informationen, als er brauchte, um seinen Job zu tun. Peter Muskuweit ist ein alter Hase, mit allen detektivischen Wassern gewaschen, im Laufe der Jahre ist er so etwas wie ein väterlicher Freund für Horst geworden. Bis heute besteht eine Verbindung zwischen ihnen, drei-, viermal im Jahr treffen sie sich, um sich auszuquatschen. Über diesen Fall könnte er mit Peter reden. Der würde ihn bestimmt nicht wegschicken, wenn er ihn bitten würde, ihm zu helfen, die Unschuld von Christine Haflers Mann zu beweisen.
Horst muß sich bremsen. Woher weiß er denn, daß Christines Mann nichts mit dem Mord an Birgit zu tun hat? Er hat keine Ahnung, was die Polizei gegen ihn in den Händen hat. Er weiß bis jetzt nicht mehr und nicht weniger, als daß Christines Mann gestern abend abgeholt worden ist im Zusammenhang mit der Mordsache Kahn und daß seine Frau ihn hängenläßt. Aus Verbitterung über sein Verhältnis zu Birgit. Sie will ihn bestrafen, weil er es gewagt hat, mit „ihrer" Referendarin fremdzugehen. Befriedigung ihrer Rachegefühle. Vielleicht denkt sie sogar, daß es Birgit recht geschieht, wenn ...
Genug! Horst verbietet es sich, solch einen Unsinn weiter zu denken. Nichts als Vorurteile. Wie kann er sich zum Richter über Christine aufspielen! Vielleicht ist ihr von ihrem Mann ja wirklich übel mitgespielt worden? Vielleicht liegt in länger aufgestauten Aggressionen das Motiv für ihre Gleichgültigkeit seinem Schicksal gegenüber!
Bis jetzt kann er nur Mitleid oder Mitgefühl mit dem vermeintlich Schwachen in die Waagschale werfen. Einen anderen Pluspunkt für Christines Mann gibt es im Moment nicht. Doch für die Frage der Schuld oder Nichtschuld ist dies völlig belanglos.

Horst wird versuchen, mehr in Erfahrung zu bringen. Fakten, den Mordfall Kahn und die Beteiligung oder Nichtbeteiligung von Christines Mann daran betreffend.
Eine gute halbe Stunde später – Horst sitzt im Zimmer der Konrektorin Klednitz und wartet auf seine Befragung durch die Kripobeamten – kommt ihm sein Vorhaben, an der Aufklärung des Mordfalls Kahn mitzuwirken und Christines Mann, falls dieser unschuldig sein sollte, herauszuhauen, reichlich größenwahnsinnig vor. Wer ist er denn, daß er sich so etwas vornehmen kann? Welche Mittel hat er? Wie will er denn an die erforderlichen Informationen herankommen? Er ist Lehrer und nicht Detektiv. Daran ändert auch sein „Schnupperjahr" als Detektiv nichts.
Er wird jetzt erst einmal abwarten, was mit Christines Mann geschieht. Ob der Haftrichter ihn in Untersuchungshaft schickt oder ob er vielleicht schon bald wieder freikommt. Und wenn er wirklich recherchieren will, dann geht das sowieso nicht, ohne daß er Peter um Rat fragt.
Seine Befragung durch die Kripobeamten dauert nur knappe zehn Minuten. Weil die Polizisten in der ersten großen Pause mit dem Lehrerkollegium sprechen möchten, schiebt er auf Bitten von Gräter Pausenaufsicht für Karlheinz Lochte. Und er ist froh, die darauffolgenden drei Stunden in seiner Dritten sein zu dürfen, statt irgendwelche „Betreuungsaufträge" Gräters ausführen zu müssen. In der zweiten großen Pause hat Horst wieder Aufsicht. Diesmal nach Plan. Das Angebot Lochtes, als Ausgleich für die erste Pausenaufsicht nun die seine zu übernehmen, schlägt Horst aus. Er kann sich vorstellen, welche Stimmung im Lehrerzimmer herrscht. Darauf kann er gerne verzichten.
Auch nach der fünften Stunde geht er nicht mehr ins Lehrerzimmer. Er bleibt noch ein paar Minuten nach Unterrichtsschluß in seinem Klassenraum, ehe er sich schnell davonschleicht, hoffend, daß ihm niemand von den KollegInnen über den Weg läuft.

Erst in seinem Auto, als er die Tür zugeschlagen hat, fühlt er sich sicher. Ein paarmal atmet er tief durch. Dann startet er und fährt los.
Hupen und Reifenquietschen lassen ihn aufschrecken. Gedankenversunken hat er nicht darauf geachtet, daß er beim Einfädeln in den Verkehr auf der Stresemannstraße einem Volvo vor die Schnauze gefahren ist. Im Rückspiegel sieht er den aufgerissenen Mund und den drohenden Finger des Volvofahrers. Entschuldigend hebt Horst seine rechte Hand. Dann setzt er den Blinker links und wartet, bis eine genügend große Lücke zum Einfädeln in die linke Fahrspur vorhanden ist.
Gerade als er das Autoradio anschaltet, sagt der Sprecher, daß es fünf vor eins ist. Beginn der „Hessen-Rundschau". Er muß also schon länger als eine Viertelstunde ziellos herumgefahren sein.
„... in Seckbach ermordet aufgefundenen Birgit Kahn teilte der Leiter der Mordkommission, Hauptkommissar Bechler, mit, daß der gestern abend festgenommene Herbert H. am heutigen Nachmittag dem Haftrichter ..."
Horsts Arme beginnen plötzlich zu zittern. Er hat das Gefühl, daß die Beine ihren Dienst aufkündigen. Nur unter Aufbietung aller Kräfte schafft er es, seinen Wagen sicher auf dem schmalen Streifen zwischen der Straße und dem parallel verlaufenden Radweg zum Stehen zu bringen. Hupend und mit hochgerecktem rechten Mittelfinger fährt ein Mann in einem japanischen Sportwagen an ihm vorbei. Normalerweise hätte dies bei Horst einen Adrenalinausstoß zur Folge. Nicht so jetzt. Die Erwähnung der Namen von Birgit und Herbert Hafler hat ihn mit einem Schlag wieder in die Realität zurückgeholt. Ihm wieder bewußt gemacht, was da Schreckliches passiert ist. Und das Schlimme ist, daß er alleine ist. Er braucht jetzt jemanden, mit dem er sprechen kann. Hilde. Heute morgen hat er sich davor gedrückt, sie zu sehen. Hatte Angst vor ihrer Reaktion wegen gestern. Nicht daß sie ihm eine Szene machen würde. Schließlich sind sie im Café nicht allein. Nein, am schlimmsten wäre

gewesen, wenn sie gar nichts gesagt hätte. Ihm wortlos sein Frühstück hingestellt hätte.

XIV

„Herr Hafler, hören Sie auf mit dem Schweigen! Wenn Sie nichts sagen, stellt die Richterin einen Haftbefehl aus. Und das bedeutet, Sie kommen erst mal in Untersuchungshaft."
Rechtsanwalt Klephan versucht seinem Mandanten mit eindringlichen Worten klarzumachen, was auf ihn mit hundertprozentiger Sicherheit zukommen wird, wenn er weiter den Mund hält.
„Verstehen Sie, Herr Hafler, Sie verschwinden im Knast. Daran kann ich dann – im Moment wenigstens – auch nichts ändern. Niemand könnte Ihnen da helfen. Sie haben nur eine einzige Chance: Machen Sie den Mund auf. Obwohl Sie, das will ich Ihnen fairerweise nicht verhehlen, auch dann schlechte Karten haben. Die Kripo hat bis jetzt so viele Indizien zusammengetragen, die Sie belasten, daß es für uns sehr, sehr schwer sein wird, die Richterin zu veranlassen, Sie nicht in U-Haft zu nehmen."
Rechtsanwalt Klephan ist von Amts wegen als Pflichtverteidiger von Herbert Hafler bestellt worden. Hafler hat seit seiner vorläufigen Festnahme gestern abend keinen Ton zum Vorwurf der Tötung der Birgit Kahn gesagt. Hat alles apathisch über sich ergehen lassen. „Herr Hafler", Rechtsanwalt Klephan unternimmt einen letzten Versuch, „wir können hier nicht ewig rumsitzen. Die Richterin, der Staatsanwalt und die Kripo-Leute warten. Und wir können sie nicht mehr länger warten lassen. Ich habe um eine kurze Unterbrechung der Sitzung gebeten, weil ich hoffte, es würde mir gelingen, Sie vom Ernst Ihrer Situation überzeugen zu können. Herr Hafler, bitte! Sagen Sie aus!"
„Es ist ja sowieso alles egal. Birgit ist tot."
Immerhin, denkt der Rechtsanwalt, er hat wenigstens den Mund aufgemacht.
„Ich verstehe, daß Sie deprimiert sind, Herr Hafler. Aber was nützt es Frau Kahn, wenn Sie sich mit Ihrem Schweigen auch

noch ins Unglück reiten. Sie wird nicht mehr lebendig, und Sie reißen sich immer tiefer hinein."

Einen Augenblick scheint Hafler über die Worte seines Anwalts nachzudenken. Dann hebt er seinen Kopf, schaut zum ersten Mal, seit sie zusammen in dem kleinen Zimmer neben dem der Haftrichterin sind, Klephan ins Gesicht. „Gut, ich sage aus."

Erleichtert informiert Rechtsanwalt Klephan die Richterin über Haflers Aussagewilligkeit.

„Also, bitte, Herr Hafler, dann schildern Sie uns einmal den Ablauf Ihres Besuchs bei Frau Kahn! Oder bestreiten Sie, bei ihr gewesen zu sein? Sie wissen, daß Frau Kahns Nachbarin ausgesagt hat, sie, also die Frau Kahn, habe Sie vorgestern gegen zwanzig Uhr in ihre Wohnung gelassen."

„Ja, das stimmt." Herbert Hafler spricht leise. „Ich war zu dieser Zeit bei Birgit. Sie wußte nichts von meinem Besuch. Das heißt, ich habe mich vorher nicht bei ihr gemeldet. Erst wollte sie mich auch nicht hereinlassen. Ich klingelte oben an ihrer Tür. Sie hat durch den Spion geguckt und gesehen, daß ich vor der Tür stand. Sie hat mir zugerufen, ich solle gehen. Es sei aus. Sie wolle ihre Ruhe haben. Aber ich bin nicht gegangen. Ich habe geklingelt und geklopft. Schließlich hat sie doch aufgemacht und mich hereingelassen."

„Was wollten Sie von Frau Kahn?" fragt Staatsanwalt Pregnitz. „Sie hatte Ihnen doch gesagt, daß Sie nicht mehr mit Ihnen sprechen wollte."

„Ja schon, aber ich wollte noch einmal einen letzten Versuch machen." Mit plötzlich viel lauterer Stimme fährt Hafler fort. „Ich weiß bis heute nicht, warum Birgit Schluß gemacht hat. Ich weiß es nicht." Hafler schüttelt den Kopf. „Ich hätte mit meiner Frau geredet. Wir hätten eine Lösung gefunden. Nur nicht vor Birgits Prüfung. Meine Frau war ihre Mentorin. Ich wollte in Birgits Interesse noch warten. Das habe ich ihr alles zu erklären versucht. Aber sie ..."

„Und als Sie merkten, daß Frau Kahn sich nicht überreden lassen wollte, daß sie Ihnen klipp und klar sagte, daß nichts sie da-

von abbringen könnte, haben Sie durchgedreht. Wenn sie schon ..."
„Aber das ist doch Quatsch!" läßt Hafler den Staatsanwalt nicht ausreden.
„Wie lange waren Sie denn bei Frau Kahn?" setzt der Staatsanwalt sofort nach.
„Ich weiß nicht genau." Hafler überlegt einen Augenblick. „Vielleicht zehn Minuten, eine Viertelstunde. Höchstens eine Viertelstunde."
„Sie haben gesagt, sie hätten ihr nichts getan. Ist sie denn mit Ihnen weggegangen?"
„Nein, nein. Ich bin alleine weg. Warum sollte sie mit mir gehen?"
„Nun, wir haben die Aussage von Frau Kahns Nachbarin. Und die sagt, daß sie gegen Viertel vor neun noch einmal bei Frau Kahn geschellt hat. Mehrmals geschellt. Doch niemand habe ihr aufgemacht. Sie habe auch kein Geräusch aus der Wohnung gehört. Also müssen wir doch davon ausgehen, daß Frau Kahn entweder nicht da war oder ... ja, oder daß sie schon tot war."
Rechtsanwalt Klephan schaltet sich in das Zwiegespräch zwischen dem Staatsanwalt und Hafler ein: „Das mag ja alles sein, aber für Ihre Schlußfolgerung daraus, werter Herr Kollege, daß Herr Hafler der Täter sein muß, haben Sie keinen einzigen stichhaltigen Beweis vorgebracht. Woher wollen Sie denn wissen, daß nach Herrn Hafler niemand mehr bei Frau Kahn war? Mein Mandant sagt, er sei spätestens nach einer Viertelstunde, also gegen Viertel nach acht, gegangen. Frau Do..., ich meine die Nachbarin, hat eine halbe Stunde später an Frau Kahns Wohnungstür geklingelt."
„Sie vergessen, daß Frau Doberta weder Herrn Hafler weggehen gehört noch jemand anderen kommen gesehen hat. Auch hat sie Frau Kahns Klingel nicht mehr gehört."
Rechtsanwalt Klephan will etwas einwenden, doch Staatsanwalt Pregnitz fährt unbeirrt fort: „Sie wollen sagen, daß es doch durchaus möglich sein kann, daß Frau Doberta das alles nicht

gehört hat. Aber abgesehen davon, daß das in einem recht hellhörigen Haus nicht sehr wahrscheinlich ist – zumindest die Klingel hätte Frau Doberta gehört –, dies sind ja nicht die einzigen Dinge, die gegen Ihren Mandanten sprechen. Herr Hafler kam laut Aussage seiner Frau erst kurz vor elf nach Hause. Fragen wir doch Herrn Hafler, was er in den über zweieinhalb Stunden zwischen dem angeblichen Verlassen der Wohnung von Frau Kahn und seinem Heimkommen gemacht hat. Also Herr Hafler, bitte schön, wo waren Sie in dieser Zeit? Hat Sie irgendjemand gesehen?"
„Ich bin herumgefahren."
Staatsanwalt Pregnitz schüttelt lächelnd den Kopf, aber er unterbricht Hafler nicht.
„Ja, ich weiß, daß ich kein Alibi habe. Und ich weiß, daß auch das auf den ersten Blick gegen mich spricht. Aber glauben Sie mir, ich bin wirklich herumgefahren. Ziellos herumgefahren. Ich wußte, daß es aus war. Jetzt wußte ich es. Vorher hatte ich noch Hoffnung gehabt. Ich konnte nicht so einfach nach Hause fahren. Ich mußte über die neue Situation nachdenken."
„Sehen Sie, Herr Hafler", Staatsanwalt Pregnitz wendet sein Gesicht wieder dem Mann zu, über dessen „Freiheit" – zumindest für die nächste Zeit – entschieden werden sollte, „für sich alleine genommen, das heißt wenn wir keine anderen Anhaltspunkte hätten, wäre das nicht unbedingt so belastend, daß man daraus einen dringenden Tatverdacht herleiten könnte. Doch wie ich vorhin schon gesagt habe, bei Ihnen kommt eines zum anderen. Und ich bin ja immer noch nicht fertig. Wir haben nämlich auch von Frau Doberta erfahren, daß Frau Kahn ihr vor kurzem erzählt hat, sie habe Angst ..."
Rechtsanwalt Klephan will zum Protest anheben.
„Gut, ich sage es anders, Herr Kollege, mit den Worten von Frau Doberta. Frau Kahn hat ihrer Nachbarin gesagt, die Sache mit Ihnen sei ihr nicht mehr geheuer, Sie würden ihr langsam etwas unheimlich. Es war also offenbar doch nicht so, daß es Frau Kahn in erster Linie darum ging, daß Sie mit Ihrer Frau

über Ihre Beziehung sprechen und reinen Tisch machen sollten, und daß sie mit Ihnen deswegen Schluß machte, weil Sie das nicht taten."
Hafler schüttelt ungläubig den Kopf. „Was reden Sie da eigentlich? Birgit sollte ... Ich sei ihr unheimlich ... Wer sagt solchen Quatsch!?"
„Frau Kahn. Oder welchen Grund sollte ihre Nachbarin haben, sich einen solchen – wie Sie sagen – Quatsch aus den Fingern zu saugen? Dieser angebliche Quatsch ist das, was ihr Frau Kahn erzählt hat. Und jetzt liegt es doch nahe, darin wieder ein Mosaiksteinchen zu sehen, das zu den anderen Sie belastenden hinzukommt."
„Ich kann nur sagen", Herbert Hafler schaut mit starrem Blick an der vor ihm sitzenden Richterin vorbei, er spricht leise und stockend, eher wie zu sich selbst als zu den Anwesenden, „ich verstehe das Ganze nicht. Ich hätte Birgit nie was antun können. Nie. Ihre Entscheidung, Schluß zu machen, habe ich wohl nicht verstanden, aber akzeptiert. Gezwungenermaßen. Und wenn Birgit wirklich ihrer Nachbarin so einen Unsinn erzählt hat, dann ... Ich kann mir darauf keinen Reim machen. Ich weiß nicht, warum sie sowas gesagt haben sollte."
„Könnte es nicht sein, Herr Hafler, daß es so eine Art Kurzschlußreaktion Ihrerseits war, daß Sie nicht mit dem Vorsatz, Frau Kahn zu töten, zu ihr gegangen sind, sondern es sich plötzlich irgendwie aus der Situation ergeben hat. Und daß Sie – wie soll ich sagen –, nachdem es passiert war, quasi davon selbst überrascht waren und das Ganze danach verdrängten."
„Aber Herr Kollege", erwidert Rechtsanwalt Klephan darauf, „das sind doch wilde, um nicht zu sagen abenteuerliche Spekulationen. Sie werden doch nicht im Ernst annehmen, daß Sie damit durchkommen."
„Ich gebe zu, Herr Kollege, daß ich eben ein wenig spekuliert habe. Wenn auch nicht wild oder gar abenteuerlich, wie Sie sich auszudrücken pflegten. Aber meine Spekulationen betreffen ein-

zig und ausschließlich die Art und Weise, wie Ihr Mandant mit seiner Tat nachträglich umgeht, wie ..."
„Es besteht kein Grund für meinen Mandanten", unterbricht Rechtsanwalt Klephan den Staatsanwalt, „wie auch immer mit ‚seiner Tat' umzugehen, weil er mit der Tat, die Sie meinem Mandanten anhängen möchten, nichts zu tun hat."
„Wenn er meint, er hätte damit nichts zu tun, dann nur, weil er die Tat verdrängt, weil er sich weigert, sie zu verarbeiten."
„Sie sollten lieber für Fakten sorgen, Herr Kollege", kontert Rechtsanwalt Klephan, „Fakten, die für die Täterschaft meines Mandanten sprechen. Und das können Sie nicht. In dieser Hinsicht habe ich bisher von Ihnen – auch wenn Sie das in Abrede stellen – nur vage Vermutungen und Annahmen gehört, jedoch keinen einzigen konkreten Beweis. Im Gegenteil. Sie muten uns sogar zu, daß wir Widersprüche in Ihrer Argumentation hinnehmen. Einerseits sprechen Sie von einem hellhörigen Haus – gut, das wäre bei einem Lokaltermin zu überprüfen; andererseits soll Herr Hafler Frau Kahn in ihrer Wohnung getötet haben, ohne daß davon die Nachbarin etwas mitbekommen haben sollte. Frau Kahn hat sich doch sicher gegen ihren Angreifer zur Wehr gesetzt, und dies dürfte doch wohl mit solchen Geräuschen verbunden gewesen sein, daß die in der Nachbarwohnung nicht ungehört geblieben wären. In einem Haus, ich betone das noch einmal, das Sie als sehr hellhörig bezeichnen. Sie sind bis jetzt darüber hinaus auch jeglichen Beweis dafür schuldig geblieben, daß Frau Kahn in ihrer Wohnung getötet wurde. Oder haben Sie irgendwelche Spuren gesichert, die darauf hindeuten?"
„Nein, nein, Herr Kollege", wehrt sich der Staatsanwalt gegen diese Darstellung, „zum einen wissen Sie, daß wir hier – noch nicht einmal ganz achtundvierzig Stunden nach der Tat – den Fall natürlich noch nicht abschließend beurteilen können. Dazu sind noch eine Menge Untersuchungen nötig. Ich gebe zu, daß wir bisher noch keinen eindeutigen Beweis für ein Tötungsdelikt in Frau Kahns Wohnung haben."

„Nicht nur keinen eindeutigen, überhaupt keinen, auch keinen vagen.“
„Zum anderen wehre ich mich entschieden gegen Ihre Darstellung, ich hätte mich in Widersprüche verwickelt. Das habe ich ganz und gar nicht, Herr Kollege. Sie vergessen, daß laut vorläufigem Obduktionsergebnis der Täter seinen Angriff von hinten ausgeführt hat. Herr Hafler hat also einen Moment abgepaßt ...“
„Hat einen Moment abgepaßt. Sie tun schon wieder so, als ob das, was Sie hier vortragen, bewiesen wäre.“
“Nun gut“, korrigiert sich der Staatsanwalt, „Herr Hafler könnte einen Moment abgepaßt haben, in dem Frau Kahn ihm den Rücken zukehrt, sie den Angriff also nicht gesehen und ihn erst dann wahrgenommen hat, als Herr Hafler mit aller Kraft zugedrückt hat. Weil dies dann ohne laute Geräusche vor sich gegangen wäre, hätte Frau Doberta auch in diesem hellhörigen Haus nichts gehört. Zumindest nichts, was sie als einen Hinweis auf eine lebensbedrohliche Situation in der Nachbarwohnung hätte deuten müssen.“
„Und wie verträgt sich“, meldet Rechtsanwalt Klephan daran starke Zweifel an, „Ihre jetzige Darstellung damit, daß Frau Doberta von Frau Kahn gehört haben will, ihr sei Herr Hafler nicht geheuer gewesen. Sie haben das vorhin doch so interpretiert, daß Frau Kahn Angst vor Herrn Hafler gehabt hat. Jemandem, vor dem man Angst hat, dreht man nicht den Rücken zu und macht sich damit wehrlos. Wieder ein Widerspruch.“
„Aber Herr Kollege“, lächelt Staatsanwalt Pregnitz, „diesen Einwand meinen Sie doch wohl nicht ernst.“
„Und ob ich den ernst meine.“
„Auch wenn Frau Kahn gesagt hat, Herr Hafler sei ihr nicht mehr geheuer, heißt das doch noch lange nicht, daß sie pausenlos vor ihm auf der Hut gewesen ist, weil sie jederzeit mit einem Angriff seinerseits gerechnet hat. Vielleicht wollte sie gerade weggehen, um etwas zu holen, und hat ihm dabei den Rükken zugekehrt.“

„Vielleicht war es so, vielleicht ist dies passiert. Wir haben heute immer nur ein ‚Vielleicht' von Ihnen gehört." Jetzt spricht Rechtsanwalt Klephan die Richterin direkt an. „Der Herr Staatsanwalt hat in dieser Verhandlung außer Mutmaßungen und Spekulationen nichts vorgebracht, was eine Inhaftierung meines Mandanten rechtfertigt."

In der Folge versucht die Richterin mit einigen Fragen den Sachverhalt weiter aufzuhellen, ehe die beiden Hauptkontrahenten ihre Anträge stellen: Staatsanwalt Pregnitz auf Ausstellung eines Haftbefehls wegen Mordes (Hafler habe heimtückisch gehandelt, weil er die Arg- und Wehrlosigkeit seines Opfers ausgenutzt habe), Rechtsanwalt Klephan auf Freilassung seines Mandanten, weil kein hinreichend dringender Tatverdacht gegen ihn bestehe.

Die Richterin teilt mit, daß sie in ungefähr zehn Minuten ihre Entscheidung bekanntgeben werde.

Malte Bechler ist froh, daß in diesem Moment Kurt Harrem seinen Kopf zur Tür hereinstreckt und ihn herauswinkt. Froh deswegen, weil er damit – vorerst wenigstens – „Fliege" entkommt. Er kann sich denken, daß dieser ihm Vorwürfe machen will, weil er in der Verhandlung stumm geblieben ist, ihm nicht unter die Arme gegriffen hat.

„Wie läuft's?" fragt Kurt seinen Chef draußen auf dem Flur. „Ich glaube, die Kaschnitz erläßt Haftbefehl. Aber ich habe so meine Bedenken, was Haflers Täterschaft angeht. Doch du bist bestimmt nicht allein deswegen gekommen, um mich das zu fragen."

„Nein. Die Heidelberger Kollegen haben einen Bekannten von Busche aufgetrieben. Busche soll bei seiner Schwester in Oschatz sein."

„Oschatz – da muß ich passen", schüttelt Malte den Kopf, „aber du hast ..."

„Habe ich", fällt ihm Kurt ins Wort, „Oschatz liegt in Ostdeutschland, zwischen Dresden und Leipzig. Und ich habe weiter veranlaßt, daß die Kollegen dort den Busche so schnell wie

möglich ausfindig machen und befragen. Vielleicht war er ja zur Tatzeit wirklich bei seiner Schwester und kommt als Verdächtiger nicht in Betracht."
„'Fliege' wär's auf alle Fälle recht. Wenn es nach dem geht, haben wir schon den Richtigen. Der ist voll auf den Hafler abgefahren. Ich glaube, der würde es jedem persönlich übelnehmen, der nachweist, daß es der Hafler nicht war."
„So schlimm?"
„Hättest ihn eben mal erleben sollen."
„Und du meinst, die Kaschnitz ..."
„Die locht den Hafler ein. Darauf würde ich fast Wetten annehmen. Ich meine, vertreten könnte man es ja. Es spricht eine ganze Menge gegen ihn. 'Fliege' war ganz schön sauer, daß ich ..."
Malte sieht Staatsanwalt Pregnitz aus der Tür kommen. Schnurstracks steuert er auf sie zu.
„Mann, Bechler, warum ..."

XV

Nein! – Hildes Kollegin stellt Horst den bestellten Apfelsaft und einen Teller mit Serviette, Messer und Gabel auf den Tisch. Ob Hilde heute gar nicht zum Dienst erschienen oder nicht mehr da ist, will er nicht fragen. Vielleicht käme es Hildes Kollegin komisch vor, wenn er Genaueres wissen wollte. Und er will Hilde nicht desavouieren.
Horst versucht sich die Zeit, bis er seine Würstchen mit Kartoffelsalat bekommt, mit SPIEGEL-Lesen zu vertreiben. Aber er ist zu unkonzentriert. Zu vieles geht ihm im Kopf herum. Obwohl er fast jeden Satz dreimal liest, bleibt nichts hängen.
Als er mit dem Essen fertig ist, geht er gleich. Erst mal ins Auto und weg. Ziellos fährt er wieder in der Gegend herum. Es will ihm einfach nicht gelingen, einen Gedanken zu Ende zu führen. Wie lange soll das noch so gehen? Irgendwann muß er sich doch zu irgendetwas entscheiden.
Einige Meter hinter einer roten Ampel, an der er halten muß, sieht Horst eine Telefonzelle. Er setzt den Blinker und fährt, als es Grün geworden ist, rechts ran. Er weiß, wo Hilde wohnt. Der Name „Kienbaum" kommt nur einmal im Telefonbuch vor. „Ja, bitte", hört er eine Frauenstimme.
„Frau Kienbaum?"
„Wer spricht bitte?"
Am Telefon Stimmen wiederzuerkennen ist meistens recht schwierig. Er kann nur vermuten, daß es Hilde ist. Er weiß nicht, ob sie vielleicht eine Tochter hat oder ob sonst noch jemand mit ihr im Haushalt lebt.
„Horst."
Eine Zeitlang ist Funkstille. Aber Hilde – oder wer auch immer am anderen Ende der Leitung ist – hat nicht aufgelegt.
„Du?"

Es ist Hilde. Horst kann dieses „Du?" nicht einordnen. Aber wenn sie nichts mehr mit ihm zu tun haben wollte, hätte sie doch das Gespräch beendet.
„Ich würde dich gern sehen."
Hätte er sich nicht erstmal wegen gestern entschuldigen sollen?
„Aber du kannst nicht zu mir kommen."
Er hätte am liebsten einen Freudenschrei ausgestoßen.
„Ich bin froh, daß du, ich meine, wegen gestern ..."
„Darüber können wir später reden. Treffen wir uns im Café Berwald?"
„Ich kann in einer Viertelstunde da sein."
„Gut. Bis gleich."
Grußlos hängt Hilde ein.
Kaum ist er die gröbsten Sorgen wegen Hilde los – zumindest meint Horst, daß es so sei, weil sie mit ihm gesprochen und nicht einfach eingehängt hat –, meldet schon sein Schwanz wieder Ansprüche an. So massiv, daß es schmerzt. Und Birgit? Sie ist tot, und du denkst ans Ficken. Du bist ein mieses Schwein, Bär! Er hat dem als Rechtfertigung nur den banalen Spruch „Das Leben geht weiter" entgegenzusetzen.
Hilde sitzt an dem kleinen Tisch in der linken hinteren Ecke. Rechts und hinter sich die Wand, links neben sich dicht wuchernde künstliche Pflanzen, so ist man hier vor neugierigen Blicken weitgehend geschützt. Auf der viertelkreisförmigen, in der Wand eingelassenen Bank ist Platz für zwei Personen. Horsts Schwanz hat sich mittlerweile wieder beruhigt.
Zu seiner Überraschung drückt ihm Hilde zur Begrüßung einen Kuß auf die Wange.
„Ich bin froh, daß du angerufen hast."
„Am Telefon klang das eben aber nicht ..."
„Ich habe gestern blöd reagiert. Und als du heute morgen nicht gekommen bist ..."
Sein Schwanz reagiert sofort auf die veränderte Situation. Er meldet wieder Ansprüche an. Vorfreude.

Hilde legt ihre Hand auf seinen Oberschenkel. Schiebt sie langsam höher. Schaut ihn wortlos an. Als ihre Hand dann seinen steifen pochenden Schwanz spürt, lächelt sie und sagt kaum hörbar: „Der scheint voll einsatzbereit zu sein.“
Horst bestellt eine Tasse Kaffee. Als die Bedienung sich umgedreht hat, schaut er nach unten und flüstert: „Zumindest bis er sich etwas beruhigt hat, zwingt er uns zum Hierbleiben. Muß nicht jeder gleich sehen, was mit uns los ist.“
„Mit dir“, lacht Hilde.
„Du hast ja nichts zum Vorzeigen“, kontert Horst.
Sie rückt noch näher an Horst heran und reibt ihre Brüste an seinem Oberarm. „Ist das vielleicht nichts?“
Sie sitzen noch eine gute Viertelstunde im Café. Dann fahren sie in Horsts Wohnung.
Von Birgit erzählt er ihr nichts.
„Stört es dich nicht, daß ich viel älter bin als du?“
Hilde richtet ihren Oberkörper ein wenig auf, stützt sich mit dem Ellenbogen ab und dreht ihren Kopf zu dem neben ihr liegenden Horst.
„Hätte ich dann mit dir geschlafen? Und ich kann nur sagen, es war wunderschön.“
„Ich werde in einem Monat fünfundvierzig.“
„Warum erzählst du mir das? Ist das wichtig für dich?“
„Du bist noch keine vierzig.“
„Siebenunddreißig. Aber du hast meine Fragen noch nicht beantwortet.“
„Eine Frau in meinem Alter ...“
Horst lächelt.
„Du hast gut lachen. Du bist acht Jahre jünger und ein Mann.“
„Korrekte Feststellung.“
„Ach Horst“, seufzt Hilde, „du weißt genau, was ich sagen will.“
„Natürlich weiß ich das, aber ich verstehe nicht, warum du ausgerechnet jetzt ... Du bist eine tolle Frau und hast mich unheimlich glücklich ... Ach“, Horst schüttelt unwirsch den Kopf,

„was rede ich da für einen schwülstigen Scheiß. Wie in einem Groschenroman."
„Also war das eben nicht ernst gemeint, daß ich eine tolle Frau bin und du glücklich bist."
Horst schließt die Augen, atmet tief ein und langsam wieder aus. „Doch ... schon ..."
Hilde läßt ihn noch ein bißchen zappeln, ehe sie ihm beispringt. „Laß nur, ich glaube, ich verstehe, was du meinst. Und ich bin ja froh, daß du nicht so ein Sprücheklopfer und Säusler bist."
Horst macht die Augen wieder auf, nimmt ihren Kopf zwischen seine Hände, zieht ihn langsam zu sich herunter und küßt sie auf ihre leicht geöffneten Lippen. „Danke."
„Wofür?"
„Ich glaube, das weißt du sehr gut." Hilde legt ihren Kopf auf seine Brust.
„Du bist sehr ...", sie macht eine kleine Pause, sucht das passende Wort, „... sehr einfühlsam. Ich kenne so was gar nicht mehr."
„Gestern hörte sich das aber anders an. Als hätte ich nur mein Vergnügen ..."
Hilde hat ihren Kopf wieder gehoben und hindert ihn mit einem Kuß am Weiterreden.
„Gestern. Das kam alles so überraschend. Wir kannten uns kaum und schliefen schon miteinander."
„Auf deine Anregung hin", schmunzelt Horst.
„Ich habe nur ausgesprochen, wozu du zu feige warst."
„Verführt hast du mich Unschuldslamm."
„Nein, mal im Ernst, Horst! Wenn ich heute darüber nachdenke, ich kann nur über mich selbst staunen, daß ich dich gefragt habe, ob du mit mir schlafen willst." Hilde schüttelt zur Bekräftigung ihrer Worte den Kopf. „Ehe ich richtig begriffen habe, was ich da gesagt habe, war es auch schon raus. Vielleicht hatte ich Angst, daß du nicht den Mut haben würdest, mich zu fragen. Und ich wollte doch mit dir schlafen, und ich habe gespürt, daß du auch wolltest. Aber danach kamen dann die Ge-

wissensbisse. Ja, ich weiß, ich habe gesagt, ich hätte keine. Doch das stimmt nicht. Nicht ganz jedenfalls. Vielleicht waren es keine Gewissensbisse, aber irgendwie ein Gefühl, etwas ... Mein Vater hatte ein Verhältnis mit einer anderen Frau. Jahrelang. Ich weiß nicht, seit wann meine Mutter davon wußte. Ich glaube länger, als sie zugab. Aber das spielt jetzt ja keine Rolle mehr. Jedenfalls war sie stolz darauf, daß sie ihn trotzdem nicht verlassen hat. Eine Frau dürfe die Familie nicht aufs Spiel setzen, egal was der Mann mache. Ich glaube, die hätte meinen Vater auf Knien angefleht, sich nicht scheiden zu lassen. Ich weiß, daß das hanebüchener Unsinn ist, daß meine Mutter sich ihr Leben damit kaputtgemacht hat, doch irgendwie steckt dieser Blödsinn in mir drin. Wir führen schon lange kein richtiges Eheleben mehr, aber als ich gestern mit dir geschlafen hatte, da ... Das war ein Schock für mich, das erste Mal fremdgegangen. Ich wollte mein Verhalten vor mir selbst rechtfertigen, ich wollte nicht wahrhaben, daß ich nur mit dir geschlafen habe, weil es mir Spaß machte. Deswegen wollte ich gestern über uns reden."
„Ich habe vielleicht nicht sehr geschickt reagiert. Ich hätte spüren müssen ..."
Zum zweitenmal hindert Hilde ihn mit einem Kuß am Weiterreden. „Ende der Grundsatzdiskussion! Fortsetzung des angenehmen Teils!" Langsam tastet sich ihr Mund über seinen Hals und seine Brust weiter abwärts, und Horst merkt, wie neue Kraft seinen Schwanz immer tatendurstiger macht.

XVI

Horst schaut aus dem Fenster. Er sieht Hilde nach. Jetzt biegt sie gerade um die Ecke. Es ist immer noch recht warm. Sehr angenehm nach den meist recht kühlen Tagen der letzten Wochen. Die milden Temperaturen treiben die Menschen aus den Wohnungen. Sie arbeiten in ihren Gärten, essen zu Abend auf dem Balkon oder nutzen das schöne Wetter zu einem Spaziergang. Auf dem kleinen Spielplatz hinter den beiden Häuserblocks mit den Eigentumswohnungen auf der gegenüberliegenden Seite tollen noch einige Kinder herum.

„... hat die Haftrichterin gegen den 44jährigen Herbert H. Haftbefehl erlassen. Der Beschuldigte ist dringend verdächtig, am Sonntag abend die 27 Jahre alte Birgit K. ..."

Horst hört wohl den Rest, aber die Worte rauschen an ihm vorbei. Er schämt sich, weil er es sich mit Hilde hat wohl sein lassen, während Birgit tot und Hafler im Knast ist. Natürlich – daran könnte er nichts ändern, gleichgültig ob er nun lustvolle Stunden mit Hilde verbracht hat oder nicht. Aber die Scham läßt sich nicht von solchen rationalen Überlegungen verdrängen.

Er muß an Herbert Hafler denken. Es ist wie ein Zwang. Horst „sieht" ihn vor sich in seiner Haftzelle. Wie er auf seinem Bett sitzt und zu dem vergitterten Zellenfenster hochschaut. Gefangen. Seine Existenz vom Urteil anderer Menschen abhängig. Horst hat Hafler erst zweimal – und auch da nur recht kurz – gesehen. Seltsamerweise hat er aber trotzdem eine genaue Vorstellung von dessen Aussehen. Und es spielt keine Rolle, ob sein Bild von Hafler mit dem wirklichen übereinstimmt. Für Horst ist der, den er jetzt „sieht", Herbert Hafler. Und Hafler ist unschuldig. Seine Verhaftung ist nur die Folge des Zusammenwirkens unglückseliger Umstände. Instinktiv spürt Horst das.

Das Schrillen des Telefons holt ihn aus seinen Gedanken in die Wirklichkeit zurück. Es dauert aber einige Sekunden, bis er sich

dazu aufraffen kann, die paar Schritte zum Telefon zu gehen. Als er schließlich abnimmt, hört er nur noch das Freizeichen. Er ist nicht verärgert, den Weg umsonst gemacht zu haben. Vielleicht hat sie oder er gedacht, er sei nicht zu Hause, und hat deswegen aufgelegt. Die Schultasche neben seinem Schreibtisch kommt in sein Blickfeld, nachdem er den Hörer aufgelegt und sich umgedreht hat. Vier Stunden Unterricht am Vormittag und eine Stunde Stützkurs Mathematik für einige schwache E-Kurs-Schüler aus dem fünften Schuljahr hat er morgen. Gut, daß er schon am Wochenende die Vorbereitung für die vier Wochenstunden Mathematik seines G-Kurses im sechsten Schuljahr konzipiert hat. Außerdem hat er morgen in seiner Klasse Deutsch, Mathematik und Kunst. In Deutsch wird er ...
Ach, du große Scheiße! Haben sie nicht bei ihrem Treff letzte Woche ausgemacht,daß sie sich diese Woche dienstags statt wie üblich mittwochs zusammensetzen und den Unterricht koordinieren? Klar haben sie! Um acht Uhr, diesmal bei Claudia. Horst schaut auf die Uhr. Gleich viertel nach sieben. Er könnte es noch locker schaffen. Sogar noch ein kurzes Abendbrot wäre drin. Aber Lust dazu hat er überhaupt keine. Normalerweise geht Horst gern zu diesen Treffen, zumal er sich auch privat mit den beiden gut versteht. Oft sind sie schon nach einer oder eineinhalb Stunden mit der Stoffkoordination fertig. Dann sitzen sie meist nochmal so lange gemütlich zusammen, trinken irgendwas und reden über dies und das. Doch heute ... Wieder schrillt das Telefon. Er steht noch direkt daneben.
Diesmal läßt er es nur einmal klingeln und nimmt dann sofort ab. „Ja bitte?“
Drei, vier Sekunden lang hört Horst nur Atmen am anderen Ende der Leitung. Er will gerade ärgerlich auflegen, weil er glaubt, jemand mache sich einen Scherz mit ihm, da meldet sich doch noch jemand. „Barbara Sailauf. Guten Abend, Herr Bär!“
Vor Erstaunen bekommt er den Mund gar nicht auf. Was will die Sailauf denn? Privat haben sie doch bis jetzt kaum ein Wort miteinander gewechselt. Sie kam Horst immer ein wenig seltsam

vor. Einige Male – ziemlich kurz nach seinem Arbeitsbeginn an der Schule – hat sie mit ihm in ein Gespräch zu kommen versucht. Aber sie muß ziemlich schnell gemerkt haben, daß er über das rein Dienstliche hinaus keinen Kontakt wollte. Warum rief sie ihn jetzt an?
„Herr Bär, sind Sie noch dran?"
„Ja." Mehr bringt er immer noch nicht heraus.
„Sie werden sich wundern, daß ich Sie anrufe. Es geht um Birgit. Ich habe lange überlegt, ob ich ... Aber Sie sind der einzige im Kollegium, mit dem ich über Birgit reden kann. Birgit hat mir erzählt, daß sie mit Ihnen ..."
Wieder macht Barbara Sailauf eine Pause. Und Horst wundert sich, daß er in diesem Punkt einer Meinung mit ihr ist. Er kann sich auf das, was sie sagt, keinen Reim machen. Was hat die Sailauf mit Birgit zu tun? Und was hat die ihr über ihn erzählt?
„Können wir uns nicht heute noch treffen, Herr Bär? Am Telefon läßt sich nur schwer darüber sprechen. Ich hätte Sie wirklich nicht angerufen, wenn ich mir anders zu helfen wüßte. Bitte, Herr Bär!"
Sein Erstaunen wird immer mehr verdrängt von Neugier. Außerdem klingt das Ganze recht dramatisch.
„Ja, meinetwegen, Frau Sailauf! Wo schlagen Sie vor?"
„Können Sie nach Frankfurt kommen?"
„Und wohin dort?"
„Kennen Sie das 'Maredo' in der Freßgaß?"
„Ja."
„Wenn Sie einverstanden sind, fahre ich jetzt gleich los und warte dort auf Sie."
„In Ordnung. Aber eine halbe bis dreiviertel Stunde brauche ich bestimmt."
„Macht nichts. Ich warte."
Bevor er fährt, ruft er bei Claudia an. Zuerst will er Unwohlsein vorschieben, doch dann sagt er ihr, daß er den Termin verschwitzt und jetzt gerade eben ganz plötzlich eine wichtige Verabredung getroffen hat.

Er hat doch länger gebraucht als gedacht. Viertel nach acht erst ist er im „Maredo". Barbara Sailauf sitzt im hinteren Teil des langgezogenen Gastraums. Direkt vor ihm her geht ein Pärchen auf der Suche nach freien Plätzen. Beide sind sehr groß, so daß Barbara Sailauf ihn hinter ihnen nicht sehen kann, obwohl sie angestrengt Ausschau hält.
„Ich dachte schon, Sie kommen nicht mehr", begrüßt sie ihn, als er schließlich vor ihr steht.
„Wenn ich zusage, komme ich auch. Aber ich mußte recht lange nach einem Parkplatz suchen."
Die Bedienung legt eine Speisekarte vor ihn. „Wissen Sie schon, was Sie trinken möchten?"
„Einen Apfelsaft bitte!"
Als sie wieder alleine sind, sagt Barbara Sailauf: „Ich glaube, ich bin Ihnen eine Erklärung schuldig. Schon am Telefon habe ich Ihnen gesagt, daß ich lange überlegt habe, ob ich Sie anrufen soll. Ich weiß, daß Ihnen mein Verhalten komisch vorkommen muß. Sie werden bestimmt denken: Was will denn die von mir? Da sprechen wir die ganze Zeit kein privates Wort miteinander und dann ... Ich habe schon mal, kurz bevor Sie ans Telefon gegangen sind, angerufen. Da dachte ich schon ..."
Die letzten Sätze spricht Barbara Sailauf stockend. Ihr ist anzumerken, daß sie um jedes Wort ringt. Horst versucht ihr mit einem Stichwort weiterzuhelfen.
„Sie sagten, es gehe um Birgit."
„Ja."
Horst meint ihr die Erleichterung darüber anzusehen, daß sie nun zum eigentlichen Thema kommen kann. „Birgit und ich, wir waren recht gut befreundet." Sie registriert Horsts ungläubiges Erstaunen über diese Feststellung. „Im Kollegium hat das niemand mitbekommen. Das hatte seinen Grund. Darauf komme ich noch. Unsere Freundschaft haben wir eigentlich einem Zufall zu verdanken. Am 24. Februar liefen wir uns nachmittags hier in Frankfurt auf der Zeil über den Weg. Birgit kam

gerade aus der Hauptpost. Wir lachten darüber, daß wir beinahe zusammengestoßen wären. Wir sind dann anschließend im 'Café Hauptwache' gelandet. Dort haben wir zum ersten Male privat miteinander geredet. Ich fand Birgit recht bald ziemlich sympathisch, und ich war froh, daß ich mit jemandem über meine Probleme reden konnte. Ich erspare Ihnen jetzt Einzelheiten, weil die nichts damit zu tun haben, daß ich Sie sprechen wollte. Nur noch so viel dazu, warum Sie – wie auch das ganze Kollegium – nichts von unserer Freundschaft wußten: Ich wollte nicht, noch nicht, daß Evi Klednitz und Sandra Meiske davon erfuhren. Wir trafen uns deshalb in der Folgezeit immer außerhalb der Schule. Genügt Ihnen das vorerst als Erklärung?"
Horst Bär nickt. „Aber ja. Wieso Sie auf mich gekommen sind, werden Sie mir ..."
„Das kommt jetzt. Birgit und ich haben in den Osterferien eine Woche zusammen im Schwarzwald, in Sasbachwalden, verbracht. Dort haben wir lange, intensive Gespräche geführt. Birgit hat mir von ihrem Verhältnis mit Herbert Hafler erzählt und auch, daß sie mit Ihnen ..."
Barbara Sailauf sieht Horst sein Befremden darüber an, daß sie Bescheid weiß über ihn und Birgit. Er ist bis jetzt immer davon ausgegangen, niemand im Kollegium wüßte etwas.
„Unsere Freundschaft war sehr eng. Wir haben keine Geheimnisse voreinander gehabt, auch über ganz intime Dinge gesprochen. Und gerade weil das so war, will ich, daß der richtige Täter erwischt wird. Ich glaube nämlich nicht, daß Herbert Hafler es war. Ich kenne ihn persönlich nicht, nur aus den Erzählungen von Birgit. Und nach dem, was ich da gehört habe, kann ich mir nicht vorstellen, daß ..."
„Ich weiß allerdings nicht, wie ich Ihnen dabei helfen könnte."

Horst kann die neue Situation noch nicht einschätzen. Das Ganze ist zu plötzlich auf ihn zugekommen. Vielleicht hätte er am Telefon versuchen sollen, mehr von der Sailauf zu erfahren,

so daß er sich schon auf der Fahrt hierher besser auf das Gespräch mit ihr hätte einstellen können.
„Ich meine auch nicht, daß wir jetzt gemeinsam auf Tätersuche gehen sollen. Nein, aber Sie helfen mir schon, wenn ich mit Ihnen reden kann. Ich habe mir nämlich so meine Gedanken gemacht, ob ich in den Gesprächen mit Birgit vielleicht etwas erfahren habe, was einen Hinweis auf ein Motiv und damit auch auf den Täter geben könnte. Und dabei ..."
Die Bedienung bringt den Apfelsaft. „Wissen Sie schon, was Sie essen möchten?"
Horst schaut seine Kollegin an."Wir warten noch ein bißchen?"
Barbara Sailauf nickt.
„Wir melden uns, wenn wir bestellen möchten."
Mit einem schnippischen „Bitte" läßt die Bedienung sie wieder alleine.
Horst möchte, daß Barbara Sailauf weiterredet. „Sie sprachen gerade von Hinweisen auf ein eventuelles Motiv und einen Täter."
„Nun, so deutlich war das mit den Hinweisen nicht. Wenn Sie einen solchen Eindruck gewonnen haben, dann liegt das wahrscheinlich daran, daß ich mich mißverständlich ausgedrückt habe. Nein ..." – Barbara Sailauf schüttelt den Kopf – „... nein, mir ist nur beim Nachdenken über unsere Gespräche folgendes eingefallen: Birgit hat sich immer dann, wenn die Rede auf Kirche und Religion kam, sehr seltsam verhalten. Sonst war sie offen und bereit, über alles zu sprechen, aber bei diesem Themenbereich – mir ist es immer vorgekommen, als ob da bei ihr eine Klappe runterginge."
„Vielleicht hatte sie damit nichts am Hut und hielt es deswegen nicht für der Rede wert."
„Glaube ich nicht. Dann hätte sie es mir sagen können. Nein, ich hatte den Eindruck, sie wehrte sich da gegen irgendwas. Als ob da mal was gewesen sei, das sie aus ihrer Erinnerung gestrichen hat und nicht mehr hochkommen lassen wollte."

„Sie haben nie mal nachgefragt? Oder versucht, über Umwege etwas herauszukriegen?“
„So richtig ist mir das erst nach Birgits Tod klargeworden. Als ich nachgedacht habe, über unsere Gespräche und ihr Verhalten. Ob ich eventuell was erfahren habe, was mich auf irgendeine Spur bringen könnte. Aber vielleicht spinne ich mir da nur was zusammen und geheimnisse nachträglich in ihr Verhalten etwas hinein. Vielleicht sind meine überreizten Nerven schuld. Ich ...“
Horst wundert sich über die Barbara Sailauf, die ihm da gegenübersitzt. Er hat zwischendurch immer wieder mal Schwierigkeiten zu glauben, daß das wirklich seine Kollegin Barbara Sailauf ist. Anfangs argwöhnte er, sie spiele ihm nur etwas vor – aus welchen Gründen auch immer. Aber nein. Mittlerweile ist er überzeugt, daß sie das gerade nicht tut, daß sie es vielmehr ernst meint mit dem, was sie von sich gibt. Welchen Sinn auch sollte es haben, sich mit ihm zu treffen und ihm die Nummer von der dicken Freundschaft mit Birgit vorzuspielen? Woher sollte sie zum Beispiel sonst wissen, daß er mit Birgit geschlafen hat, wenn nicht von ihr selbst? Und hätte Birgit es ihr erzählt, wenn sie nicht wirklich gute Freundinnen gewesen wären?
„Nein, das ist zu ... zu unwahrscheinlich. So etwas gibt es in Kriminalromanen, aber nicht in der Wirklichkeit. Sagen Sie mir, daß ich dabei bin, Blödsinn zu reden.“
„Bevor ich Ihnen das bescheinige, müssen Sie mir schon sagen, was Sie denken.“
Einen Augenblick überlegt Barbara noch, ob sie wirklich dieser Aufforderung folgen soll.
„Also gut! Birgit kommt aus einer streng katholischen Familie. In den Osterferien war ich auch mit ihr zu Besuch bei ihren Eltern. Ihre Mutter hat mir, als wir beide einmal für einige Minuten allein waren, ihr Leid geklagt, daß Birgit von der Kirche gar nichts mehr wissen wolle. Ihr Mann und sie seien gläubige Katholiken. Und auch Birgit sei immer in die Kirche gegangen, habe im Kirchenchor mitgesungen. Der Pfarrer sei bei ihnen ein-

und ausgegangen. Aber seit Birgit von zu Hause weg sei, sei sie wie ausgewechselt. Ob ich wisse, was los sei. Ich könne es ihr ruhig sagen, wenn ich wolle, würde es unter uns bleiben. Natürlich konnte ich der armen Frau nicht helfen. Schließlich kamen auch ihr Mann und Birgit wieder dazu, und damit war unser Gespräch zu Ende."

Horst fragt sich, worin denn der „Blödsinn" liegen soll. Barbara hat ihm doch nicht mehr erzählt, als daß Birgit streng katholisch erzogen wurde und ihre Mutter über ihre Entfremdung von der Kirche entsetzt war. Warum meint sie, daß sie deswegen spinnt?

„Ich kann mir vorstellen, was jetzt in Ihrem Kopf vorgeht.Sie denken: 'Was ist so schlimm daran an dem, was sie mir bisher gesagt hat? Was hat das mit dem Mord an Birgit zu tun? Aber warten Sie! Gleich kommt's. Ich muß Ihnen zuvor nur noch von einer Szene berichten, deren Zeuge ich zufällig geworden bin. Vor ungefähr zwei Wochen habe ich unabsichtlich Teile einer Auseinandersetzung zwischen Birgit und Holger mitbekommen. Es spielt im Moment keine Rolle, wer Holger ist. Nur soviel: Er ist schon längere Zeit hinter Birgit her, allerdings ohne Erfolg. Ich vermute nun, daß er an diesem besagten Abend handgreiflich zudringlich geworden ist, denn ich habe Birgit fauchen hören: 'Laß deine dreckigen Pfoten von mir! Ich will nichts mit dir zu tun haben! Daß das klar ist! Laß mich in Ruhe! Ein für allemal!' Und jetzt kommt der Satz, der bei mir – allerdings erst nachträglich – einiges in Gang gesetzt hat: 'Wer mich noch einmal mit Gewalt nehmen will, den bringe ich um!' Ich habe mich dann schnellstens verdrückt. Ich wollte nicht, daß Birgit mich dort sieht. Deswegen habe ich sie auch nicht darauf angesprochen. 'Noch einmal' hat sie gesagt. Ich habe das genau gehört. Soviel zu den Fakten. – Ich denke mir nun folgendes: Könnten nicht die beiden Dinge, nämlich daß Birgit sich weigert, über Kirche und Religion überhaupt zu reden, und daß sie sexuelle Gewalt erfahren hat, zusammenhängen?"

„Und wie?“ fragt Horst in die Pause hinein, die Barbara macht. Ihm ist anzusehen, daß er Schwierigkeiten hat, ihren Gedankengängen zu folgen.
„Und zwar in der Weise zusammenhängen, daß ihr irgendwann einmal von jemandem sexuell Gewalt angetan worden ist, der in irgendeiner Form mit Kirche zu tun hat. Vielleicht ein Pfarrer, vielleicht ein Religionslehrer, vielleicht ... ja, irgendjemand aus diesem Umfeld. Sagen Sie mir bitte, wenn Sie meine Kombinationen und Mutmaßungen für völligen Quatsch halten!“
Auch wenn Barbara jetzt wieder im Zusammenhang mit ihren Gedanken von Quatsch spricht, hat Horst den Eindruck, daß sie bei weitem nicht mehr so stark von Selbstzweifeln befallen ist, wie das noch vor ein paar Minuten der Fall zu sein schien. Mit der Länge ihrer Rede scheint ihre Selbstsicherheit zugenommen zu haben.
„Es fällt mir schwer, Ihnen zu folgen. Vielleicht liegt es ja auch daran, daß ich noch nicht die Chance hatte, intensiver darüber nachzudenken.“
„Verstehe ich! Verstehe ich völlig! Ginge mir in Ihrem Fall sehr wahrscheinlich genauso. Aber überlegen Sie doch mal: Ist es nicht auffallend, daß Birgit beim Thema Kirche und Religion so massiv blockt? Das ist doch keine normale Reaktion. Ist es da völlig abwegig zu vermuten, daß sie deswegen so reagiert, weil sie etwas Traumatisches erlebt hat? Eine Verwaltigung etwa? Daß sie sexuelle Gewalt erfahren hat, davon können wir, glaube ich, ausgehen. 'Noch einmal' hat sie schließlich gesagt. Und weil ihr diese Gewalt jemand angetan hat, der im Umfeld der Kirche zu suchen ist, läßt sie nichts mehr an sich heran, was mit Kirche und Religion zu tun hat. Nur so kann sie erfolgreich die Erinnerung an dieses traumatische Erlebnis verdrängen.
Jahrelang ging dies gut. Bis ihr irgendwann einmal ihr Peiniger wieder über den Weg gelaufen ist. Mit einem Mal kam alles wieder hoch. Die Demütigungen, die brutale Verletzung ihrer körperlichen und seelischen Integrität. Birgit war sich plötzlich bewußt, auf welch wackligen Füßen ihr seelisches Gleichgewicht

die ganze Zeit über stand. Daß sie verdrängt, aber nicht verarbeitet hatte. Sie hat gedroht, ihn anzuzeigen. Ich weiß nicht, nach wie vielen Jahren eine solche Straftat verjährt. Aber selbst wenn ihr Peiniger strafrechtlich nicht mehr belangt werden kann – moralisch und beruflich wäre er am Ende, wenn bekannt würde, was er getan hat. Er muß also daran interessiert sein, Birgit an einer Öffentlichmachung zu hindern. Er redet mit ihr, bietet ihr vielleicht Geld, beschwört sie, die alte Geschichte auf sich beruhen zu lassen. Wenn sie ihn jetzt fertig mache, sei doch niemand damit gedient. Und als er merkt, daß Birgit sich auf nichts einläßt, sieht er keinen Ausweg mehr und bringt sie um."
Nichts mehr ist von Barbaras Unsicherheit und ihren Selbstzweifeln zu spüren. Im Gegenteil: Sie vermittelt den Eindruck, als habe sie keine fiktive Geschichte, sondern den Ablauf so erzählt, wie er sich tatsächlich zugetragen hat. Es ist faszinierend, welche Verwandlung mit dieser Frau in den letzten Minuten vor sich gegangen ist. Sie hat es geschafft, Horsts detektivischen Jagdinstinkt zu wecken. In ihm hat sie einen Verbündeten bei der Suche nach dem Mörder von Birgit. Daß Herbert Hafler nicht der Täter ist, davon war Horst ja bereits vor diesem Gespräch überzeugt gewesen. Jetzt hat ihm Barbara Sailauf eine Theorie und einen Anhaltspunkt geliefert, in welcher Richtung sie „fahnden" müssen. Allerdings: Zu Euphorie besteht kein Anlaß.
„Um etwas zu beweisen, brauchen wir Fakten. Im Moment haben wir noch nicht einmal einen Zipfel, auch nicht den kleinsten, in der Hand." Damit jedoch Barbara Sailauf nichts in die falsche Kehle bekommt, setzt er gleich nach: „Aber ich mache mit! Ich bin überzeugt, daß Herbert Hafler unschuldig ist, und ich will, daß das Schwein, das Birgit umgebracht hat, hinter Gitter kommt!"
Horst entgeht nicht Barbaras erstaunter Gesichtsausdruck. Für sie kommt sein Meinungswandel überraschend schnell. Nachdem er gerade eben noch große Skepsis geäußert hat, konnte sie natürlich nicht damit rechnen, daß er so plötzlich umschwenkt.

„Ich hoffe, Sie bestehen nicht auf einer ausführlichen Begründung meines Gesinnungsumschwungs. Überlegen wir uns lieber, wie wir vorgehen. Wo fangen wir an? Vielleicht kommen wir über Birgits Eltern weiter."
„Aber die Mutter hat mir gegenüber doch über ihre Ratlosigkeit geklagt. Sie hat von mir wissen wollen, ob ich wisse, was mit ihrer Tochter los sei."
„Ich meinte auch eher, daß wir aus einem Gespräch mit ihnen eventuell einen Hinweis bekommen können, vielleicht auf irgendeinen Vorfall, der uns einen Weg zeigen könnte, auf dem wir weitermachen können. Ich weiß, das Ganze hört sich ziemlich vage an. Aber haben Sie im Moment eine bessere Idee?"
Horst nimmt sein Glas. Es ist leer. Er hat im Eifer des Gefechts gar nicht gemerkt, daß er es bereits leergetrunken hat. Auch in Barbaras Glas ist nur noch ein kleiner Schluck. Sie nehmen das zum Anlaß, sich nicht nur etwas zu trinken, sondern auch zu essen zu bestellen.
Als beide von der Salatbar zurückkommen, nehmen sie ihr Gespräch wieder auf.
„Birgit hat früher jahrelang Tagebuch geführt. Das weiß ich von ihr. Wenn da was gewesen ist in der Richtung, hat sie das doch bestimmt aufgeschrieben. Wir müßten versuchen, an diese Aufzeichnungen heranzukommen."
„Vorausgesetzt, sie hat sie nicht vernichtet."
„Erzählt hat sie mir davon nichts."
„Aber selbst wenn sie noch vorhanden sind, stellt sich die Frage: Wie bekommen wir sie? Wir können schlecht ihre Eltern direkt danach fragen."
Doch das ist nicht das einzige Problem, das sich ihnen stellt. Zuerst einmal müssen sie in Birgits Zimmer im Haus ihrer Eltern kommen. Denn sie vermuten, daß sich – falls es die Tagebücher noch gibt diese am ehesten dort befinden. Barbara will gleich morgen Birgits Eltern anrufen und sich und Horst zu einem Kondolenzbesuch anmelden. Zum frühestmöglichen Zeitpunkt,

wenn es irgend geht, noch morgen. Alles weitere würde sich dann hoffentlich finden.
Kurz nach halb elf hält Horst nicht weit von Barbaras Wohnung. Sie hat in einem Altbau in Innenstadtnähe eine Zwei-Zimmer-Wohnung. Dort ist sie vor fünf Jahren, nach der Trennung von Bernd, mit dem sie fast sieben Jahre zusammengelebt hatte, eingezogen. Horst hat den Motor abgestellt. Es ist eine seltsame Situation. Sie sind sich im Laufe des Abends nähergekommen, gingen unverkrampft und locker miteinander um, duzen sich sogar seit fast einer Stunde. Jetzt aber schauen beide verlegen geradeaus, scheuen den Blickkontakt. Sollen sie einfach mit einem Abschiedsgruß auseinandergehen? Soll Barbara ihn bitten, mit zu ihr zu kommen? Soll Horst fragen, ob sie mit zu ihm fährt? Vor drei Stunden war noch nicht im entferntesten abzusehen, daß solche Fragen auf sie zukommen würden. Spontan entscheiden, sagt sich Horst. So oder so. Wir können hier nicht ewig sitzen. Langsam dreht er seinen Kopf zu Barbara. Er wird jetzt einen Annäherungsversuch starten und testen, wie Barbara darauf reagiert. Doch noch ehe er aktiv werden kann, nimmt Barbara seinen Kopf in ihre Hände, zieht ihn zu sich heran und preßt ihre Lippen auf seine. Er spürt, wie sich ihre Zunge einen Weg in seinen leicht geöffneten Mund bahnt. Langsam. Tastend. Horsts Antwort läßt nicht lange auf sich warten. Seine Zunge signalisiert volle Zustimmung.
Ein Schlag auf das Autodach läßt sie auseinanderfahren. Die Fahrertür wird aufgerissen. Horst reißt seinen Kopf herum und schaut in die grinsende Fratze eines jungen Mannes. Reflexartig schnellt sein linker Arm zur Seite, trifft das Kinn des jungen Mannes. Der torkelt zurück, verliert das Gleichgewicht und fällt. Hupen. Bremsen quietschen.
„Bist wohl lebensmüde, besoffenes Schwein!“ Horst sieht zuerst nur Beine. Unendlich lang müssen die sein.
„Was ist denn mit dem los?“ Offenbar ist der junge Mann gemeint, den er eben weggestoßen hat.

Er beugt sich aus der Fahrertür, schaut an den Beinen nach oben, bis er das Gesicht sieht, das zu dieser Stimme gehört. Der Mann ist etwa in seinem Alter, der Kopf klein, zu klein für diesen Riesen. Doch vielleicht täuscht die Perspektive. Jetzt dreht der Mann seinen Kopf nach rechts.
„Hau bloß ab, besoffenes Schwein!" Scheint seine Lieblingsvokabel zu sein. „Wollte der was von Ihnen?"
Der Lange meint Horst.
„Soll ich ihn festhalten? Soll ich die Polizei rufen?"
Das hätte gerade noch gefehlt. Horst will nur, daß er in Ruhe gelassen wird. „Nein, nein! Ist ja nichts passiert!"
Der Lange zögert, sagt dann: „Wenn Sie meinen", geht wieder zu seinem Auto und fährt los. Der junge Mann entfernt sich auf die andere Straßenseite.
Selbstverständlich ist die Stimmung hin. Barbara nimmt nicht mehr seinen Kopf und macht da weiter, wo sie aufgehört haben. Ihr sitzt der Schreck immer noch in den Gliedern. Horst überlegt krampfhaft, ob und wie noch etwas zu retten sei. Ob er ihr vielleicht, anbieten soll, mit zu ihm zu kommen?
„Ich glaube, es ist besser, ich gehe jetzt nach oben ... allein." Barbara macht die Beifahrertür auf. Steigt aus.
„Warte", sagt Horst, „ich bringe dich ...!"
Kußlos verabschieden sie sich an der Haustür.
Auf der Fahrt nach Hause trauert Horst zuerst der verpaßten Möglichkeit nach. Er ist sauer. „Scheiße!" flucht er laut. Statt sich an Barbara zu kuscheln und mit ihr zu schlafen, erwartet ihn ein leeres Bett. Er versucht sich damit zu trösten, daß – was Barbara betrifft – aufgeschoben ja nicht aufgehoben ist. Vielleicht ist es ja ganz gut, daß das Ganze nicht so schnell geht. Daß er Zeit hat, über seine Situation nachzudenken. Wird nicht alles noch komplizierter, wenn er jetzt auch noch mit Barbara schläft? Erst lebt er monatelang fast wie ein Mönch – und dann plötzlich zwei Frauen. Hat er emotional und physisch genug Kraft?

Horst findet nicht gleich einen Parkplatz in Wohnnähe. Es wird von Monat zu Monat schlimmer. Viele Bewohner der Eigentumswohnungen gegenüber haben ihre Garagen als Abstell- oder Hobbyraum zweckentfremdet und suchen sich ihre Parkplätze auf der Straße vor den umliegenden Häusern. Dazu kommen die Zweit- und sogar Drittwagen, für die in den Garagen sowieso kein Platz wäre. Erst nach einigem Suchen findet Horst schließlich eine Lücke, die groß genug für seinen Audi ist. Als er seine Wohnungstür aufschließen will, wundert er sich, daß sie nicht abgesperrt ist. Er hat doch vorhin zweimal abgeschlossen. Das macht er immer, wenn er länger weggeht. Ganz automatisch. Dann die nächste Überraschung: Im Flur brennt Licht. Aber noch ehe er richtig dazu kommt, sich darüber zu wundern, kommt es noch dicker: Marianne. Sie steht plötzlich vor ihm. Sagt: „Da bist du ja endlich! Ich habe um sieben und um halb acht bei dir angerufen. Und weil ich ..."
Horst hat sich nach seinem ersten Erstaunen gefaßt und unterbricht seine Ex-Freundin: „Sag mal, wie kommst du eigentlich in meine Wohnung? Was willst du?"
„Deine Mutter ist im Krankenhaus. Schlaganfall. Und du hast nichts anderes im Kopf, als mich anzublaffen, wie ich hereinkomme!"
In welchen Film ist er hier geraten? Was wird hier gespielt? „Was ist mit Mutter?"
„Schlaganfall. Hab' ich eben gerade gesagt. Hörst noch nicht einmal richtig zu."
„Aber ich habe doch erst mit ihr telefoniert."
„So was kommt plötzlich. Aus heiterem Himmel. Wenn ich nicht nach ihr gesehen hätte, wäre sie noch wer weiß wie lange in der Wohnung gelegen. Es hat sich ja weiter niemand um sie gekümmert."
„Soll das vielleicht ..." Horst will lospoltern. Was bildet sich diese dumme Zicke eigentlich ein? Ihn anzumachen, er würde seine Mutter im Stich lassen. Ihm Schuldkomplexe einzureden. Er besinnt sich aber schnell, daß dies nicht der richtige Zeit-

punkt ist für eine Auseinandersetzung mit Marianne. Erst muß er wissen, was mit seiner Mutter ist. Mit Marianne streiten kann er immer noch.
„Es hat doch wirklich außer mir ..."
Horst läßt Marianne nicht ausreden. „Sie hatte also einen Schlaganfall. Wie geht es ihr? Ist es sehr schlimm? Warst du mit im Krankenhaus? Was haben die Ärzte gesagt?"
„Viel konnten sie noch nicht sagen. Sie müssen erst die Untersuchungen abschließen. Aber je länger sie hilflos zu Hause gelegen hätte, desto schlechter wäre sie dran gewesen."
Den Seitenhieb im letzten Satz überhört Horst.
„Und deswegen mußtest du persönlich hier erscheinen?"
Marianne braucht Sekunden, ehe sie ihre Sprache wiederfindet: „Deine Mutter ist schwerkrank, kapierst du das endlich?!"
„Du hilfst ihr aber nicht, indem du selbst herkommst. Aber dir geht es auch gar nicht um Mutter, du wi..."
Das hätte er nicht sagen dürfen! Denn Marianne poltert jetzt los: „Du bist so gemein! So gemein! Nein ..." Ihre letzten Worte ersticken in Schluchzen.
Verdammt! Daß er sich aber immer wieder in solche beschissenen Situationen hineinmanövrieren läßt! Aber er nimmt sich vor, sich jetzt nicht erpressen zu lassen. Er zieht den Arm, den er Marianne zum Trost um die Schultern legen wollte, auf halbem Weg zurück. Natürlich hat er ihr Unrecht getan. Sie hat ein gutes Verhältnis zu seiner Mutter, und deren Krankheit geht ihr nahe. Daran gibt es keinen Zweifel. Doch ohne Hintergedanken ist sie hier nicht aufgetaucht. Auch das steht außer Zweifel. Fehlte noch, daß sie einen Zusammenhang zwischen dem Schlaganfall seiner Mutter und seiner Weigerung, wieder mit ihr zusammenzugehen, konstruiert. Wundern würde ihn aber auch das nicht.
„Und wie stellst du dir vor, wie es nun weitergeht? Es ist jetzt", Horst schaut auf seine Armbanduhr, „bald Mitternacht. Ich muß morgen früh raus. Habe zur ersten Stunde Unterricht. Ich

habe keine Lust, hier noch stundenlang rumzustehen. Ich bin müde und möchte ins Bett."

„Ich habe ...", Marianne unterbricht sich, um durch Räuspern ihre Stimme klarer zu machen, „ich habe einer Kollegin Bescheid gesagt, daß sie mich morgen krankmelden soll."

„Das ist deine Sache!" Und um schnell für klare Verhältnisse zu sorgen, kommt Horst zur Sache. „Ich nehme an, du bist mit deinem Auto hier. Du hast mir jetzt Bescheid gesagt. Deiner Rückfahrt steht nichts mehr im Wege."

Auch nun braucht Marianne eine ganze Zeit lang, das Gehörte halbwegs zu verdauen. „Du meinst, du willst – du schickst mich weg?! Ich soll jetzt heimfahren?!"

„Warum nicht?" Horst gibt sich Mühe, seine Stimme so klingen zu lassen, als sage er etwas ganz Selbstverständliches.

„Deine Mutter ..."

„Laß mal Mutter aus dem Spiel! Im Moment können wir beide nichts für sie tun, und morgen nach der Schule fahre ich sofort zu ihr. Warum du deswegen hierbleiben solltest, kann ich nicht einsehen."

Zehn Minuten später hat Horst doch wieder nachgegeben. Marianne macht sich auf der Couch ihr Nachtlager zurecht.

Horst braucht lange, ehe er in einen unruhigen Schlaf fällt. Kein Wunder, schließlich hat es ihn in den letzten Tagen wirklich knüppeldick erwischt.

XVII

„Da bist du ja endlich! Ich hab' schon versucht, dich zu Hause zu erreichen, aber ..."
Malte Bechler unterbricht Kurt Harrem. „Hörstein? Die 'Fliege'?"
„Ja, die auch. Äh, beziehungsweise Hörstein. Aber noch was viel Interessanteres. Stell' dir vor, ..."
Wieder läßt Malte Kurt nicht ausreden. „Fast alles ist interessanter als Hörstein. Nun spann' mich mal nicht auf die Folter. Was gibt's?"
„Mike Busche ist in Frankfurt."
Zack! Das hat gesessen! An dieser Nachricht hat Malte erst mal einige Sekunden zu knabbern. Dann wird er ungeduldig, fast ein wenig böse.
„Und was weiter? Wo ist er jetzt? Mensch, Kurt, sag' endlich! Hat er etwa ... ?"
„Nein, hat er nicht. Konnte er wohl bisher auch nicht. Er sitzt nämlich in der Ausnüchterungszelle des Bornheimer Polizeireviers. Habe ich gerade vor fünf Minuten erfahren."
„Und Hörstein? Hat der dir etwa das mit Busche ...?"
„Nein, der nicht. Hörstein will dich dringend sprechen. Sollst sofort zu ihm kommen!"
„Kann mir schon denken, was der von mir will. Pregnitz wird ihn wegen gestern angespitzt haben. Von wegen zu lasche Unterstützung. Aber vielleicht wendet sich jetzt ja auch das Blatt zugunsten von Hafler. Wir müssen uns unbedingt sofort diesen Busche vornehmen."
„Aber Hörstein ..."
Das Telefon klingelt. Malte hebt ab.
„Bechler! ... Hat das nicht Zeit... Es hat sich eine wichtige neue ... Gut, gut, dann schicke ich den Kollegen Harrem. Bis gleich!"
„Du hast mir gar nicht gesagt, daß Pregnitz bei Hörstein ist."
„Davon hat er mir vorhin nichts..."

„Ist schon gut! Gehst ohne mich zu Busche. Aber wenn du was Wichtiges erfährst, rufst du bitte gleich an!"

Zwanzig Minuten später erscheint Kurt Harrem auf dem 11. Polizeirevier.
„Guten Morgen, Kollege! Harrem! Habe ich mit Ihnen eben ...?"
„Nein, Kollege Kraßnick hat Sie vorhin angerufen. Ich bin Polizeimeister Dübler. Kollege Kraßnick ist gerade bei diesem Busche."
„Ist Busche schon wieder halbwegs ansprechbar? Kann ..."
„Der ist mittlerweile wieder nüchtern. So nüchtern, daß er uns als Scheißbullen beschimpfen kann."
Keine zwei Minuten später sitzt Kurt Mike Busche gegenüber. Nachdem er Kraßnick hinausgeschickt hat, ist er allein mit ihm in der Zelle.
„Was soll das", blafft Busche Kurt an, „ich will hier raus! Ich habe nichts gemacht. Sie haben kein Recht, mich hier festzuhalten."
Kurt geht darauf überhaupt nicht ein. „Seit wann sind Sie wieder hier in Frankfurt?"
„Was geht Euch Bullen das an?"
Immerhin nicht „Scheißbullen". Kurt muß ein Schmunzeln unterdrücken. „Würde uns interessieren."
„Wieso interessiert Ihr Euch dafür, wo ..." Plötzlich scheint Busche etwas einzufallen. „Was wollt Ihr mir jetzt schon wieder anhängen? Ich habe nichts gemacht, nichts, was Euch kratzen könnte. Also kann es Euch auch egal sein, seit wann ich hier bin."
„Wieso wieder anhängen? Haben Sie ..."
„Tut doch nicht so scheinheilig! Sie wissen doch genau, daß Ihr mir mal einen Mord habt anhängen wollen."
„Ach Sie meinen die Sache mit der jungen Frau vor drei Jahren? Damals mußte man Sie doch wieder laufen lassen."
„Weil ich unschuldig war. Damals und jetzt."
„Jetzt? Wieso jetzt?"

„Na, ohne Grund tauchen Sie doch hier bestimmt nicht auf. Wer sind Sie überhaupt?"
„Harrem. Mordkommission."
Kurt läßt Busche keine Sekunde aus den Augen. Er will genau sehen, wie er reagiert. Vielleicht lassen sich daraus Rückschlüsse ziehen. Aber entweder durchschaut Busche sein Gegenüber und gibt sich deswegen keine Blöße, oder er hat wirklich mit dieser Sache nichts zu tun. Busche zeigt kein verräterisches Zucken, plustert sich auch nicht auf oder poltert los. Er scheint plötzlich die Ruhe in Person.
„Ich sage Ihnen doch, bei mir sind sie am Falschen. Wieso kommen Sie auf mich? Habe ich am Tatort eine Visitenkarte hinterlassen?" Nicht provozieren lassen.
„Unsere Tote lag fast an derselben Stelle wie die junge Frau vor drei Jahren."
„Ich bin doch nicht so blöd und bringe sie wieder an die ..." Abrupt unterbricht sich Busche.
Kurt braucht zwei Sekunden, bis er kapiert, was er da eben gehört hat. „Also haben Sie Ihr Opfer vor drei Jahren dorthin gebracht!"
„Nein!"
Es klingt wie ein langgezogener Schrei, der die eben gesagten Worte vernichten kann.
Kurt setzt sofort nach. „Sie haben gesagt: 'Ich *bin* doch nicht so blöd.' Sie haben also zugegeben, daß Sie vor drei Jahren ..."
„Nein! Verdammt noch mal, nein! Ich habe nichts zugegeben."
„Aber Sie haben 'bin' gesagt. Ich bin nicht so blöd und bringe die Frau wieder an die alte Stelle. Das wollten Sie sagen. Das ist ein Geständnis, Herr Busche!"
„Ich sage gar nichts mehr!"
Kurt versucht, das Eisen weiter zu schmieden, solange es noch heiß ist. „Gut, mit der neuen Sache haben Sie nichts zu tun, Herr Busche. Aber vor drei Jahren, das waren Sie! Geben Sie es doch zu! Erleichtern Sie Ihr Gewissen! Sie sind kein brutaler Killer! Das weiß ich doch, Herr Busche! Sie wollten damals nur,

daß die junge Frau ruhig ist, nicht mehr schreit. Sie wollten sie nicht töten. Ich glaube Ihnen das, Herr Busche, und das Gericht glaubt Ihnen auch. Bestimmt glauben die Ihnen! Es ist schlimm, daß die junge Frau nicht mehr lebt, aber Sie wollten doch nicht, daß sie tot ist. Es war – sagen wir mal – ein Unfall. Sie sind kein Mörder, Herr Busche! Wenn Sie jetzt sagen: Ja, ich war es, werden Sie bestimmt milde Richter finden. Und Sie werden sich besser fühlen, weil Sie nicht weiter leugnen müssen."

Kurt beobachtet Busche. Der schaut starr an ihm vorbei ins Leere, zeigt keine Reaktion. Aber Kurt gibt die Hoffnung, sein Gegenüber weichklopfen zu können, noch nicht auf. Er redet weiter auf ihn ein. Vielleicht ...

XVIII

„Nein!"
„Aber warum denn nicht? Dein Rektor wird doch bestimmt Verständnis dafür haben, daß ..."
„Nein! Das habe ich dir heute nacht schon gesagt. Fange nicht immer wieder davon an!"
„Deine Mutter braucht dich jetzt. Deine Schüler werden den einen ausgefallenen Tag verkraften, aber deine Mutter ..."
„Hast du nicht gehört? Nein! Ende der Diskussion!"
„Dann laß uns doch wenigstens zusammen frühstücken. Ich ..."
„Ich gehe jetzt. Lege bitte den Schlüssel auf das Flurschränkchen und ziehe die Tür zu, wenn du gehst!"
Horst schnappt sich die Schultasche und verläßt ohne Gruß seine Wohnung. Das hätte ihm noch gefehlt – Frühstück mit Marianne! Ein Grund mehr für sie zu glauben, daß sie es wieder geschafft hat. Schlimm genug, daß er heute nacht nachgegeben und sie nicht rausgeworfen hat. Aber jetzt ist Schluß! Sie muß endlich kapieren: Es ist aus!

„Hallo, Horst!"
Horst ist gerade dabei, den Schlüssel in das Schloß seiner Autotür zu stecken, als er hinter sich seinen Namen hört. Langsam dreht er sich um.
„Barbara!"
„Ich dachte schon, du kämst heute nicht!"
„Barbara, was ...?"
„Laß uns erst mal reingehen!"
Hilde bedient bei ihrem Eintritt eine der morgendlichen Brötchen holenden Kundinnen. Sie wird sich wundern, warum ich heute nicht – wie sonst immer – alleine bin, denkt Horst. Er versucht einen Blickkontakt mit ihr, doch Hilde weicht ihm (absichtlich?) aus. Vor Barbara her geht er dann zu seinem angestammten Tisch. Es dauert wie üblich keine zwei Minuten (Hilde

hat die belegten Brötchen schon vorbereitet), bis sein Frühstück gebracht wird. Mit einem kurzen „Bitte“ stellt sie es vor Horst auf den Tisch. „Was darf ich für Sie bringen?“
„Kännchen Kaffee und ein Brötchen mit gekochtem Schinken.“
„Mit oder ohne Butter?“
Barbara hat sich schon wieder Horst zugewendet. „Mit oder ohne Butter?“
„Sie meinen das Brötchen?“
„Was sonst, gnädige Frau!“
„Mit, bitte!“
„Sehr wohl, gnädige Frau!“
Horst tut so, als sei er voll und ganz mit dem Einschenken einer Tasse Kaffee beschäftigt. Jetzt ist er es, der einem Blickkontakt (absichtlich!) ausweicht.
„Ist die aber zickig!“ sagt Barbara. Sie wartet wohl, bis Hilde einige Schritte von ihrem Tisch entfernt ist, doch sie sagt es so laut, daß Hilde es bei der kaum vorhandenen Geräuschkulisse gehört haben muß. „Du bist sonst immer allein?“
„Ja. Sag mal, warum ...?“
Horst versucht das Gespräch auf ein anderes Thema zu bringen, aber Barbara hakt nach.
„Ach deswegen!“
Ignorieren, denkt Horst. Er macht einen neuerlichen Ausweichversuch.
„Was gibt's so Wichtiges, daß du ...?“
Barbara läßt sich nicht irritieren.
„Ist die sauer wegen mir?“
Horst merkt, daß es zwecklos ist, nicht auf Barbara einzugehen.
„Wieso sollte sie? Ich bin ein Gast wie jeder andere auch. Ich bin wohl bis jetzt jeden Morgen allein gekommen, aber warum sollte ich nicht mal jemand mitbringen?“
„Ich dachte, sie will vielleicht was von dir.“
„Sie ist verheiratet.“
„Muß ja kein Hinderungsgrund sein.“

Horst wird das Gespräch über Hilde immer unangenehmer. Obwohl Barbara nicht wissen kann, was zwischen ihr und ihm gewesen ist, fühlt er sich unwohl in seiner Haut. Am liebsten würde er sagen: Schluß! Aus! Doch das wäre das Dümmste, was er tun könnte. Er muß versuchen, sich unbefangen zu geben.
„Nein. Aber wenn sie was von mir wollte, müßte ich ja irgendwann was davon bemerkt haben."
„Vielleicht schmachtet sie still und heimlich vor sich hin."
„Käme auf einen Versuch an, das mal herauszufinden."
Horst sieht Hilde aus den Augenwinkeln mit dem Kaffee und dem Teller mit dem Schinkenbrötchen näherkommen. Mit einem knappen „Bitte", diesmal ohne den Zusatz „gnädige Frau", stellt Hilde die Sachen auf den Tisch.
„Ich habe mir das Ganze noch einmal durch den Kopf gehen lassen. Es ist, glaube ich, am besten, wenn ich erst mal alleine zu Birgits Eltern fahre. Mich kennen sie schon. Ich werde versuchen, über Nacht zu bleiben. Vielleicht kann ich in Birgits Zimmer schlafen. Dann hätte ich lange genug Zeit, nach dem Tagebuch zu suchen."
Horst gefällt zum einen der Themenwechsel und zum anderen Barbaras Vorschlag. „Gute Idee!"
„Und du bist mir nicht mehr böse wegen gestern nacht?"
Gott sei Dank ist Hilde weit genug entfernt, so daß sie Barbaras Frage nicht gehört haben kann.
Barbara kommt Horsts Antwort zuvor. „Aber ich ... Mir ging das Ganze etwas zu schnell. Verstehst du das?"
„Du mußt dich nicht rechtfertigen."
„Vielleicht könnten wir heute abend ..."
„Tut mir leid, Barbara! Heute geht's wirklich nicht."
„Du bist also doch ..."
„Nein, nein, nicht, was du vielleicht denkst. Meine Mutter hatte gestern einen Schlaganfall. Ich möchte nach der Schule zu ihr fahren."

XIX

Als Kurt ins Präsidium zurückkommt, findet er Bechlers Zimmer leer. Im Sekretariat erfährt er, daß Malte „mal eben kurz" in die Kantine gehen wollte. Kurt stürmt zum Aufzug, kann es gar nicht erwarten, bis er Bechler seine Neuigkeit – Quatsch, eine Sensation ist das! – berichten kann. Die Sekunden, die er warten muß, kommen ihm wie eine Ewigkeit vor.

Obwohl in der Kantine um diese Zeit noch nicht viel los ist, sieht er seinen Kollegen nicht gleich. Der hat sich in die hinterste Ecke, halb verdeckt von einer riesigen kaktusähnlichen Grünpflanze, verkrochen.

„Du, Malte, du wirst es nicht glauben ..."

„Arschlöcher!" brummelt Bechler vor sich hin.

Kurt zieht einen Stuhl heraus und setzt sich. „Hörstein?"

„Schauen Sie, daß Sie möglichst schnell weitere Ermittlungsergebnisse vorlegen können. Ewig können wir mit dem, was wir bisher haben, den Hafler nicht in Haft behalten."

„Hörstein?"

„Hörstein, Pregnitz – sind doch alles Arschlöcher!"

„Dann hör mal zu, was ich habe. Das muntert dich bestimmt auf!"

„Glaub' ich nicht!"

„Hör' doch erst mal!"

„Na, dann schieß mal los!"

Es klingt aber nicht so, als ob Bechler daran glaubt, daß Kurt wirklich etwas hat, was seine Stimmung heben könnte.

„Der Fall von vor drei Jahren ist gelöst – so gut wie."

„Was heißt: so gut wie?"

„Busche hat praktisch ein Geständnis abgelegt."

„So gut wie, praktisch, und dann betrifft es noch nicht mal unseren Fall. Was soll ich damit bei Hörstein und Pregnitz anfangen?"

„Du bist aber auch mit nichts zufrieden. Was kann ich denn dafür, wenn die beiden dir das Leben schwermachen!"
Bechler muß zugeben, daß Kurt damit recht hat. „Entschuldige bitte! Dann erzähl' mal! Wie sieht Busches 'praktisches' Geständnis aus?"
Die große Euphorie ist auch bei Kurt verflogen. Das Gespräch mit Malte hat ihn etwas ernüchtert und auf den Boden der Tatsachen zurückgeholt.
„Ich habe Busche soweit bearbeitet, daß er bald selbst dahinterkommen wird, daß es besser für ihn ist, wenn er ein eindeutiges Geständnis ablegt. Nur noch das ist es, was fehlt. Daß er die junge Frau damals umgebracht hat, hat er praktisch zugegeben."
„Kurt, Kurt!" stöhnt Bechler auf. „Geht es vielleicht etwas deutlicher. Oder spielst du hier Orakel von Frankfurt?"
Kurt ärgert sich. Malte hat ja recht. Er war so euphorisch. Hat an den großen Erfolg geglaubt. Und jetzt?
„Nun sei mal nicht gleich eingeschnappt!" versucht Bechler seinen Kollegen zu trösten, weil er das Gefühl hat, der fühlt sich ungerecht behandelt.
„Bin ich nicht! Ich bin ja selbst schuld, wenn ich mich so undeutlich ausdrücke. Also Klartext! Es fing damit an, daß Busche sich verplappert hat. Er sei doch nicht so blöd und bringe sie wieder an dieselbe Stelle wie die junge Frau vor drei Jahren. Kurz vor Ende des Satzes hat er begriffen, was ihm da rausgerutscht ist, und er hat sich die letzten Worte verkniffen. Aber die Sache war eindeutig. Ich habe dann alles Mögliche versucht, um ein Geständnis aus ihm rauszukitzeln. Immerhin habe ich die Zusage erreicht, daß er sich die ganze Sache durch den Kopf gehen lassen wolle. Und ich sage dir, Malte, der gesteht! Vielleicht heute noch. Der hat Schiß wegen unserer Sache. Der war schon zur Tatzeit in Frankfurt und überlegt sich, daß er besser fährt, wenn er die alte Sache zugibt."
„Wieso sollte er?"
„Was ...?"
„Besser fahren, wenn er die ..."

„Malte, du hast den Busche nicht gesehen. Glaub mir, der gesteht. Allerdings hilft uns das nicht bei unserer Sache weiter. Damit hat er nichts zu tun. Davon bin ich überzeugt."
„Mit dieser Überzeugung magst du recht haben. Aber weißt du, welche Überlegung er meines Erachtens in der anderen Sache anstellt? Er wird nicht gestehen, sondern sich mit einem Rechtsanwalt beraten. Und der wird uns fragen, was wir außer Busches Versprecher noch haben. Und tatsächlich haben wir nichts, zumindest nicht mehr als die Kollegen vor drei Jahren schon hatten."

XX

Gleich nach Ende seiner Unterrichtszeit macht sich Horst auf den Weg ins Krankenhaus zu seiner Mutter. Die ersten knapp fünfzig Autobahnkilometer bringt er zügig hinter sich. Keine Baustellen, nicht der Anflug eines Staus. Doch dann erwischt es ihn gleich hinter der Autobahnabfahrt. Eine Schlange, soweit er sehen kann. Und das sind gut und gern zwei Kilometer. In den Staunachrichten, die er vor einer Viertelstunde gehört hat, ist davon nichts erwähnt worden. Also ist es vielleicht doch nicht so schlimm, und er entschließt sich, in der Schlange zu bleiben. Meterweise geht es vorwärts. Auf der Autobahn hat der Fahrtwind für eine erträgliche Temperatur im Auto gesorgt. Jetzt wird es immer wärmer. Trotz geöffneter Fenster fängt er an zu schwitzen. Bis vor ein paar Tagen ist es recht kühl gewesen. Doch dann ist ohne Übergang das Thermometer um etliche Grade geklettert. Zeitgleich mit der sommerlichen Hitze haben sich auch die Ereignisse in seinem Umfeld überstürzt – Hilde, der Mord an Birgit, Haflers Verhaftung, Barbara, Marianne, der Schlaganfall seiner Mutter. Ein bißchen viel auf einmal. Wie soll er das nur alles emotional verkraften? Hat er sich vielleicht übernommen, als er beschlossen hat, auf die Tätersuche nach dem Mörder von Birgit zu gehen? Und wenn es doch Hafler war? Sollte er es nicht der Polizei überlassen, den Mörder zu finden? Er weiß doch gar nicht, wodurch Hafler belastet wird. So mir nichts dir nichts wird bei uns bestimmt niemand verhaftet. Und wenn er es nicht war, wird sich seine Unschuld schon herausstellen. Aber da ist Barbara. Was wird sie von ihm halten, wenn er jetzt plötzlich kneift? Sie geht davon aus, daß er mitmacht. Außerdem ist im Moment sie es ja, die Aktivitäten entwickelt. Wenn Barbara kein Tagebuch findet oder wenn sich aus dem Tagebuch kein brauchbarer Hinweis ergibt, müssen sie sowieso neu überlegen.

Mehrmaliges Hupen schreckt Horst aus seinen Gedanken. Der Abstand zu dem Auto vor ihm ist auf etwa zwanzig Meter angewachsen. Nicht weiter schlimm, denn der Stau existiert immer noch. Und ob sie nun hier oder zwanzig Meter weiter vorne stehen, macht nun wirklich keinen großen Unterschied. Aber offenbar hat das Stop and Go seinen Hintermann bereits etwas aggressiv gemacht.
Fast eine Dreiviertelstunde dauert das Gezuckel. Als Horst an der Unfallstelle vorbeifährt, ist gerade ein Abschleppwagen dabei, einen ziemlich ramponierten Kleinwagen auf die Ladefläche zu hieven. Ein anderer liegt auf dem parallel zur Straße verlaufenden Radweg auf dem Dach. Ein herrenloses Rad sieht Horst nicht. Also hat es Gott sei Dank keinen Radfahrer erwischt, der zufällig genau dann hier vorbeigefahren ist, als diese beiden Kleinwagen kollidierten.
Kurz vor vierzehn Uhr stellt Horst sein Auto auf dem Parkplatz der Städtischen Kliniken ab. Er muß sich nicht erst zu seiner Mutter durchfragen. Von Marianne weiß er, daß sie im vierten Stock liegt. Wenigstens war Mariannes Überfall zu etwas gut.
Im Foyer fällt ihm ein, daß er ja gar nicht daran gedacht hat, seiner Mutter etwas mitzubringen. Er schaut sich um. Links neben den Fahrstühlen ist ein Kiosk. Aber was soll er mit Keksen, Äpfeln oder Schokolade? Sie wird das alles nicht essen können. Marianne hat gesagt, sie sei gelähmt. Im hinteren Teil des Foyers sieht er einen Blumenladen. Ja, wenn schon, dann Blumen. Seine Mutter freut sich über Blumen. Hat zu Hause immer welche auf dem Tisch stehen. „Von 13.00 bis 14.30 Uhr geschlossen." Er wird ihr später welche besorgen.
Im vierten Stock entscheidet sich Horst für den Gang, der nach links führt. Eine Zimmernummer hat ihm Marianne nicht gesagt. Wenigstens kann er sich daran nicht erinnern. Der Gang ist schätzungsweise siebzig Meter lang. Ziemlich an dessen Ende sieht er ein Bett stehen, an der anderen Wandseite, schräg gegenüber, einen knapp mannshohen Essenskarren mit einer vierstöckigen Ablage für die Eßgeschirre. Sonst nichts. Kein Pati-

ent, keine Schwester, keine flatternden Ärztekittel. Auch aus den Zimmern keine Geräusche. Ein stillgelegter Trakt? Eine ganze Abteilung aus Kostengründen geschlossen? Horst fällt ein, daß er vor einiger Zeit von einer solchen Schließung gelesen hat. In irgendeiner Universitätsklinik mußte wegen Personalmangels eine Station dichtmachen. Er geht langsam den Gang entlang. Schaut auf die Täfelchen neben den Türen auf der linken und rechten Seite. Auf allen stehen Namen, manchmal zwei, manchmal drei, auf einem sogar vier. Patientennamen? Vielleicht hat man nur vergessen, sie herauszunehmen, bevor hier der Betrieb stillgelegt wurde?
Horst ist etwa in der Mitte des Ganges, da hört er hinter sich das Knarren einer sich öffnenden Tür. Er bleibt stehen. Dreht sich um. Noch ehe er etwas sieht, hört er Schlurfgeräusche. Sekunden danach erst dessen Verursacher, einen alten grauhaarigen, gebeugt gehenden Mann in einem Morgenmantel mit breiten dunkelblauen und weißen Querstreifen. Also doch keine Geisterstation!
Horst dreht sich wieder um. Geht weiter. Liest die Schilder auf den Täfelchen. Er hat schon über die Hälfte des Ganges hinter sich, als plötzlich neben ihm eine Tür aufgerissen wird. Ein junger Mann in einem hellblauen kurzärmeligen Hemd, das über einer gleichfarbigen Hose hängt, kommt heraus. Eine Bettpfanne in der Hand. Horst will ihn ansprechen. Doch der junge Mann, offenbar ein Pfleger, gibt ihm keine Chance. Er läßt die Tür halb offen und eilt mit großen Schritten in die Richtung, aus der Horst gerade gekommen ist.
Horst nähert sich dem Bett, das auf dem Flur steht. Es ist nicht leer. Er sieht ein kleines bleiches Gesicht am oberen Ende einer hohen Decke herauslugen. Mutter. Seine Mutter. Sie hat die Augen geschlossen. Klar, er weiß, daß sie in diesem Krankenhaus ist. Marianne hat es ihm gesagt. Er hat sie gesucht. Aber er hat sie doch nicht hier auf dem Gang vermutet. Abgeschoben.
„Mutter!“

Horst steht neben dem Bett, das links und rechts vergittert ist. Langsam öffnet seine Mutter die Augen.
Horst ist hilflos. Natürlich hat er gewußt, daß sie einen Schlaganfall hatte. Was hat er also geglaubt? Er hätte darauf vorbereitet sein müssen, daß er sie nicht so quirlig wie sonst vorfindet. Aber so! So schlimm!
„Mutter, was machst du nur für Sachen!"
Er muß sich Mühe geben, seine Stimme fest klingen zu lassen. Nicht seine Erschütterung vor diesem Anblick, den seine Mutter ihm bietet, zu zeigen. Es würde ihr auch nicht helfen. Er muß Stärke und Zuversicht ausstrahlen. Ihr Kraft geben. Aber kann er das wirklich? Er weiß es nicht.
Seiner Mutter laufen Tränen über die Wangen. Diese willensstarke, manchmal eigensinnige und gebieterische Frau weiß um ihre Hilflosigkeit. Sie weiß, daß all ihre Willensstärke im Moment nichts bewirken kann. Ihr Kopf ist klar. Ihre Gedanken sind klar. Aber ihr Körper gehorcht ihr nicht. Er hält sie hier gefangen. Ihre Tränen sind vor allem Tränen der Wut.
Wut kommt jetzt auch in Horst hoch. Empörung darüber, daß hilflose Menschen einfach auf Fluren abgestellt werden. Daß sich niemand um sie kümmert. Daß ihre Schutz- und Wehrlosigkeit schamlos zur Schau gestellt wird. Wird in den Krankenhäusern so mit der Würde der Menschen umgegangen?
Aus einem Zimmer, nur ein paar Schritte vom Bett seiner Mutter entfernt, kommt eine Frau in einem weißen Kittel. Aus ihrer linken Brusttasche schaut ein Stethoskop. Also eine Ärztin. Horst geht zu ihr hin.
„Sind Sie die behandelnde Ärztin?" Als Antwort fragende Blicke.
„Bär. Horst Bär. Meine Mutter", Horst zeigt mit dem linken Arm hinter sich, „wurde gestern bei Ihnen eingeliefert."
„Sie sind der Sohn?"
'Habe ich doch gerade gesagt', will Horst erwidern, aber er schluckt es runter. Statt dessen nur Kopfnicken und ein Ja. „Kommen Sie bitte!"

Die Ärztin macht die Tür, aus der sie gerade gekommen ist, auf und läßt Horst vorgehen. Drinnen gibt sie ihm die Hand. „Freudel. Bitte setzen Sie sich!"
Sie deutet mit dem Arm auf einen einfachen Holzstuhl vor einem Schreibtisch, auf dem allerhand Papiere, Akten und Bücher ausgebreitet liegen.
„Sie haben recht. Ich bin die Ärztin, die für die Behandlung Ihrer Mutter zuständig ist. Die Erstbehandlung gestern hat allerdings ein Kollege vorgenommen. Ich hatte da keinen Dienst. Sie wollen wissen, wie es um Ihre Mutter steht?"
„Ja, bitte!"
„Nun, unsere Untersuchungen sind noch nicht abgeschlossen. Aber so, wie es im Moment aussieht, hat Ihre Mutter keinen leichten Schlaganfall erlitten. Erschwerend kommt hinzu, daß sie offenbar schon einige Zeit zu Hause gelegen hat, ehe sie gefunden wurde."
„Was heißt das für Ihre Heilungschancen?"
Dr. Freudel ist offenbar auf eine derartige Frage vorbereitet, denn ihre Antwort kommt prompt.
„Nun, darüber etwas auszusagen, ist im Moment wirklich noch zu früh. Erstens sind, wie ich Ihnen bereits sagte, noch nicht alle Untersuchungen durchgeführt. Und zweitens ist bei Schlaganfällen eine Prognose mit einer halbwegs gesicherten Aussagegenauigkeit in diesem Stadium nicht möglich." Dr. Freudel unterstützt die Worte ihres letzten Satzes mit einem Kopfschütteln. „Im Moment liegt eine rechtsseitige Lähmung, einhergehend mit erheblichen sprachlichen Artikulationsstörungen, vor."
„Aber besteht die Möglichkeit, daß meine Mutter sich wieder halbwegs wird bewegen und sprechen können?"
„Wir tun unser Möglichstes. Doch verstehen Sie, Herr Bär, ich kann beim besten Willen keine auch nur annähernd fundierte Aussage darüber machen, was in einigen Wochen oder Monaten sein wird. Aber hoffen auf einen guten Ausgang dürfen wir. Und jetzt entschuldigen Sie mich bitte. Die Pflicht ruft!"

Dr. Freudel steht auf, kommt hinter ihrem Schreibtisch vor und geht in Richtung Tür.

„Tut mir leid, daß ich Ihnen nichts Positiveres sagen kann."

Horst steht mittlerweile neben der Ärztin.

„Warum hat man meine Mutter auf den Flur abgeschoben?"

Horst kann sich nicht verkneifen, von Abschieben zu reden. Auch sein Tonfall soll der Ärztin klarmachen, daß er sauer ist. Dr. Freudel nimmt die Hand von der Türklinke. Sie wendet ihm ihr Gesicht zu.

„Es tut uns auch leid, daß wir das Bett Ihrer Mutter im Flur stehen lassen mußten. Aber im Moment haben wir beim besten Willen keine freien Plätze mehr in den Zimmern. Wir werden versuchen, schnellstmöglich eine Lösung zu finden."

Horst gibt sich mit dieser Antwort zufrieden. Er sieht keinen Sinn darin weiterzubohren. Die Ärztin ist dafür wahrscheinlich auch nicht die richtige Ansprechpartnerin.

Der Gang draußen liegt jetzt nicht mehr wie ausgestorben da. Statt dessen reges, geschäftiges Treiben. Türen werden auf- und zugemacht, Menschen laufen über den Flur, ein Bett wird gerade durch die Gangtür hinausgeschoben.

Nach einigen Minuten hat sich Horsts Mutter wieder etwas gefangen. Es gibt einiges zu regeln. Die Krankenhausverwaltung braucht die Chipkarte der Krankenkasse, sie selbst möchte ein paar Sachen aus ihrer Wohnung geholt haben, und und und. Es dauert recht lange, bis Horst versteht, was seine Mutter sagt. Sie kann sich nur sehr, sehr schwer artikulieren. Horst hat Hemmungen, immer wieder nachzufragen. Er geht immer mehr dazu über, das, was er meint, erraten zu haben (verstehen wäre zuviel gesagt), zu wiederholen; der Reaktion seiner Mutter entnimmt er dann, ob er richtig gelegen hat.

Erst auf dem Weg zur Wohnung seiner Mutter fällt ihm auf, daß Marianne gar nicht da war. Sie hat sich doch extra einen Tag freigenommen. Wollte sie ihm aus dem Weg gehen? Sie wußte ja, daß er nach der Schule kommen würde. Vielleicht besitzt sie doch noch soviel Feingefühl, daß sie seiner Mutter am Krankenbett eine Auseinandersetzung zwischen ihnen erspart.

XXI

Malte Bechler steht weiter unter Druck. Über Kurts Gespräch mit Mike Busche hat er weder Hörstein noch Pregnitz unterrichtet. Warum auch? Das Ganze ist viel zu vage, als daß die beiden sich damit auch nur ein wenig ruhigstellen ließen. Und für die Tötung von Birgit Kahn kommt er mit allerhöchster Wahrscheinlichkeit sowieso nicht als Täter in Frage. Sie könnten ihm im Gegenteil sogar noch eins auf den Deckel geben. Schließlich hätte Kurt – und als sein Vorgesetzter wäre Malte für dessen Fehler mitverantwortlich – Mike Busche auf seine Rechte hinweisen müssen, die Aussage zu verweigern und einen Rechtsanwalt hinzuzuziehen. Er hätte ihn nicht so massiv bedrängen dürfen. Ein Geständnis Busches wäre deswegen prozeßrechtlich sowieso wertlos gewesen. Malte kann nur hoffen, daß kein Rechtsanwalt kommt und daraus eine große Affäre macht.
Malte hat Kurt mit zwei Kollegen in das Haus geschickt, in dem Birgit Kahn gewohnt hat. Nochmalige Befragung sämtlicher Bewohner, ob sie nicht doch irgendeine Beobachtung gemacht haben, aus der sich ein Hinweis ergibt, der die Ermittlungen weiterbringen könnte. Dann: Kleidersuche. Zwei weitere Kollegen kämmen noch einmal die Gegend um den Fundort von Birgit Kahn durch. Vielleicht haben sie Glück und finden die Kleidungsstücke des Opfers – oder zumindest Teile davon.
Große Hoffnungen macht sich Malte nicht. Aber irgendwas zu tun ist immer noch besser, als untätig zu bleiben. Und was Erfolgversprechenderes ist ihnen allen nicht eingefallen.
Malte sitzt vor seinem Schreibtisch, der rechte Arm liegt quer über seiner Brust, der linke ist im Ellenbogen angewinkelt, die Handinnenfläche stützt das aufliegende Kinn. Sein Blick ruht auf zwei handschriftlich vollgeschriebenen DIN-A4-Seiten. Er hat in der letzten halben Stunde eine Art Brainstorming im Alleingang betrieben. Er macht so etwas nicht zum ersten Mal. Besonders bei verfahrenen Fällen glaubt er, daß es ihm weiterhilft.

Er zwingt sich, noch einmal in aller Ruhe alle Fakten, die ihm im Zusammenhang mit dem jeweiligen Fall wichtig erscheinen, zusammenzutragen und über deren Wichtigkeit für die Lösung des Falles nachzudenken. Vielleicht haben sie etwas übersehen oder nicht bedacht? Vielleicht irgendwo falsche Schlußfolgerungen gezogen?
Fakt ist, daß Hafler gegen acht Uhr abends bei Birgit Kahn war. Daß er etwa eine Viertelstunde später wieder gegangen ist, behauptet Hafler. Die Nachbarin, Frau Doberta, kann dies aber nicht bestätigen. Fakt ist weiter (er geht davon aus, daß Frau Dobertas Aussage zutrifft; es ist kein Grund ersichtlich, wieso sie nicht die Wahrheit sagen sollte), daß Frau Doberta um Viertel vor neun noch einmal an der Wohnungstür von Frau Kahn geklingelt hat. Es bleibt ruhig. Nichts tut sich. Auch hat die Nachbarin nach acht Uhr nicht mehr Frau Kahns Klingel gehört.
Wenn Hafler wirklich um Viertel nach acht wieder gegangen ist und Frau Kahn da noch gelebt hat, gibt es zwei Möglichkeiten: Entweder hat sie ihren Mörder nach Haflers Besuch in die Wohnung gelassen – vielleicht hat ja Frau Doberta das Klingeln überhört – oder der Besucher bzw. die Besucherin hat sich telefonisch bei Frau Kahn angemeldet, und sie hat ihm oder ihr ohne Klingeln geöffnet. Oder Frau Kahn ist noch einmal weggegangen und unterwegs ihrem Mörder begegnet. Oder ihr Mörder hat sie auf der Straße erwartet, sie ist in sein Auto eingestiegen, er hat sie später irgendwann erwürgt und dann an der Stelle abgelegt, wo sie gefunden worden ist. Gegen letztere Version spricht allerdings, daß sich bis dato noch niemand gemeldet hat, der Frau Kahn in ein Auto hat einsteigen sehen – weder in der Nähe ihrer Wohnung noch anderswo. Wobei Malte klar ist, daß dieser Fakt natürlich nicht bedeutet, daß diese Hypothese falsch sein muß. Es kann sein, daß sie gar niemand hat einsteigen sehen. Oder der Zeuge bzw. die Zeugin hat sich nicht gemeldet, weil er ihr Bild in der Zeitung nicht gesehen hat und

deswegen seine Beobachtung nicht mit einem Mordfall in Verbindung bringt.
Nun zu Haflers Alibi! Malte liest auf seinem Blatt: „Hafler: Zwischen Viertel nach acht und elf ziellos herumgefahren. Hat nachgedacht."
Natürlich ist es nicht ausgeschlossen, daß er wirklich über zweieinhalb Stunden einfach draußen herumgefahren ist. Er hat versucht zu begreifen, was er da von ihr gehört hat. Es ist aus! Endgültig aus! Nur Pech für ihn, daß er sein Nachdenken nicht irgendwohin verlegt hat, wo ihn andere dabei gesehen haben. Dann hätte er wenigstens ein Alibi und wäre aus dem Schneider.
Es ist ja nicht so, als daß er Hafler nicht verstehen könnte. Er ist auch schon hin und wieder mal in der Gegend herumgegondelt, wenn ihn irgendwas bedrückt hat. Wenn auch nicht gleich zweieinhalb Stunden. Aber er ist später nicht in die Verlegenheit gekommen, ein Alibi nachweisen zu müssen.
Es spricht viel gegen Hafler. Und außer seinem Gefühl oder Instinkt oder wie immer man das nennen mag, was ihn erheblich an Haflers Täterschaft zweifeln läßt, kann Malte gegen Hörsteins und Pregnitz' Argumentation nichts ins Feld führen. Wenn er nur wenigstens etwas in die Hand bekäme, was Hafler entlasten würde!
Auf der anderen Seite wissen natürlich auch seine beiden Intimfeinde, daß mit den bisherigen Indizien ein Haftbefehl für Hafler zu bekommen war; ob diese aber für eine Verurteilung ausreichen würden, darf sehr stark bezweifelt werden. Deswegen stehen sie ja auch mit der Peitsche hinter Malte und wollen weiteres Belastungsmaterial. Da kann er ihnen tausendmal damit kommen, daß die Strafverfolgungsbehörde nicht nur nach Belastungsmaterial gegen den Angeschuldigten, sondern mit demselben Nachdruck auch nach Entlastendem zu suchen hat. Es gibt in diesem Fall nichts Entlastendes für Hafler. Für Hörstein und Pregnitz ist das reine Zeitverschwendung. Widerspricht dem Grundsatz des „optimalen effektiven Einsatzes des knappen per-

sonellen Ermittlungspotentials", wie Pregnitz vor einiger Zeit mal in einem Gespräch mit ihm referiert hat.
Das Telefon klingelt. Es ist einer der wachhabenden Beamten in den Haftzellen. Mike Busche ist gerade mit einem Transport angekommen.
„Er möchte den Kommissar sprechen, der vorhin bei ihm gewesen ist. Es sei dringend."
„Gut, ich komme gleich!"
Malte legt den Hörer auf. An den Busche hat er in der letzten halben Stunde vor lauter Hafler gar nicht mehr gedacht. Um den hätte er sich sowieso heute noch kümmern müssen. Außer dessen „praktischem" Geständnis, das Kurt aus einem Versprecher Busches konstruierte, und der Spekulation seines Kollegen, Busche würde bei genauerer Überlegung zu der Einsicht kommen, daß es für ihn besser sei, wenn er die Tötung vor drei Jahren gestehe (wieso das so sein soll, leuchtet Malte immer noch nicht ein), haben sie keine konkrete Handhabe gegen ihn. Sie müßten ihn wohl oder übel wieder laufen lassen. Kein Richter in Deutschland würde Busche in diesem Fall in Untersuchungshaft nehmen. Ja, sie müßten noch froh sein, wenn ... Das mit dem Rechtsanwalt, der ihnen Ärger machen könnte, hatte er Kurt schon erzählt.

XXII

So richtig Ruhe und Zeit zum Nachdenken hat Horst erst auf dem Heimweg. Ihm wird mit einem Mal bewußt, was da in den nächsten Wochen und Monaten alles auf ihn zukommen kann. Was wird, wenn seine Mutter rechtsseitig ganz oder teilweise gelähmt bleibt? In ihre Dachwohnung wird sie dann wohl nicht mehr zurück können. Er wird ihren Haushalt auflösen, die Wohnung entrümpeln müssen. Unterlagen sichten. Behördengänge. Das alles wird an ihm hängenbleiben. Weiter: Wo seine Mutter unterbringen? Bei sich kann er sie nicht aufnehmen und pflegen. Bleibt ein Platz in einem Heim. Schlimme Aussichten für seine Mutter. Mit siebenundsechzig ein Pflegefall. Sie war immer so quirlig. Mußte immer etwas zu tun haben. Wollte nie jemandem zur Last fallen. Immer wieder hat sie ihm das gesagt. Und nun ist genau dieses Horrorszenario Wirklichkeit geworden!

Horst schämt sich, weil er eben noch sich selbst zu bedauern anfing. Von wegen was da alles auf ihn zukommt. Schließlich ist er nicht krank, kann seine Gliedmaßen bewegen, ist nicht wie ein Häufchen Elend im wahrsten Sinne des Wortes ans Bett gefesselt. Seine Mutter hat er nach seiner Rückkehr aus ihrer Wohnung zu trösten, ihr Hoffnung zu machen versucht. Sie dürfe nicht den Mut sinken lassen. Es werde schon wieder, sie müsse nur einen festen Willen und Geduld haben. Was sollte er ihr auch sonst sagen? An ihren Augen hat er ablesen können, daß sie daran nicht glaubt, mutlos und verzweifelt ist. Verständlich, der Schock sitzt noch zu tief, der Schock, von einem Augenblick zum anderen „mitten aus dem aktiven Leben gerissen zu werden“, wie es so treffend heißt. Schon im Weggehen ist ihm dann Dr. Freudel noch einmal über den Weg gelaufen. Vielleicht hatte sie das Gefühl, bei ihrem ersten Gespräch zu förmlich gewesen zu sein und die Aussicht auf eine mögliche Besserung nicht deutlich genug herausgestellt zu haben. Jedenfalls

hat sie sich noch einmal ein paar Minuten Zeit genommen, um mit ihm zu reden. Im Krankenhaus finde nur die Akutbehandlung statt, seine Mutter komme sobald wie möglich in eine Rehabilitationsklinik. Und da werde von Fachkräften alles getan, um sie wieder soweit wie irgendmöglich beweglich zu machen. Ob sie allerdings wieder alleine in einer Wohnung leben könne – großes Fragezeichen. Sie wolle ihn da nicht in falscher Sicherheit wiegen.
Um sechs Uhr ist Horst wieder zu Hause. Sein Magen macht sich bemerkbar. Verständlich, schließlich hat er seit heute morgen außer zwei Rosinenbrötchen nichts mehr gegessen. Die hat er sich in der zweiten großen Pause aus einer Bäckerei in der Nähe der Schule geholt und mit einer Tasse Kaffee nach Schulende heruntergeschlungen. Er schaut in den Kühlschrank. Würstchen könnte er sich warmmachen. Alternative dazu wäre ein Nudeltopf. Aber beides sind nicht gerade kulinarische Verlockungen. Und er möchte wenigstens bei all dem Frust seinem Magen etwas Gutes tun. Also „Wachtturm". Dahin braucht er zu Fuß höchstens zehn Minuten. Er könnte dort auf einer schattigen Terrasse sitzen und sich Zanderfilet auf Spinat mit Salzkartoffeln bestellen. In der Zeit, bis das Essen kommt, könnte er seine Kurzvorbereitung für den morgigen Unterrichtstag machen. Die Grobplanung am Wochenende für die folgende Woche macht sich wieder einmal bezahlt. Außerdem hat er von der letzten Koordinationssitzung mit Claudia und Christa noch vorbereiteten Stoff für seine drei Stunden in seiner Klasse.
Er hat schon die Klinke der Wohnungstür in der Hand, da schrillt das Telefon. Anruf aus dem Krankenhaus? Barbara? Hilde? Oder am Ende Marianne, deren Anwesenheit ihm bei seinem Besuch bei seiner Mutter erspart geblieben ist? Einen Augenblick zögert er. Soll er es einfach weiter klingeln lassen? Doch schließlich siegt die Neugier.

Es ist Barbara. Fragt, ob er Zeit für ein Gespräch habe. Es gebe einige Neuigkeiten. Sie ist einverstanden mit seinem Vorschlag, in den „Wachtturm“ zu kommen.

XXIII

„Ich will Ihren Kollegen sprechen! Mit niemand anderem, nur mit Ihrem Kollegen!“

Mike Busche dreht sich demonstrativ um, macht zwei Schritte zum Fenster und schaut hinaus.

„Tut mir leid, aber mein Kollege Harrem ist zur Zeit und auch in den nächsten Stunden nicht greifbar.“

„Dann warte ich, bis er wieder da ist.“

„Herr Busche, warum wollen Sie denn nicht mit mir reden? Ich verspreche, daß ich Ihnen zuhöre, daß ich Sie zu nichts dränge. Sie erzählen, und ich bin ganz Ohr.“

„Sind Sie sein Chef?“

„Wir arbeiten zusammen.“

„Ich wollte wissen, ob Sie sein Chef sind?“

„Ja. Aber was hat das damit zu tun, daß Sie nur mit Herrn Harrem sprechen wollen?“

Es dauert einige Zeit, ehe sich Mike Busche wieder umdreht, Malte Bechler ansieht und nach ein paar Sekunden Überlegung sagt: „Na gut.“

Malte schlägt vor, sich erst einmal zu setzen. Er bleibt so lange stehen, bis Busche sich für einen der zahlreichen Stühle, die um den Tisch stehen, entschieden und Platz genommen hat. Nachdem auch Malte sich hingesetzt hat, sieht er sein Gegenüber erwartungsfroh an.

„Bitte, Herr Busche!“

„Also, ich hab's mir durch den Kopf gehen lassen.“ Busche spricht langsam, es hat den Anschein, als tue er sich schwer, die Worte aus seinem Mund herauszulassen. „Ich will reinen Tisch machen. Ich will ...“

„Herr Busche“, fällt ihm Malte ins Wort, „ehe Sie weiterreden, möchte ich Sie darauf hinweisen, daß Sie nichts sagen müssen, was Sie belastet, und daß Sie einen Anwalt hinzuziehen können.“

„Nein, ich will Ihnen sagen, wie es war. Ich hab's mir gut überlegt. Deswegen wollte ich ja, daß Ihr Kollege kommt."
Noch einmal unterbricht Malte Mike Busche: „Sind Sie damit einverstanden, daß ich Ihre Aussage auf Band aufnehme?"
Malte wäre nicht überrascht, wenn Busche Einwände hätte, aber der nickt. „Meinetwegen."
Als das Gerät auf dem Tisch steht, drückt Malte auf die Aufnahmetaste, sagt, daß er Busche auf seine Rechte hingewiesen habe, und fordert ihn dann auf anzufangen.
Busche spricht jetzt bei weitem nicht mehr so langsam und schwerfällig wie vorhin, als er zum erstenmal mit seinem Geständnis loslegen wollte. Malte läßt ihn – wie versprochen – draufloserzählen, ohne ihn auch nur ein einziges Mal zu unterbrechen. Busche schildert, wie er sich vor Elvira Strodtner nicht weit von der Stelle, wo sie tot aufgefunden wurde, entblößt hat. „Mein Glied war steif und groß. Ich war sehr erregt. Sie ist lange Zeit nur dagestanden und hat mein Glied angestarrt. Mit einem Mal hat sie angefangen zu schreien. Ich habe Angst bekommen, daß sie jemand hört. Schließlich war nicht ausgeschlossen, daß noch Leute in ihrem Garten waren. Und auch die Häuser sind ja nicht so weit weg. Nach dem ersten Schreck habe ich ihr den Mund zugehalten, ich habe gesagt, daß sie aufhören soll zu schreien, daß ich ihr nichts tun will. Aber kaum habe ich meine Hand etwas weggezogen, hat sie schon wieder angefangen. Ich wollte doch nur, daß niemand ihre Schreie hört. Ich wollte sie doch nicht umbringen."
Busche erzählt dann, wie er die Tote von der Straße weggezogen hat ins Gebüsch, wie er ihr die Kleider ausgezogen und diese später verbrannt hat, damit man nicht so schnell herausfinden könnte, wer sie ist.
„Es war ein Unfall", beteuert Busche immer wieder. „Sie müssen mir glauben, Kommissar! Warum hat die Frau auch geschrien. Ich habe ihr doch nichts tun wollen. Und mit der Sache jetzt habe ich nichts tun. Auch das müssen Sie mir glauben! Ich bin doch nicht so dumm und lege noch einmal eine Tote an die

gleiche Stelle. Da müßte ich völlig verblödet sein. Ich mußte doch damit rechnen, daß ich wieder in Verdacht komme – wie damals."

„Aber seltsam ist das schon, das müssen Sie zugeben! Eine zweite Leiche an derselben Stelle, wieder eine junge Frau, und wieder fehlen die Kleider. An Zufall zu glauben fällt einem bei so vielen Übereinstimmungen schwer."

„Aber ich müßte doch ..."

„Ich weiß, ich weiß", unterbricht ihn Malte, „Sie sind nicht so blöd. Seit wann sind Sie wieder in Frankfurt?"

„Seit letzten Freitag."

Die Antwort kommt schnell. Natürlich hat Busche mit dieser Frage gerechnet. Und er weiß, daß es keinen Zweck hat, die Unwahrheit zu sagen, ja daß ihn das im Gegenteil nur noch verdächtiger machen würde.

„Wo waren Sie Sonntag abend zwischen acht und zwölf Uhr?"

„Ist das die Zeit, für die ich ein Alibi brauche?"

Malte meint ein freudiges Glänzen in Busches Augen bemerkt zu haben.

„Beantworten Sie bitte meine Frage, Herr Busche!"

„Da haben wir einen Zug durch die Gemeinde gemacht. Charly, Jupp und ich. Wir waren die ganze Zeit zusammen. Können Sie beide fragen."

Malte stellt noch ein paar Fragen nach dem Wo, Wie lange und eventuellen anderen Zeugen, aber so bereitwillig und erleichtert wie Busche Antwort gibt, ist ihm klar, daß dieser als Täter in seinem Fall nicht in Frage kommt.

Wegen des Tötungsdelikts zum Nachteil Elvira Strodtner wird Busche morgen dem Haftrichter vorgeführt.

XXIV

„Mußt du jetzt Zeitung lesen, Arthur? Soll ich vielleicht auch noch mit dem Hund rausgehen? Als ob ich ..."
„Ja, gleich!" blafft Arthur Kohler zurück.
„Es ist jeden Abend dasselbe", schimpft seine Frau unbeeindruckt weiter.
„Ich habe gesagt gleich!"
Arthur Kohler blättert absichtlich geräuschvoll um. Er achtet nicht mehr auf das weitere Gebrummel seiner Frau. Sie hat recht, es ist jeden Abend dasselbe. Sie kann einfach nicht sehen, wenn er sich mit seiner Zeitung für eine halbe Stunde in den großen Ohrensessel zurückzieht. Dabei weiß sie, daß er sich noch nie davor gedrückt hat, Hanno Gassi zu führen. Und ob er das ein paar Minuten früher oder später macht, kann ihr schließlich egal sein.
Plötzlich murmelt er: „Das gibt's nicht! Das ist die Frau." Er legt die Zeitung auf seine Knie und schüttelt den Kopf. „Natürlich, das ist die Frau."
„Was faselst du da von einer Frau?"
„Die ist in den roten Mitsubishi eingestiegen."
Es hat nicht den Anschein, als ob er seiner Frau Antwort geben würde, eher schon, daß er ein Selbstgespräch führt.
„Kannst du dich endlich etwas deutlicher ausdrücken?"
Aber Arthur Kohler geht nicht auf die Forderung seiner Frau ein. „Da muß ich unbedingt gleich die-Polizei anrufen und Bescheid sagen! Vielleicht hilft denen das weiter."
Seine Frau wird immer ungehaltener. Sie steht mittlerweile direkt neben ihm.
„Würdest du mir endlich sagen, was mit dieser Frau los ist und warum du die Polizei anrufen willst!"
Jetzt erst hebt Arthur Kohler den Kopf, schaut seine Frau an.
„Hier", er zeigt mit der Hand auf ein Bild in der Zeitung, die noch immer auf seinen Knien liegt, „diese Frau habe ich am

Sonntag abend gesehen, als ich mit Hanno draußen war. Sie ist in einen roten Mitsubishi eingestiegen."
„Und was ist mit der Frau?"
„Das ist die Ermordete, die sie in Seckbach gefunden haben."
„Da wirst du dich schön raushalten! Das geht uns doch nichts an!"
„Aber Mathilde, ich kann doch nicht ..."
„Und ob du kannst, nämlich den Mund halten. Bringt doch nur Scherereien!"
Arthur Kohler ist aufgestanden. Unbeeindruckt von den Vorbehalten seiner Frau holt er sich einen Kugelschreiber von dem Tisch, auf dem die Illustrierten abgelegt sind. Er streicht die Nummer an, die für sachdienliche Hinweise angegeben ist.
Als er zum Telefon in den Flur gehen will, stellt sich ihm seine Frau in den Weg.
„Du rufst nicht an! Willst du vielleicht, daß wir da in was reingezogen werden? Und überhaupt – ich denke, die haben den Mörder schon."
„Egal, ich muß das sagen. Sei doch vernünftig!"
„Ich bin vernünftig. Aber du nicht, Mathilde!"
„Wer weiß, ob das überhaupt die Frau war, die umgebracht worden ist. Als du abends weg warst, war es doch gar nicht mehr richtig hell. Und die besten Augen hast du nicht mehr."
„Das war die Frau!" beharrt Arthur. „Ich bin ja ziemlich nah gewesen."
„Hast du den Fahrer gesehen?"
„Nein, der ..."
„Na, siehst du! Dann können die mit deiner Aussage nichts anfangen."
„Aber das Auto, der rote Mitsubishi."
„Hast du die Nummer gesehen?"
„Nein."
„Hat die Nummer nicht gesehen, aber anrufen will er", spottet seine Frau. „Die denken, daß du dich nur wichtig machen willst."

„Das laß mal meine Sorge sein!“
Arthur versucht Mathilde beiseitezuschieben. Doch die gibt so schnell nicht auf.
„Von wegen deine Sorge“, Mathildes Stimme wird lauter und schriller, „das geht mich genauso an. Schließlich bin ich deine Frau.“
Leider, will Arthur sagen, schluckt es aber runter.

XXV

Kurt Harrem läßt sich erschöpft auf einen Stuhl fallen.
„Außer Spesen nichts gewesen", stöhnt er, rutscht ein Stückchen nach vorne und läßt die Arme herabbaumeln.
„Aber wir mußten es versuchen. Ich lade dich anschließend zum Italiener ein. Vielleicht hebt das etwas deine Laune." Mit seiner Neuigkeit rückt Malte aber noch nicht heraus.
„Wenigstens eine gute Nachricht. Laß uns gleich gehen!"
„Ganz so schnell kommst du noch nicht an den Futtertrog. Erst die Arbeit, dann das Vergnügen."
„Willst du mich verarschen?"
Malte spielt den Entrüsteten.
„Aber Kurt, warum sollte ich?"
„Laß bitte die Spielchen, Malte! Bitte Klartext!"
„Also gut, dann will ich dich nicht länger auf die Folter spannen. Es hat sich ein Zeuge gemeldet, der Birgit Kahn am Sonntag abend gegen neun Uhr in einen roten Mitsubishi hat einsteigen sehen. Leider hat er den Fahrer nicht erkennen können. Aber er ist sich sicher, daß es Frau Kahn war. Ich habe von der Aussage eben gerade erfahren."
„Aber das würde ja heißen, daß du recht hattest, daß es Hafler nicht gewesen ist. Der fährt doch einen Ford Siesta. Noch dazu einen grünen."
„Das ist richtig. Wir sind bisher davon ausgegangen, daß Hafler seinen Wagen gefahren hat."
„Welchen soll er denn sonst gefahren haben? Meinst du, daß er einen Leihwagen .... ?"
„Hat er nicht irgendwann mal erzählt, daß seine Frau einen roten Mitsubishi Colt fährt? Unser Zeuge wußte wohl nicht die Typenbezeichnung, aber hat gesagt, daß es ein kleineres Auto gewesen sei."
„Fragen wir doch einfach seine Frau."

„Siehst du, und genau deswegen muß der Italiener noch ein bißchen warten."

„Was wollen Sie denn schon wieder?"
Frau Hafler ist nicht gerade erfreut, Malte Bechler und Kurt Harrem wiederzusehen. Sie hat erst nach dem fünften Klingeln geöffnet und macht einen müden, abgeschlagenen Eindruck.
„Entschuldigen Sie die Störung, Frau Hafler! Wir wollen Sie auch nicht lange aufhalten. Wir müssen nur noch etwas abklären."
Frau Hafler steht in der halb geöffneten Tür und starrt Malte wort- und regungslos an.
„Dürfen wir vielleicht kurz hereinkommen? Es muß ja nicht ..."
„Ja bitte!"
Frau Hafler tritt einen Schritt zurück, zieht die Tür weiter auf und läßt Malte und Kurt eintreten. Dann schließt sie die Tür, macht aber keine Anstalten, die beiden Kripobeamten weiter in die Wohnung zu bitten.
„Was für ein Auto fahren Sie?" fragt schließlich Kurt.
„Einen Mitsubishi. Warum wollen Sie das wissen?"
„Einen Colt?" beantwortet Kurt die Frage mit einer Gegenfrage.
Frau Hafler nickt.
„Welche Farbe?"
„Rot."
„Waren Sie mit Ihrem Wagen am Sonntag abend unterwegs?"
„Warum interessiert Sie das alles?"
„Bitte, Frau Hafler", schaltet sich jetzt Malte ein, „würden Sie erst unsere Frage beantworten!"
Es dauert einige Sekunden, ehe die Antwort kommt.
„Nein, ich habe mein Auto den ganzen Sonntag nicht benutzt."
„Ist Ihr Mann am Sonntag abend damit gefahren?"
Frau Hafler schüttelt den Kopf. „Der hat sein eigenes."
„Könnte er es gefahren haben, ohne daß Sie davon wußten?"
„Warum sollte er?"

“Könnte er? Könnte er sich zum Beispiel den Schlüssel zu Ihrem Auto genommen haben, ohne daß Sie es bemerkten?“
„Mein Autoschlüssel liegt fast immer im Flur neben der Garderobe auf dem Ablageschränkchen. Der von meinem Mann übrigens auch.“
„Wollen Sie damit sagen, daß Sie am Sonntag abend nicht nachgeschaut haben, ob Ihr Schlüssel fehlt?“
„Nein, habe ich nicht“, antwortet Frau Hafler ungehalten. „Aber würden Sie mir jetzt bitte endlich sagen, was die ganze Fragerei soll!“
„Gleich“, versucht Malte sie beruhigen. „Es ist also so, daß Sie nicht ausschließen können, daß Ihr Mann am Sonntag abend Ihr Auto ohne Ihr Wissen gefahren hat. Habe ich Sie da richtig verstanden?“
„Sie haben.“
„Es hat sich nämlich ein Zeuge gemeldet, der Frau Kahn in einen kleineren roten Mitsubishi hat einsteigen sehen. Es könnte also sein, daß dieser Wagen Ihr roter Mitsubishi Colt gewesen ist, von Ihrem Mann gefahren.“
„Tut mir leid, aber da kann ich Ihnen nicht weiterhelfen. Da müssen Sie schon meinen Mann fragen.“
„Das werden wir. Aber weiterhelfen können Sie uns trotzdem“, korrigiert Kurt Frau Hafler, „indem Sie uns nämlich erlauben, Ihren Wagen zu Untersuchungszwecken abholen zu lassen. Sie bekommen ihn auch so schnell es irgend geht wieder zurück.“
„Und wenn ich nicht damit einverstanden bin?“
„Verlängert das die Prozedur etwas, aber ...“
„Schon gut, meine Herren,“ unterbricht Frau Hafler Malte, „nehmen Sie ihn mit und untersuchen Sie ihn. Und das Auto von meinem Mann?“
„Ist freigegeben.“

XXVI

„Heute hatte ich jede Menge Streß mit Evi und Sandra."
Barbara Sailauf läßt sich mit einem lauten Stöhnen in den weich gepolsterten Stuhl fallen.
„Sie wissen von unserer ..." Horst stockt kurz, dann spricht er das Wort doch aus, denn es fällt ihm auf die Schnelle kein besseres ein, „unserer Beziehung?"
Barbara lächelt. „Davon wissen sie nichts. Sie ahnen noch nicht mal was davon. Nein, aber über Birgit und mich wissen sie Bescheid."
„Wieso hast du ihnen davon erzählt, wenn ..."
„Gar nichts habe ich", unterbricht sie ihn, „das heißt, ich habe es ihnen nicht freiwillig erzählt. Ich war bei Gräter wegen Birgits Beerdigung, und der hat Evi gesagt, daß ich dort das Kollegium vertrete. Die kam dann zu mir, machte mich sofort an, wie ich dazu käme, wegen der Beerdigung zu Gräter ... Kurz und gut, wir verabredeten uns für nach der Schule im ‚Michelangelo'. Ja, und dort habe ich Ihnen alles von Birgit und mir erzählt. Gut, daß wir nicht irgendwo privat gewesen sind. Die hätten mir am liebsten die Augen ausgekratzt.Für die beiden war das natürlich eine Überraschung. Die wußten bis jetzt ja von nichts. Die dachten ..."
Als Barbara sieht, daß Horst sie mit halb offenem Mund fragend anschaut, unterbricht sie sich und schüttelt lächelnd den Kopf. „Natürlich, ich muß dir ja einiges erklären."
Und Barbara erzählt vom „Verein für persönlichkeitsorientierte Lebensgestaltung", in den sie Evi und Sandra hineingebracht habe. Sie selbst sei dort schon vor ihrer Versetzung an die Hermann-Löns-Schule aktiv gewesen. Während aber Evi und Sandra immer überzeugtere Anhänger geworden seien und ohne Wenn und Aber mitgemacht hätten, habe bei ihr vor etwa einem Jahr ein Ablöseprozeß begonnen.

„Weißt du, so etwas kommt nicht plötzlich, mit einem Mal. So etwas geht langsam, ganz langsam. Du mußt dir vorstellen, du bist voll in der Gruppe drin, du lebst seit Jahren nur in der Gruppe, bist weitgehend abgeschottet von der Umwelt, bist psychisch abhängig geworden von der Gruppe. Du lebst in einer vollkommen anderen Denkwelt als deine Umwelt außerhalb der Gruppe. Das Leben in der Gruppe ist dein eigentliches Leben. Alles andere hat für dich keine oder zumindest keine nennenswerte Bedeutung mehr für dich. Du sprichst in der Gruppe eine ganz andere Sprache, Wörter haben oft gruppenintern eine völlig andere Bedeutung als im normalen Leben. Du bist nach einiger Zeit so gefangen in dieser Welt, daß du Dinge hinnimmst, mitmachst und für richtig hältst, die du als Außenstehender nie und nimmer akzeptieren würdest. Du machst sie, weil die Gruppe dich emotional völlig vereinnahmt hat. Du hast niemand mehr außer der Gruppe, du hast alle anderen privaten Kontakte abgebrochen, deswegen brauchst du sie ... Sag bitte, wenn ich dich langweile. Ich ..."
„Im Gegenteil", widerspricht Horst, „ich höre dir fasziniert zu. Bisher habe ich nur den einen oder anderen Bericht über die Praktiken von Sekten gelesen, und wie schwer es ist, sich wieder von ihnen zu lösen. Wie hast du es geschafft wegzukommen? Wie weit weg bist du schon? Welche Rolle hat Birgit dabei gespielt? Was wissen Evi und Sandra?"
Barbara lächelt. „Ein bißchen viele Fragen auf einmal. Aber ich will versuchen ... Nein, fangen wir mit Birgit an. Sie war nicht der Auslöser. Sie hat mir geholfen. Sehr geholfen sogar. Ohne sie wäre ich vielleicht – nein, wahrscheinlich sogar – nicht da, wo ich heute bin. Ihre Freundschaft und emotionale Unterstützung war mein großer Rückhalt. Mit ihr konnte ich offen über meine Beziehung zu meiner Gruppe, meine Zweifel und Ängste sprechen. Ich hatte immer das Gefühl, daß sie versteht, wie schwer und schmerzhaft so ein Abnabelungsprozeß ist. In Gang gesetzt aber war dieser Prozeß schon einige Zeit vor meiner

Freundschaft mit Birgit. Auslöser war eine Sitzung mit Walter, meinem Kurator. Wir sprachen ..."

Barbara bemerkt Horsts fragenden Blick. „Kurator?"

Horst nickt.

„Kurator ist in der Terminologie des VPL, des 'Vereins für persönlichkeitsorientierte Lebensgestaltung', die Bezeichnung für jemanden, der andere Mitglieder betreut, ihnen hilft, sie weiterbringen soll in ihrem Bemühen, ein von Zwängen, zum Beispiel Autoritätszwängen, befreites Leben zu führen. Du bist damit einverstanden, daß ich heute nicht weiter aushole? Daß wir uns Einzelheiten für irgendwann später aufheben? In dieser Sitzung nun – ich weiß gar nicht mehr, worum es da im einzelnen ging – kam es zu einem Konflikt zwischen unserem Kurator und mir. Derartige Konflikte waren eigentlich nichts Außergewöhnliches, es kam schon hin und wieder zu Meinungsverschiedenheiten. In der Regel sah dann die Lösung des Problems so aus, daß sich die anderen Teilnehmer der Ansicht des Kurators anschlossen; alle – auch der Auslöser des Konflikts – fanden dieses Verfahren in Ordnung, akzeptierten also stillschweigend die Autorität des Kurators und damit seine hierarchische Spitzenstellung. Daß ein solches Verfahren im Gegensatz zur Vereinsphilosophie und deren oberstem Grundsatz – Befreiung von Autoritätszwängen – steht, wird in solchen Situationen verdrängt. Man will nicht wahrhaben, daß man sich eigentlich nicht selbst verwirklicht, sondern Geborgenheit sucht, indem man sich mit einer Autorität, hier dem Kurator, identifiziert. Man hat Angst, Konflikte auszutragen und macht, wenn es zur Konfrontation kommt, einen Rückzieher, um sich nicht zu isolieren und die Zuneigung der Gruppe nicht zu verlieren. Das Besondere nun an diesem Konflikt, von dem ich vorhin gesprochen habe, war, daß ich mich wohl nach außen hin der Autorität des Kurators unterworfen habe, daß aber Zweifel blieben. Ich fing an zu überlegen, verglich Theorieanspruch mit Praxiswirklichkeit. Noch waren die Zweifel bei weitem nicht so stark, als daß ich sie nicht immer wieder wegschieben konnte. Wie gesagt, der Gruppendruck ist

enorm stark, es ist sehr schwer ihm zu widerstehen. Hinzu kommt, daß man ja auch mit sich selbst im Clinch ist. Schließlich hat man Dinge, die man jetzt ernsthaft anzuzweifeln beginnt, jahrelang für richtig gehalten; diese Überzeugungen auf einmal als falsch einzuschätzen und über Bord zu werfen, dazu gehört eine enorme Willensanstrengung und Kraft, die man oft nach so langer Zeit kaum noch aufbringen kann. Birgit hat mir sehr viel Kraft gegeben. Sie hat nicht den Fehler gemacht, alles, an was ich jahrelang geglaubt habe, in Bausch und Bogen zu verwerfen. Sie hat mir das Gefühl gegeben, daß sie mich versteht, sie hat mir ihre Hilfe angeboten, ohne aufdringlich oder verletzend zu sein. Ohne sie ..." Barbara schüttelt den Kopf. „Arme Birgit. Ich hoffe, daß der wahre Mörder gefunden wird und daß ich ein bißchen dazu beitragen kann. Auch wenn es pathetisch klingt, ich meine es wirklich so, wie ich es sage."
„Und wenn es doch Hafler war?" will Horst wissen.
„Ich habe gesagt, ich will den wahren Mörder überführt wissen. Egal wer es auch ist. Ich nehme an, du denkst genauso."
Während Horst nickt, stellt ihm die Bedienung die Wildtaubencremesuppe hin. Er schöpft den Löffel halb voll, zuckt bei der Berührung mit der Oberlippe leicht zurück, stößt ein leises „Oh" aus und taucht den weiterhin halb vollen Löffel wieder in die Suppe ein.
„Und die Klednitz und die Meiske wußten von nichts? Waren wirklich völlig ahnungslos? Und die anderen in eurem Verein?" fragt Horst ungläubig.
„Nein, nichts. Natürlich habe ich mich so unauffällig wie möglich benommen und mit niemandem über meine Zweifel geredet. Warum sollten sie also annehmen, daß ich ... Und überhaupt: Die wollten doch gar nichts wissen."
„Und wie wäre es ohne die Sache mit Birgit weitergegangen? Wie lange hättest du nach außen so weitergemacht, als ob nichts wäre? Was hat Birgit dazu gesagt?"
Barbara zuckt mit den Achseln.

„Ich weiß nicht, wie lange. Birgit hat mich nicht gedrängt. Den letzten Schritt zu gehen ..."
Barbara läßt den Satz unvollendet. Aber Horst kann sich auch so denken, was sie sagen will.
„Hast du Angst vor Repressalien, vor Psychoterror? Ich habe einiges über Scientology gelesen ..."
„Nein, mit Scientology kannst du unseren Verein nicht vergleichen. Gerade wenn du den Psychoterror ansprichst. Druck ja, aber Terror" – sie schüttelt den Kopf – „nein, so extrem habe ich das nie erlebt oder gehört. Auch was die wirtschaftliche Ausbeutung bei Scientology angeht, daß da Leute in den wirtschaftlichen Ruin getrieben werden, so was gibt es bei unserem Verein nicht."
Horst nimmt einen neuen Anlauf zum Suppeessen. Diesmal mit etwas mehr Erfolg. Und weil gerade Barbara „gebeichtet" hat, entschließt er sich spontan, ihr nachzueifern und von Hilde zu erzählen. Er möchte klare Fronten haben. Er meint, daß Barbara ein Recht darauf hat. Und das gibt er ihr auch zur Antwort, als sie ihn fragt, warum er ihr denn das sage.
„Wieso habe ich ein Recht darauf? Mir scheint hinter deinem Bekenntnis eher Eigeninteresse zu stecken."
Horst hätte sich beinahe an seiner Suppe verschluckt. Der anschließende Husten gibt ihm etwas Zeit zum Nachdenken. Trotzdem gibt er sich erst einmal erstaunt und unwissend, obwohl er weiß oder doch zumindest stark ahnt, was Barbara damit sagen will.
„Wie meinst du das?"
„Ich glaube, du weißt das recht gut", läßt sich Barbara nicht täuschen. „Aber falls wirklich nicht, will ich dir gern auf die Sprünge helfen. Kurz gesagt: Du möchtest vor dem Beginn einer Beziehung mit mir klar Schiff machen."
„Dann darf ich auf dein Einverständnis hoffen?"
„Du kannst klar Schiff machen, mit wem ..."
„Nein. Einverständnis, den Beginn unserer Beziehung betreffend?"

Im Moment ist Barbara mehr als ein vielsagendes Schmunzeln nicht zu entlocken.

XXVII

„Na prima, Bechler! Sehen Sie, der Fall ist nun endgültig gelöst. Jetzt kann Hafler die Schlinge um seinen Hals nicht mehr aufziehen. Ihre Skepsis in Ehren“, Hörstein klopft Malte jovial auf die Schulter, „aber die Sache ist jetzt klar.“
Die Nachricht von dem roten Mitsubishi von Haflers Frau und dem Zeugen, der Birgit Kahn in ein Auto gleichen Typs und Farbe hat einsteigen sehen („Nein, nein, glauben Sie mir, Bechler, so viele Zufälle kann es gar nicht geben! Das Auto unseres Zeugen ist das von Frau Hafler“), hat Hörstein euphorisch werden lassen. Lauthals lobt er überschwenglich seinen kriminalistischen Spürsinn, der ihm immer wieder gesagt habe, daß nur Hafler der Täter sein könne. Malte schimpft er – in allerdings freundlichem Ton und fortwährend schulterklopfend – ein paarmal einen „Oberbedenkenträger“, weil der sich immer noch nicht hundertprozentig von Haflers Schuld überzeugt zeigt.
„Was wollen Sie denn noch, Bechler?“ grinst er ihn an. „Das einzige, was jetzt noch fehlt, ist ein Geständnis. Und auf das können wir doch angesichts der Beweislage allemal verzichten. Nun machen Sie kein so miesepetriges Gesicht! Freuen Sie sich! Auf zu neuen Taten!“
Das einzige, was Malte Hörstein noch abringen kann, ist die Verschiebung einer Pressekonferenz, die Hörstein auf die ganz Schnelle einberufen wollte.
„Nun gut, Bechler, Sie sollen Ihren Willen haben! Warten wir erst die Untersuchung des Autos ab! Aber machen Sie denen Dampf! Ich will schnellstmöglich Ergebnisse!“
Malte ist schon an der Tür, da meldet sich Hörstein noch einmal. „Wann sprechen Sie eigentlich mit Hafler?“
Jetzt muß er es ihm wohl oder übel sagen. Hoffentlich will er nicht dabei sein.
„Heute morgen noch.“ Daß Hafler vielleicht schon in seinem Zimmer auf ihn wartet, wenn er zurückkommt, sagt er nicht.

„Heizen Sie ihm ein, Bechler! Machen Sie ihm klar, daß es keinen Zweck mehr hat, weiter zu lügen! Informieren Sie mich sofort, wenn er gestanden hat! Und wenn es Schwierigkeiten geben sollte…" – wärst du der letzte, den ich freiwillig holen würde.
„Mal sehen!"
Malte zieht schnell die Tür hinter sich zu.
Hafler wartet wohl noch nicht in seinem Zimmer, aber bis zu dessen Vorführung bleibt ihm gerade Zeit, Kurt kurz über sein Gespräch mit Hörstein zu informieren.

„Herr Hafler, mit welchem Auto sind Sie am Sonntag bei Frau Kahn gewesen?"
Der Angesprochene schaut Malte an, als verstünde er beim besten Willen nicht, was der von ihm wolle.
„Wie? Mit welchem Auto?"
„Ja, Sie haben die Frage schon richtig verstanden. Mit welchem Auto?"
„Mit meinem."
Hafler sagt das, als sei dies die klarste Sache der Welt. „Nicht mit dem Ihrer Frau?"
Wieder scheint es, als habe Hafler Mühe zu verstehen.
„Wieso sollte ich mit dem meiner Frau …?"
„Sind Sie noch nie mit dem Auto Ihrer Frau gefahren?"
„Doch. Aber ganz selten und nur, wenn …"
„Wenn es einen besonderen Grund gab", mischt sich Kurt jetzt ein.
„Ja. Aber ich verstehe nicht, was die ganze Fragerei wegen des Autos meiner Frau soll."
„Vielleicht gab es ja am Sonntag einen besonderen Grund", insistiert Kurt weiter.
„Nein, gab es nicht. Mein Auto war fahrtüchtig und fahrbereit."
„Ihre Frau sagt, Sie hätten ohne weiteres an ihre Autoschlüssel kommen können."

„Das ist richtig, aber ich habe sie nicht genommen. Wie gesagt, es gab keinen ..."
„ ... besonderen Grund", ergänzt Kurt. „Wie erklären Sie es sich aber dann, daß ein Zeuge Frau Kahn nicht weit von ihrer Wohnung bei Ihnen ins Auto hat steigen sehen?"
In der kurzen Pause überlegt Malte, ob er Kurts Frage nicht präzisieren sollte. Doch dann kommt ihm Hafler doch zuvor.
„In mein Auto? Da muß sich der Zeuge täuschen."
„Nicht in Ihres, in das Ihrer Frau. Respektive in einen roten Mitsubishi Colt."
„Ich sage doch, der Zeuge muß sich täuschen. Da ich es nicht ..."
Malte schaltet sich wieder ein.
„Herr Hafler, wieso sollte der Zeuge sich freiwillig melden und eine solche Aussage machen. Er hat Frau Kahn in einen kleinen roten Mitsubishi einsteigen sehen. Daß dies das Auto Ihrer Frau gewesen ist, hat er uns nicht sagen können. Das einzige vom Nummernschild, das er behalten hat, ist das F für Frankfurt."
„Na also, und wie kommen Sie dazu zu behaupten, das sei das Auto meiner Frau?"
„Um das herauszufinden, deshalb haben wir Sie herbringen lassen."
„Nun gut, jetzt wissen Sie, daß es nicht das von meiner Frau war, und daß ich es nicht gefahren habe."
„Ganz so einfach ist das nun auch wieder nicht, Herr Hafler. Da sieht ein Zeuge zu der Zeit, für die Sie kein Alibi haben, weil Sie angeblich ziellos herumgefahren sein wollen, Frau Kahn in ein Auto steigen, das dem Ihrer Frau in Typ und Farbe gleicht. Weiter haben Sie die Möglichkeit, sich problemlos die Schlüssel zu beschaffen. Herr Hafler, kapieren Sie nicht, daß da bei uns alle Alarmglocken läuten? Daß das Ganze ein weiterer Mosaikstein im Indiziengebäude ist, das Sie immer stärker belastet?"
Als Hafler nicht gleich antwortet, will Kurt sich wieder einschalten. Doch Malte gibt ihm mit einem Fingerzeig zu verstehen, sich zurückzuhalten.

„Ich weiß“, meldet sich Hafler schließlich nach einer Weile wieder, „daß ich schlechte Karten habe. Aber Sie müssen mir glauben, ich habe Frau Kahn nichts getan!“ Immer wieder schüttelt Hafler seinen Kopf. „Wirklich! Bitte glauben Sie mir!“
„Selbst wenn ich Ihnen glauben wollte, Herr Hafler, das bringt uns keinen Schritt weiter. Nicht der Glaube zählt, nur Fakten! Und die sprechen klar gegen Sie! Wenn Sie uns wenigstens einen Anhaltspunkt geben könnten, etwas, das die bis jetzt lückenlose Indizienkette aufbricht. Überlegen Sie, Herr Hafler, fällt Ihnen zu den über zwei Stunden Herumfahren nichts ein, an das wir anknüpfen könnten? Oder zu Ihrem Auto: Hat Sie jemand damit wegfahren sehen?“
Beim Stichwort Auto kommt Kurt ein Gedanke.
„Herr Hafler, wissen Sie noch, ob am Sonntag, als Sie zu Frau Kahn gefahren sind, das Auto Ihrer Frau auf der Straße oder in der Garage stand?“ Hafler überlegt einen Augenblick. „Soviel ich mich erinnere, ist meine Frau den ganzen Sonntag nicht mit Ihrem Auto gefahren. Das würde bedeuten, daß es auch die ganze Zeit über in der Garage gestanden hat. Haben Sie meine Frau schon danach gefragt?“
„Nein“, Kurt schüttelt den Kopf. „Aber Sie können sich nicht entsinnen, das Auto auf der Straße gesehen zu haben?“ „Nein, doch sicher bin ich mir natürlich nicht. Ich habe ja nicht gewußt, daß das einmal wichtig werden würde.“
Als Hafler wieder weggebracht worden ist, sagt Kurt: „Der sitzt ganz schön in der Scheiße! Aber du bist immer noch nicht so richtig davon überzeugt, daß er es war?!“
Es dauert ein paar Sekunden, ehe Malte antwortet: „Nein, ich glaube nicht!“
„Nicht der Glaube zählt, nur Fakten“, erinnert ihn Kurt, „Originalton Malte.“
„Ja, ja“, winkt Malte unwirsch ab, „trotzdem, irgendwas – vielleicht Instinkt, oder nenne es, wie du willst – sagt mir, daß Hafler nicht der Täter ist. Daß ich schlechte Karten habe, weil bis jetzt so gut wie alles gegen ihn spricht, weiß ich selbst. Aber

kann es nicht wirklich so sein, daß sich alles gegen Hafler verschworen hat?"
„Auch dann kommen wir um Fakten nicht herum. Mit Gefühlen oder Instinkt können wir Hörstein und Fliege nicht kommen."
„Das weiß ich auch", brummelt Malte und setzt nach einer Weile hinzu: „Deswegen bin ich ja so sauer."
„Soll ich Frau Hafler wegen des Autos noch einmal anrufen?"
Kurt hat das Gefühl, Malte helfen zu müssen. „Vielleicht hat es ja doch auf der Straße gestanden."
„Danke, Kurt!"

XXVIII

Am nächsten Morgen macht Horst einen großen Bogen um das Hotel „Kleiber“. Er hat sich zu einer Aussprache mit Hilde entschlossen, aber nicht auf die Schnelle am morgendlichen Frühstückstisch. Er geht davon aus, daß so ein Quickie nicht nur Hilde nicht recht wäre. Also wird er sie im Laufe des Vormittags anrufen – er hat in der dritten Stunde eine Freistunde, in der er hoffentlich nicht zu irgendeiner Vertretung eingeteilt ist – und mit ihr ein Treffen am Nachmittag verabreden.
Hilde wartet wieder, wie beim letzten Mal, in der hinteren linken Ecke des Café „Berwald“ auf ihn. Aber diesmal drückt sie ihm keinen Begrüßungskuß auf die Wange. Noch ehe er richtig sitzt, überfällt sie ihn mit der Frage, die sie ihm schon am Telefon gestellt hat, ohne da aber von ihm eine Antwort zu erhalten. „Ist es wegen dieser Frau gestern morgen?“
Sie ahnt also doch schon was! Aber wie? Nun, sie hat einfach zwei und zwei zusammengezählt: Barbara beim Frühstück. Ich bin heute morgen nicht da, statt dessen Anruf und Bitte um ein Treffen.
„Ja.“ Er ist froh, daß er so kurz und knapp antworten kann, weil sie ja offenbar schon Bescheid weiß, sich zumindest alles zusammenreimen kann.
„Was heißt ja? Geht es vielleicht nicht ein bißchen ausführlicher!“
„Ich dachte, du ...“
„Was dachtest du“, unterbricht sie sein Herumgestottere, „daß ich dir dankbar sein muß, daß du mich alte Kuh gebumst hast? Ja, ja, ich weiß,“ wehrt sie einen fiktiven Einwand von ihm ab, „ich habe kein Recht, irgendwelche Ansprüche anzumelden. Aber daß du mich einfach nur mal eben benutzt hast ...“ Ihre Stimme versagt. Sie dreht ihr Gesicht von ihm weg.

Horst hat Schwierigkeiten, ihrer so schnell veränderten Stimmungslage zu folgen: Eben noch sieht er sich von ihr auf die Anklagebank versetzt, dann in die Rolle des Trösters gedrängt.
„Bitte", startet er einen Rechtfertigungsversuch, „glaub mir Hilde, so ist das nicht. Du siehst das ganz falsch. Du warst nicht mal schnell eben jemand ... Laß uns doch vernünftig drüber reden! Ich will dir ja alles erklären! Bitte, Hilde!"
Horst will seine Hand auf ihre Schulter legen, aber kaum hat er sie berührt, schüttelt sie sie ab und zischt: „Laß mich!"
„Bitte, Hilde! Laß uns vernünftig ..."
„Vernünftig, vernünftig", faucht sie ihn an, „das würde dir so passen!"
Einerseits versucht er Verständnis für Hildes Reaktion aufzubringen; andererseits muß er gegen aufsteigenden Ärger ankämpfen, weil sie so gar nicht „vernünftig" mit sich reden läßt.
„Ich hätte es mir auch leichter machen und die Sache einfach weiterlaufen lassen können. Aber ich habe mich für die Ehrlichkeit entschieden."
Langsam dreht sie ihm ihr Gesicht wieder zu. „Vielen, vielen Dank!"
Es soll wohl ironisch klingen, aber ihre Stimme straft sie Lügen.
„Als wir vor drei Tagen das erste Mal miteinander schliefen, gab es die andere Frau noch gar nicht."
„Aha, Liebe auf den ersten Blick. Wie romantisch!"
Nicht provozieren lassen!
„Ich habe mit ihr noch nicht geschlafen."
„Ha!" Hilde lacht recht laut auf.
Horst schaut sich mit schnellem Blick im Café um. Es ist ziemlich gut besetzt. Niemand scheint auf sie zu achten.
„Sie ist eine Kollegin. Wir ..."
„Gerade hast du gesagt, du kanntest sie vor drei Tagen noch gar nicht", unterbricht sie ihn.
„Nein", klärt Horst sie auf, „ich habe gesagt, es gab sie noch nicht als Frau für mich."

„Merkst du nicht, daß du die Sache immer schlimmer machst?“
„Im Gegenteil, ich will doch, daß nichts unklar zwischen uns bleibt.“
„Mach, was du willst! Ich möchte gehen!“
Damit sie weggehen kann, müßte Horst aufstehen und ihr Platz machen. Er unternimmt einen letzten Anlauf.
„Gib mir erst noch wenigstens die Möglichkeit, dir in Ruhe alles zu erklären!“
Als sie eine Zeitlang nichts sagt, aber auch keine Anstalten macht aufzustehen, beginnt Horst kurz und knapp von Barbara und ihm zu erzählen. Auch daß es ihm sehr, sehr leid tue, wie unglücklich die Sache zwischen ihnen gelaufen sei.

XXIX

Barbara ist froh, daß es vorbei ist. Sie verläßt zusammen mit Gunda Hille, einer Schulfreundin von Birgit Kahn, den Friedhof. Auch die anderen Trauergäste sind auf dem Weg zu ihren Autos, die sie vor dem Friedhof geparkt haben. Die Eltern von Birgit Kahn haben die meisten von ihnen in das Café „Hügel" zu einem „Leichenschmaus" mit Kaffee und Kuchen gebeten.

„Birgits Mutter hat die ganze Zeit vor der Beerdigung einen so gefaßten Eindruck gemacht", sagt Barbara zu Gunda Hille. „Ich habe mich schon gewundert, wie scheinbar ... emotionslos – ich finde kein anderes Wort – sie den Tod ihrer Tochter hingenommen hat. Und dann der Zusammenbruch am Grab."

„Nun, Birgits Mutter war immer schon eine Frau, die nach außen hin ihre Gefühle kaum gezeigt hat. Andererseits hat mich aber ihr Zusammenbruch nicht überrascht. Zu sehen, wie der Sarg mit ihrer Tochter, ihrem einzigen Kind ..." Gunda Hille schüttelt den Kopf, „das war auch für diese – wie Sie sagen – emotionslose Frau zuviel."

Vor dem Friedhof trennen sich Barbara und Gunda Hille. Sie verabschieden sich. Jede geht zu ihrem Auto. Gunda Hille kann nicht mehr zum „Leichenschmaus" mitkommen; sie hat noch einen unaufschiebbaren auswärtigen Termin.

Auch Barbara wäre am liebsten jetzt nach Hause gefahren – kein „Leichenschmaus" und schon gar nicht einen Abend und einen Morgen mit Birgits Eltern zusammen. Sie hat sich das vorher nicht genau überlegt. Nein, was heißt nicht genau, gar nicht hat sie sich das überlegt. Den Anblick und die Gegenwart dieser leidgeprüften Eltern. Was soll sie ihnen sagen? Wie kann sie versuchen, sie zu trösten? Aber dann wieder denkt sie an ihr Ziel: Birgits Tagebuch. Vielleicht hat sie recht mit ihrer Vermutung – nein, besser: Ahnung –, daß Birgits Ermordung mit sexuellen Gewalthandlungen in ihrer Kindheit oder Jugend in Zusammenhang steht. Und wenn das stimmt, daß sich dann ein

Hinweis darauf in ihrem Tagebuch findet. Sie muß es versuchen: als letzten Freundschaftsdienst für Birgit. Sie will, daß der wirkliche Mörder hinter Gitter kommt. Und sie glaubt nicht, daß das Hafler ist, der aber dennoch ganz schön in der Scheiße zu stecken scheint; schließlich ist er immer noch in Untersuchungshaft.
Lange Zeit ist sich Barbara im Zweifel, wie sie vorgehen soll: Ohne Wissen der Eltern in Birgits Zimmer herumstöbern und nach dem Tagebuch suchen – oder mit ihrer Mutter darüber reden und deren Genehmigung einholen? Bei einem Gespräch am Abend mit der Mutter unter vier Augen ist sie nahe daran, ihr gegenüber mit offenen Karten zu spielen. Sie will schon zur Bitte ansetzen, da überlegt sie es sich plötzlich doch wieder anders und läßt es vorerst.
Als sie später allein im Zimmer Birgits ist, hält sie ihre kurzfristige Entscheidung nach reiflicher Überlegung für die richtige. Es stimmt wohl, daß sie damit Birgits Mutter hintergeht. Aber wie sollte sie ihre Beweggründe halbwegs plausibel machen, wenn sie ihr gegenüber mit offenen Karten spielt? Und außerdem: Es muß doch auch im Interesse von Birgits Eltern sein, wenn eine Hoffnung besteht, mit Hilfe des Tagebuchs Birgits wahrem Mörder auf die Spur zu kommen.
Die Suche dauert nur wenige Minuten. Es liegt zusammen mit anderen Schriftstücken in der unabgeschlossenen mittleren Schublade des Schreibtischs.
Erst kurz vor drei Uhr legt Barbara das Tagebuch weg und geht zu Bett. Aber an Schlaf ist nicht zu denken. Die Lektüre hat sie zu sehr aufgewühlt. Für Birgits Eltern, insbesondere für ihre Mutter, wäre sie ein Schock. Das Tagebuch ist streckenweise eine schonungslose Abrechnung mit ihrer Mutter. Ihr wirft sie immer wieder vor, für ihre Probleme kein Verständnis zu haben; ihr gibt sie die Schuld daran, sexuellen Nachstellungen hilf- und schutzlos ausgeliefert zu sein. Einerseits schämt sich Barbara, dieses Wissen hinter dem Rücken von Birgits Mutter erlangt zu haben schließlich – hat die keine Möglichkeit, sich zu rechtfer-

tigen und die Dinge aus ihrer Sicht darzustellen; andererseits glaubt sie fest daran, daß das Tagebuch bei der Suche nach dem Mörder und dessen Überführung entscheidend helfen kann. Dieser Glaube wird im Laufe der Nacht zur Euphorie. Längst kann sie die wichtigsten Sätze auswendig. Immer wieder gehen die ihr im Kopf herum. Sie kann es kaum erwarten, endlich mit Horst zu sprechen. So schnell wie möglich wird sie am nächsten Morgen nach Hause aufbrechen.
Ob sie mit Horst schon vor ihrer Abfahrt telefonieren soll?

XXX

„Danke, daß Sie so schnell gekommen sind!"
Herbert Hafler ergreift die ausgestreckte Hand von Rechtsanwalt Klephan.
„Leider kann ich im Moment nur nicht sehr viel für Sie tun. Ich will Ihnen nichts vormachen, Herr Hafler, es sieht nicht gut aus. Die Zeugenaussage dieses alten Mannes, der Frau Kahn in einen roten Mitsubishi hat einsteigen sehen, macht alles noch schwerer."
„Mag ja sein, daß er Birgit gesehen hat. Aber mich doch nicht. Oder?"
„Richtig. Aber Tatsache ist, daß Ihre Frau ein solches Auto fährt und Sie die Möglichkeit hatten, es sich auszuleihen."
„Sagt meine Frau denn das? Ich habe das Gefühl, es ist ihr ganz recht, daß ich im Knast schmore. So eine Art Rache dafür, daß ich ein Verhältnis mit Birgit hatte."
„Ihre Frau ist nur danach gefragt worden, ob Sie ihr Auto genommen haben könnten. Und das hat sie nicht ausgeschlossen. Konnte sie auch wohl nicht, wenn es so ist, daß der Autoschlüssel für Sie frei zugänglich war und sie den Wagen an diesem Abend nicht gefahren hat."
„Hätte sie denn nicht die Aussage verweigern können?"
„Und was hätte das an Ihrer Lage geändert? Die Kripo ..."
Hafler fällt Klephan ins Wort. „Ich verstehe! Und wie geht es nun weiter? Selbst Sie sagen, daß die Sache schlecht steht. Und das ist wahrscheinlich noch stark untertrieben. In Wirklichkeit ist meine Lage beschissen."
Rechtsanwalt Klephan fixiert sekundenlang seinen Mandanten, der am anderen Ende des Tisches sitzt.
„Ich bin für Ehrlichkeit, Herr Hafler. Das hatte ich Ihnen vorhin schon gesagt. Ich finde, ich würde Ihnen keinen Gefallen tun, wenn ich Ihre Lage rosiger darstellte, als sie tatsächlich ist. Das heißt ..."

Wieder läßt Hafler seinen Rechtsanwalt nicht ausreden. „Glauben Sie an meine Unschuld?"
Ein leichtes Lächeln huscht über Klephans Gesicht.
„Herr Hafler, egal, was ich Ihnen jetzt auch antworten würde. Es bliebe ohne Einfluß auf Ihren Fall. Es ist nämlich gleichgültig, was ich denke. Fakten müssen auf den Tisch. Wir müssen die Anschuldigungen entkräften, Beweise beibringen."
„Warum drücken Sie sich vor einer Antwort?" läßt sich Hafler nicht abwimmeln.
Klephan überlegt einige Sekunden.
„Wenn ich von Ihrer Schuld überzeugt wäre, würde ich Ihnen das sagen und Ihnen eine schadenbegrenzende Verteidigungsstrategie vorschlagen."
„Danke!"
„Noch einmal, Herr Hafler: Mein Glaube an Ihre Unschuld mag für Sie wichtig sein, bringt uns aber in der Sache keinen Deut weiter. Was wir brauchen, sind Sie entlastende Fakten. Ich kann mich da nur wiederholen."
„Was ist mit dem Auto meiner Frau? Können wir mit einer Untersuchung dieses Autos nicht beweisen, daß ich überhaupt nicht gefahren bin und daß Birgit nicht darin gesessen hat? Heutzutage kann man doch zum Beispiel anhand kleinster Kleiderpartikel nachweisen, wer sich in einem Auto aufgehalten hat. Und wenn man in dem Auto meiner Frau von Birgit nichts dergleichen findet, dann ist das doch der Beweis, daß sie nicht in diesem Auto gefahren ist."
Klephan schüttelt den Kopf.
„Von welcher Kleidung? Frau Kahn ist nackt gefunden worden, und die Kleidungsstücke sind bis heute verschwunden. Also bringt uns eine Untersuchung nicht weiter. Zumindest so lange nicht, bis die Kleidungsstücke oder Teile davon wieder auftauchen."
„Aber meine Kleidung ist doch noch da."
„Was wäre für uns gewonnen, wenn festgestellt würde, daß keine Partikel Ihrer Kleidung im Auto gefunden worden sind?

Ebensowenig, wie wenn das Gegenteil herausgefunden würde. Im ersten Fall haben Sie eben Vorsorge getragen, daß nichts gefunden werden kann, beispielsweise durch einen Sitzschutz. Im zweiten Fall wäre das auch nicht unbedingt ein Beweis für eine Benutzung des Autos Ihrer Frau Ihrerseits am Tatabend; Sie könnten doch in der letzten Zeit mit ihm gefahren sein und dieselben Kleidungsstücke angehabt haben."

„Habe ich aber nicht."

„Aber sie könnten, darauf kommt es an."

„Und Fingerabdrücke von Birgit?"

Wieder schüttelt Klephan den Kopf.

„Bringt letztlich auch nichts. Werden keine gefunden, könnten Sie sie weggewischt haben. Sind aber welche da, dann könnten wir vorbringen, daß sie bei anderer Gelegenheit dorthin gekommen sind. Ihre Frau war doch die Mentorin von Frau Kahn; sie wird also bestimmt schon ein- oder sogar mehrmals im Auto Ihrer Frau mitgefahren sein."

Hafler verschränkt die Arme vor der Brust, senkt den Kopf und sagt resignierend: „Dann habe ich also keine Chance."

„So dürfen Sie nicht denken, Sie ..."

„Aber Sie selbst haben gesagt, daß ich schlechte Karten ..."

„Im Moment, Herr Hafler, im Moment sieht es nicht sehr rosig aus. Deswegen würde ich unverantwortlich schönfärben, wenn ich zum Beispiel eine baldige Haftverschonung verspreche. Aber ich bin überzeugt, Ihre Karten bleiben nicht so schlecht. Sie dürfen nicht resignieren, Sie müssen durchhalten. Ich habe vorhin im Gespräch mit dem Hauptkommissar den Eindruck gewonnen, daß er Ihren Fall noch nicht für abgeschlossen hält."

„Was heißt das?"

„Daß er von Ihrer Schuld nicht voll überzeugt ist. Daß er gern weiterermitteln möchte – auch in andere Richtungen, daß genau das aber seine Vorgesetzten und die Staatsanwaltschaft nicht wollen."

„Und was glauben Sie, was macht dieser Kommissar?"

„Ich habe ihn natürlich ermuntert dranzubleiben, uns zu helfen. Überlegen Sie doch noch einmal in Ruhe, Herr Hafler, ob Ihnen nicht irgendwas einfällt, wo wir einhaken können. Eine Äußerung von Frau Kahn über eine Bedrohung, jemanden, den sie persönlich stark gekränkt hat, jemanden, den sie abgewiesen hat oder sonst etwas in dieser Richtung. Eine weitere Möglichkeit wäre, gezielt an die Öffentlichkeit zu gehen und zu fragen, ob sich jemand daran erinnern kann, Ihr Auto am Sonntagabend gesehen zu haben."

XXXI

„Überspannen Sie den Bogen bitte nicht! Bis jetzt habe ich Ihre übertriebenen Bedenken mit Humor genommen, aber wenn Sie immer wieder damit anfangen, obwohl vernünftige Zweifel nach menschlichem Ermessen nicht mehr bestehen, dann ..."
Kriminalrat Hörstein läßt offen, was „dann" sein wird. Statt dessen übernimmt Staatsanwalt Pregnitz und versucht, Malte Bechlers Widerstandswillen zu brechen, indem er ihm Brei um den Bart schmiert.
„Herr Bechler, Sie haben prima Arbeit geleistet. Seien Sie doch einfach stolz darauf! Ihre Skrupel in Ehren, aber Herr Hörstein hat schon recht: vernünftige Zweifel an Haflers Schuld gibt es nicht. Ich bestreite nicht, daß Sie große Erfahrung haben. Ich bestreite auch nicht, daß Intuition – oder wie immer Sie dies nennen wollen – bei der Lösung eines Falles nützlich sein kann. Aber wir können nicht weiter ermitteln in einem Fall wie diesem, wenn so viele Indizien gegen den Angeschuldigten sprechen, Indizien, die in der Summe so erdrückend sind, daß an der hundertprozentigen Klärung nur noch das Geständnis fehlt. Es gibt nichts, nicht die kleinste Spur, nicht den kleinsten Hinweis, den wir verfolgen können. Außer Ihrem Gefühl ..."
„Weil wir von Anfang nur in eine Richtung ermittelt haben," widerspricht Malte. „Weil wir uns haben blenden lassen von den Indizien gegen Hafler, die es zweifellos gibt und die ich auch gar nicht wegdiskutieren will. Aber das hier wäre nicht der erste Fall, wo schon alles klar scheint und sich später herausstellt, daß ..."
Kriminalrat Hörstein hält es nicht länger auf seinem Stuhl. Im Aufstehen und mit dem Kopf schüttelnd fällt er Malte ins Wort: „Kommen Sie mir bitte nicht so, Herr Bechler! Wir können nicht bei jedem Fall ..."
„Nicht bei jedem Fall, Herr Kriminalrat, aber bei diesem." „Machen Sie sich das Leben doch nicht unnütz schwer." Kriminalrat

Hörstein gibt sich Mühe, ruhig zu bleiben: „Sie haben weiß Gott genug Arbeit, Herr Hafler! Ich verstehe Sie wirklich nicht. Welcher Teufel reitet Sie, einen solch klaren Fall nicht als erledigt weiterzugeben."
"Wenn der Fall so glasklar ist ..."
„Ist er", unterbricht Hörstein Malte, „ist er!"
„Wenn der Fall also wirklich so glasklar ist, warum leugnet dann Herr Hafler immer noch?"
„Weil er es noch nicht wahrhaben will, daß wir ihn am Haken haben. Weil er sich ..."
Hörstein winkt ab: „Dieser Hafler ist nicht der erste, der hartnäckig leugnet, obwohl er eigentlich einsehen müßte, daß ihn nichts und niemand mehr da rausholen kann. Aber das müßten Sie doch am besten wissen. Alles wie gehabt."
Noch während er spricht, wirft Hörstein Pregnitz einen auffordernden Blick zu, jetzt doch auch wieder einmal etwas zu sagen.
„Herr Hörstein hat recht. Oder hat uns Hafler bisher auch nur den kleinsten entlastenden Hinweis gegeben?" Pregnitz gibt sich nach einer kleinen Pause selbst die Antwort: „Nein! Und reden Sie sich bitte nicht ein, Sie hätten einseitig ermittelt. Da muß ich Sie vor sich selbst in Schutz nehmen."
„Wir hätten selbst mit den Eltern von Frau Kahn sprechen müssen und das nicht den Kollegen vor Ort überlassen dürfen. Vielleicht hätten ..."
„Herr Kollege Bechler", kann sich da Kriminalrat Hörstein nicht zurückhalten, „lassen Sie doch diese armen leidgeplagten Eltern in Ruhe! Was sollen die Ihnen denn erzählen? Frau Kahn hat seit Jahren nicht mehr zu Hause gewohnt. Meinen Sie, Sie finden dort einen", Hörstein lächelt ironisch, „besseren Täter? Den wahren Täter?"

XXXII

Horst Bär sitzt gerade über seinen Unterrichtsvorbereitungen für die nächste Woche, als das Telefon klingelt.
„Hallo, Horst, hier ist Barbara!"
„Von wo?"
„Hör zu, Horst! Kannst du dich gleich auf den Weg zu mir machen? Ich bin in ungefähr einer Viertelstunde zu Hause."
„Hast du ...?"
„Laß dich überraschen! Du wirst staunen. Mach schnell! Bis gleich."
Ehe Horst noch etwas sagen kann, hat Barbara aufgelegt. Sie hat ihn neugierig gemacht. „Du wirst staunen", hat sie gesagt. Also muß sie irgendwas Erfolgversprechendes herausgefunden haben. Er macht das Fenster zu, zieht seine Schuhe an, nimmt seinen Blouson vom Haken und geht.

„Das ist ja wirklich ein Hammer!"
Horst schüttelt ungläubig den Kopf. Hat Barbara also tatsächlich den richtigen Riecher gehabt. Was er da gerade gelesen hat – unglaublich! Sie finden ihn, Birgits Mörder. Davon ist er jetzt überzeugt. Auch wenn die eigentliche Arbeit erst noch auf sie zukommt.
„Wenn ich es sage, wird mir niemand glauben. Wer ist er und wer bin ich? Mädchenphantasien, werden sie sagen, Spinnereien. Ja, sie werden bestimmt schimpfen mit mir. Wie kannst du nur so bös über ihn sprechen." Und: „Er war wieder bei uns. Mutter hat ihn eingeladen. Ich wollte in meinem Zimmer bleiben. Habe gesagt, mir geht es nicht gut. Aber Mutter bestand darauf, daß ich runterkomme." Und: „Ich stelle mir vor, daß ich es Ingrid sage. Sie ist doch meine beste Freundin. Aber ich kann es nicht. Es ist zu schlimm. Und bestimmt wird auch sie es nicht glauben wollen. Weil sie nicht katholisch ist und ihn nicht wirklich kennt."

Immer und immer wieder liest Horst die Sätze in Birgits Tagebuch. Er zeigt schließlich auf die Stelle, wo von „katholisch" die Rede ist. Er versteht diesen Satz nicht. Aber der Grund, weshalb er darauf zeigt, ist ein anderer. „Hieraus ergibt sich doch klar, daß unser Mann etwas mit der katholischen Kirche zu tun hat. Sehr wahrscheinlich ein Pfarrer oder ein Kaplan."

„Du sagst es: sehr wahrscheinlich. Gerichtsverwertbar, wie es so schön im Juristendeutsch heißt, ist das alles jedoch nicht."

„Aber für uns ein Hinweis, daß wir auf der richtigen Fährte sind. Und denke bitte daran, was du mir bei unserem ersten Gespräch erzählt hast: Wenn die Rede auf die Kirche kam, hat Birgit dichtgemacht, massiv geblockt, hast du gesagt, wenn ich mich richtig erinnere. Und ihre Mutter hat sich bei dir beklagt, Birgit sei in Bezug auf Kirche und Religion wie verwandelt, seitdem sie von zu Hause weg sei. Ich behaupte mal, unser Mann ist der katholische Pfarrer in Birgits Heimatgemeinde. Wer sonst käme in Frage?"

„Kühne Behauptung!" erwidert Barbara.

„Warum auf einmal so skeptisch? Du warst es doch, die die Sache quasi ins Rollen gebracht hat", erinnert Horst sie.

„Nein, nein, so war das auch nicht gemeint. Ich will nur deine Euphorie etwas bremsen."

„Ist pädagogisch aber gar nicht gut", lächelt Horst. „Du solltest eher meinen Tatendrang unterstützen, statt ihm Zügel anzulegen. Aber jetzt mal wieder ernsthaft! Ich weiß natürlich, daß eine Menge Arbeit auf uns wartet. Doch ich bin überzeugt, wir haben Erfolg! Es wird ein hartes Stück Arbeit werden. Aber wir schaffen es!"

„Und wie willst du vorgehen? Du meinst, es ist der katholische Pfarrer. Gut. Den Namen rauszukriegen ist nicht schwer. Auch ihn jetzt zu finden dürfte kein allzu großes Problem sein. Wenn er Birgit umgebracht hat, muß er in letzter Zeit wieder Kontakt zu ihr gehabt haben. Vielleicht hat Birgit ihm gedroht. Er hat Angst bekommen und sie aus dem Weg geräumt. Aber ich frage

mich: Wieso ist er nun plötzlich wieder in die Nähe von Birgit gekommen? Er mußte doch ..."
Barbara unterbricht sich selbst. Sie hat den Eindruck, daß Horst mit seinen Gedanken ganz woanders ist. „Was ist los, Horst? Hörst du mir überhaupt zu?"
Als er nach einigen Sekunden noch immer nicht reagiert, sagt sie etwas lauter: „Horst, ich rede mit dir!"
Noch während sie das sagt, hebt Horst seinen rechten Arm und schlägt sich mit der flachen Hand an die Stirn:
„Sag mal, sollen wir nicht irgendwann in nächster Zeit einen Neuen für den katholischen Religionsunterricht bekommen? Könnte nicht ..."
Aber statt den Satz zu beenden, schüttelt er den Kopf. „Nein, das wäre wohl ... So einen Zufall gibt's höchstens in Romanen. Daß sich Birgit und ihr Vergewaltiger nach soviel Jahren ausgerechnet hier wieder begegnen sollten."
„Warum nicht? Denk an die kotzenden Pferde vor der Apotheke."
Rollentausch. Jetzt ist Barbara diejenige, die den Skeptiker Horst zu überzeugen sucht.
„Aber für den Religionsunterricht schickt ein Pfarrer fast immer seinen Kaplan. Zuletzt war doch bei uns auch ein Kaplan."
„Stimmt", bekräftigt Barbara. „Doch der fällt, soviel ich gehört habe, für längere Zeit aus. Und der katholische Pfarrer kann aus gesundheitlichen Gründen nicht mehr weitermachen. Also kommt ein neuer Pfarrer, und der übernimmt auch den Religionsunterricht."
„Und der könnte derjenige sein welcher, meinst du?"
„Ich kann nur wieder sagen: Warum nicht?"
„Dann müßten wir also zuerst einmal herausbekommen, wer der Neue ist und ob er derjenige ist, von dem Birgit schreibt, daß 'er wieder bei uns war'."
Barbara nickt. „Genau das!"
„Warum spricht beziehungsweise schreibt Birgit eigentlich immer nur von einem 'Er'? Warum schreibt sie nie seinen Namen?

Wenigstens eine Abkürzung. Und warum schreibt sie nie über ein konkretes Vorkommnis? Es ist doch *ihr* Tagebuch. Hast du dafür eine Erklärung?"

„Habe ich mich auch schon gefragt. Ich kann mir das nur so erklären, daß diese sexuellen Übergriffe etwas so Ungeheuerliches sind, daß sie sie selbst ihrem Tagebuch nicht anvertrauen kann, daß sie Hemmungen hat, über das, was man ihr angetan hat, konkret zu schreiben. Vielleicht hat sie auch Schuldgefühle."

„Schuldgefühle? Sie ist doch das Opfer."

„Das schon. Aber es könnte ja sein, daß sie sich trotzdem schuldig fühlt, weil sie sich vielleicht einredet, ihn dazu animiert zu haben." Barbara zuckt mit den Achseln. „Ich weiß es einfach nicht. Ich bin kein Psychologe."

XXXIII

Nein!

Es dauert zwei, drei Sekunden, bis Georg Mutschler begreift, was er da durch das Guckloch der Zellentür sieht. Ein lebloser Körper in Rücklage auf dem Bett. Der rechte Arm hängt über die Kante. Auf dem Boden eine Blutlache. Auch der weiße Überzug blutverschmiert.

„Schorsch, was ist?“ hört er hinter sich rufen.

Er will antworten, aber seine Stimme versagt. Mehr als ein leises Krächzen kommt nicht.

Noch einmal: „Schorsch, was ist?“

Er spürt, wie ihn jemand zur Seite schiebt.

„Scheiße! Schorsch, die Schlüssel!“

Ohne darauf zu warten, bis Mutschler ihm die Schlüssel gibt, reißt Günter Delling seinem Kollegen den Schlüsselbund aus der Hand.

Sekunden später hört Mutschler durch die geöffnete Zellentür rufen: „Sag dem Doktor Bescheid! Mach schnell!“ Und noch einmal kommt es aus dem Zelleninneren, diesmal aber ist es ein Schreien. „Mach schon, Schorsch! Den Doktor! Beweg deinen Arsch!“

„Exitus! Nichts mehr zu machen!“

Doktor Kuckelkorn, der Anstaltsarzt, schüttelt den Kopf. „Haben Sie ihn gefunden, Delling?“

„Nein! Mutschler!“

„Hafler ist noch nicht lange tot“, stellt Doktor Kuckelkorn fest. „Wann haben Sie ihn das letzte Mal lebend gesehen?“

„Mutschler hat ihn zuletzt gesehen. Vor einer knappen Stunde.“

„Ist was passiert, das Hafler ... Ich meine, haben Sie eine Ahnung, warum Hafler das gemacht hat?“

„Ich glaube, da hat sich noch ein Zeuge gemeldet, der die Ermordete in sein Auto hat einsteigen sehen. Vielleicht hat er jetzt keine Chance mehr gesehen“, mutmaßt Delling.

„Direktor Hafeland ist schon verständigt?"
„Ich nehme an, die Kollegen haben das veranlaßt. Ich bin ja bis jetzt noch nicht aus der Zelle rausgekommen."

Kurt Harrem hat Bereitschaft. Bis jetzt ein gemächlicher Dienst. Das Telefon klingelt. Harrem nimmt ab und meldet sich.
„Hafeland! Guten Tag, Herr Harrem!"
Was will der denn am Samstagnachmittag?
„Das macht sich ja gut, daß Sie Dienst haben. Sie bearbeiten doch den Mordfall Kahn?"
Wieso ruft Hafeland wegen dieser Sache am Samstagnachmittag an?
„Herbert Hafler hat in seiner Zelle Selbstmord begangen."
Es dauert kurze Zeit, bis Kurt die Nachricht begreift.
„Sch... Entschuldigen Sie, Herr Hafeland!"
„Sagen Sie es nur, Herr Harrem! Sie haben recht, Scheiße ist das! Sagen Sie Ihrem Chef Bescheid?"
„Natürlich! Ich rufe gleich an! Wie hat er ...?"
„Pulsadern aufgeschnitten. Mit einer Glasscherbe."

„Malte, Kurt hier!"
„Warum störst du mich bei der Sportschau? Hast wohl Langeweile? Hast du schon gehört, daß die Eintracht ..."
„Hafler hat sich umgebracht. Hafeland hat gerade eben angerufen."
„Scheiße!"
„Hörstein und Pregnitz werden das nicht sagen. Nicht, weil sie so ein Wort nicht in den Wort nehmen würden, sondern ..."
„Laß bitte die Sprüche, Kurt! Hast du Hafeland gesagt, daß ich komme?"
„Nur, daß ich dir Bescheid sage."
„Dann rufe noch einmal an und sage, daß ich gleich komme."

XXXIV

Barbara bittet Horst, daß sie ihre erste gemeinsame Nacht bei ihr verbringen. Schlafanzug und Zahnbürste habe sie für ihn; er brauche heute also deswegen nicht mehr extra noch einmal nach Hause zu fahren. Sein schlechtes Gewissen wegen seiner Mutter beruhigt Horst, indem er sich vornimmt, sie morgen zu besuchen. Eine Verschlechterung war offenbar nicht eingetreten. Das Krankenhaus hat sich bis jetzt nicht gemeldet. Er überlegt, ob er rückfragen soll, weil er die nächste Zeit bei sich zu Hause nicht erreichbar ist, entscheidet sich aber schließlich dagegen. Morgen würde er ja ohnehin im Krankenhaus sein.
Um herauszubekommen, ob der „Vergewaltiger" – auf diesen Terminus haben sich beide geeinigt – und der Pfarrer, der den Religionsunterricht an ihrer Schule übernehmen soll, ein und dieselbe Person sind, legen sie sich einen Plan zurecht. Barbara hat intensiv in ihrem Gedächtnis gekramt und ist schließlich fündig geworden: Sie meint neulich gehört zu haben, daß der neue Pfarrer „Glogauer" oder „Glohauer" heißt. Horst soll nun bei der Pfarrei St. Georgen anrufen. Am einfachsten wäre es, wenn sich der neue Pfarrer mit seinem Namen melden würde. Wenn nicht, würde Horst bitten, „Pfarrer Glogauer" sprechen zu können. Dann würden sie ja wissen, ob der Name stimmt. Anschließend könnten sie sich in der Pfarrei des Heimatortes von Birgit vergewissern, ob „Glogauer" – oder wie immer er heißen möge – dort früher einmal Pfarrer gewesen ist.

Es ist gleich acht Uhr. Barbara und Horst haben Glück gehabt. Sie wissen jetzt, daß „Glogauer" neuer Pfarrer in St. Georgen ist und auch derjenige, der bis vor sechs Jahren Pfarrer in „Allerheiligen" war, Birgits früherer Heimatpfarrei. Das hat Horst bei seinem Anruf in „Allerheiligen" von einer Frau Wendig, vermutlich der Haushälterin, erfahren.
„Für den Anfang doch ganz gut", stellt Barbara fest.

„Fürwahr, eine kriminalistische Meisterleistung“, meint Horst daraufhin ironisch, wird aber gleich darauf nachdenklich: „Meinst du nicht, wir übernehmen uns da ein bißchen? Wenn an unseren Vermutungen wirklich was dran ist, und dieser Glogauer hat Birgit umgebracht, wie sollen wir ihn überführen? Welche Möglichkeiten haben wir? Vielleicht sollten wir doch mit unserem Wissen zur Kripo gehen? Immerhin haben wir schon eine Menge ...“
„Spielst jetzt zur Abwechslung du den Bedenkenträger? Ich denke, wir waren uns einig. Die Kripo wird uns gar nicht für voll nehmen. Die hat den Hafler fest im Griff. Die müßten doch sonst zugeben, daß sie den Falschen verhaftet haben. Da müssen wir denen schon härtere Fakten liefern.“
„Ich meine ja nur“, gibt sich Horst kleinlaut.
Barbara steht auf und gibt ihm einen züchtigen Kuß auf die Wange. „Ich mache dir einen Vorschlag: Für heute gönnen wir unseren kriminalistischen Spürnasen eine Ruhepause und gehen erstmal essen.“
Als sie weggehen will, greift Horst nach ihrem Arm und versucht sie heranzuziehen. Doch Barbara gibt sich widerstrebend.
„Ich dachte, wir machen uns bei dir einen schönen Abend“, schmollt Horst.
„Machen wir auch. Wenn wir vom Essen kommen.“ Und um weiteren Widerspruch im Keim zu ersticken, wird sie auch gleich konkret: „Um die Ecke ist ein Grieche. Du wirst bestimmt zufrieden sein.“

Horst hört Geräusche. Geklapper von Geschirr und Besteck. Wie von weit her. Langsam dreht er sich von der Seite auf den Rücken. Wieder Geräusche. Diesmal ein länger anhaltender Pfeifton. Immer noch hat Horst die Augen geschlossen. Er öffnet sie erst, nachdem er ein Quietschen gehört hat, leise zwar, aber er hat das Gefühl, als käme dieses Geräusch von ganz nahe. Schlagartig wird ihm bewußt, wo er ist. Barbara steht in der Tür.

Er liegt in ihrem Bett.
„Schon lange wach?"
Horst gähnt. „Gerade eben."
„Im Bett?"
„Oh ja, ich könnte schon wieder."
Barbara lacht. „Du bist ja ein Nimmersatt."
„Was heißt Nimmersatt. Immerhin ist es schon einige Stunden her, daß wir ..."
„Ich wollte wissen, ob du im Bett frühstücken willst."
„Schade. Aber auf Frühstück im Bett stehe ich nicht."
„Gut, dann bis gleich! Wo das Bad ist, weißt du ja."
Horst denkt an die zurückliegende Nacht. Nach dem Abendessen beim Griechen und dem anschließenden Espresso im italienischen Eissalon haben sie es kaum noch erwarten können, ins Bett zu kommen. Gott sei Dank hat er sich mit Hilde ausgesprochen. Er kann mit Barbara einen unbelasteten Neuanfang machen. Barbara hat ihm diesmal das Gefühl vermittelt, als wolle auch sie das.
Während des Frühstücks erzählt Barbara, daß Birgits Mutter vorhin angerufen habe. Sie habe gesagt, daß sie sich freuen würde, wenn sie sie heute noch einmal besuchte. Sie könne auch ihren Freund mitbringen.
„Ich habe zugesagt. Natürlich erst mal nur für mich."
Die Aussicht auf einen Kaffeeklatsch bei Familie Kahn versetzt Horst nicht gerade in euphorische Stimmung.
„Ich kann mir denken, was in deinem Kopf vorgeht", kommt Barbara einer Äußerung von Horst zuvor. „Aber abgesehen davon, daß ich die Leute nicht vor den Kopf stoßen will, gibt es noch einen anderen Grund, die Einladung anzunehmen. Wir könnten versuchen, doch noch etwas über diesen Pfarrer Glogauer zu erfahren."
„Und wie soll das gehen? Du hast doch selbst gesagt, daß in der Richtung von Birgits Mutter nichts zu erwarten ist."
„Aber einen Versuch können wir doch machen", beharrt Barbara.

„Na gut", lenkt Horst ein. „Aber wir müssen vorher noch einen kleinen Umweg machen. Ich muß unbedingt bei meiner Mutter im Krankenhaus vorbeischauen. Ich habe schon ein schlechtes Gewissen, daß ich mich so lange nicht bei ihr habe blicken lassen."
„Ist klar. Wir haben genug Zeit. Ich habe Frau Kahn gesagt, daß ich so gegen drei bei ihr bin."

Während Horst seine Mutter besucht, wartet Barbara in einem nahegelegenen Café.
Erfreulicherweise liegt seine Mutter nicht mehr auf dem Flur. Sie ist jetzt in einem Zimmer mit zwei Patientinnen untergebracht – die eine schätzungsweise sechzig, die andere so etwa fünfundzwanzig bis dreißig Jahre alt. In ihrem Befinden ist keine gravierende Besserung eingetreten. Immer noch kann sie die Gliedmaßen der rechten Seite nicht bewegen. Allerdings meint Horst, seine Mutter heute etwas besser verstehen zu können. Ein Gewöhnungseffekt kann das ja wohl nicht sein.
Von der behandelnden Ärztin Dr. Freudel, die Sonntagsdienst hat, erfährt er, daß Mutter wahrscheinlich gegen Ende der Woche in die Reha-Klinik in Bad Orb kommen soll. „Wir können hier nicht mehr viel für sie tun. Je eher sie in die Reha-Klinik kommt, desto besser ist das für Ihre Mutter."
„Weiß meine Mutter schon davon?"
„Ja, wir haben es ihr gestern gesagt."
Horst geht daraufhin noch einmal kurz zu ihr, versucht ihr weiteren Mut zu machen, sagt, daß man in der Reha-Klinik bestimmt alles tue, damit sie wieder die „alte" werde. Sie sagt dazu nichts, doch an ihrem Gesicht kann er ablesen, daß sie seinen Optimismus nicht teilt. Aber wie er seine Mutter kennt, hofft er, daß sie sich nicht unterkriegen läßt – besonders dann, wenn sie merkt, daß sich doch Fortschritte einstellen.
Zu allem Überfluß läuft ihm im Foyer, kurz vor dem Ausgang, Marianne über den Weg. Er hat sie zu spät gesehen, sonst hätte er noch versucht, ihr auszuweichen.

„Gehst du schon wieder?“ fällt sie grußlos über ihn her.
Kannst du seit neuestem hellsehen, weil du weißt, wie lange ich dagewesen bin, will er fragen, aber er kommt gar nicht dazu. Marianne schießt schon den nächsten Pfeil ab.
„Ist ja schon ein kleines Wunder, daß du überhaupt mal bei ihr hereinschaust.“
Am liebsten würde Horst ihr eine Beleidigung an den Kopf werfen und sie stehen lassen. Hinterher ärgert er sich, daß er es nicht getan hat, sondern höflich geblieben ist und sich auch noch zu einer Verteidigungsrede hat hinreißen lassen.
„Du kannst mir wohl nicht vorwerfen, daß ich mich zu wenig um meine Mutter kümmere.“
„Hast du dir eigentlich schon mal überlegt, was in Zukunft mit ihr wird? So wie es aussieht, ist es ja zweifelhaft, ob sie noch mal in ihre Wohnung zurück kann.“
„Darüber brauchst du dir nicht deinen Kopf zerbrechen. Und jetzt muß ich weiter!“
„Warte doch!“ ruft ihm Marianne hinterher.
Aber Horst will nur noch weg. Er dreht sich nicht mehr um.

Unterwegs essen sie in einem Landgasthof eine Kleinigkeit, Forellenfilets mit Sahnemeerrettich und Toast.
An einem Blumenstand kurz vor der Ortseinfahrt kaufen sie einen Blumenstrauß. Um Viertel vor drei klingeln sie an der Haustür der Kahns. Frau Kahn macht ihnen auf.
„Sind wir zu früh?“ fragt Barbara.
„Nein, nein! Kommen sie bitte rein!“
Horst kondoliert.
Birgits Mutter macht einen gefaßten Eindruck.
„Schön, daß Sie auch gekommen sind“, sagt sie zu Horst. „Wir freuen uns immer, Bekannte von Birgit kennenzulernen.“
An der Wohnzimmertür erwartet sie Herr Kahn. Nach der Begrüßung bittet er sie an den gedeckten Kaffeetisch.
Horst ist alles andere als wohl in seiner Haut. Warum ist er nur mitgekommen? Er kann sich schon die nächsten eineinhalb bis

zwei Stunden vorstellen. Konversation mit Leuten, mit denen er nichts gemein hat. Dabei ist es nicht etwa so, daß er eine unüberwindliche Antipathie gegenüber diesen Leuten hätte. Nein, sie sind ihm gleichgültig. Es käme ihm nie und nimmer in den Sinn, sie sich freiwillig als Gesprächspartner auszusuchen. „Verpappte Katholiken", würde Heiner, ein ehemaliger Kommilitone sagen. Und daß sie hier irgendetwas Brauchbares über Pfarrer Glogauer erfahren, hält er für sehr wenig wahrscheinlich. Die würden doch selbst dann nicht glauben, daß Ihr „Herr Pfarrer" Mädchen pimpert oder zumindest sexuell anmacht, wenn sie solche Sauereien mit eigenen Augen sähen. Dann meinten sie noch, sie hätten Halluzinationen.
„Darf ich Ihnen Kaffee einschenken?" reißt Frau Kahn Horst aus seinen Gedanken. Aber noch ehe er antworten kann, nimmt sie seine Tasse und gießt Kaffee ein. „Möchten Sie von der Schwarzwälder- oder Marmorkuchen?"
Eigentlich weder noch. Anstandshalber entscheidet er sich für das kleinere Übel Marmorkuchen.
Sie haben vorher keine Strategie abgesprochen, wie sie vorgehen, um zum Thema „Pfarrer Glogauer" zu kommen, obwohl zumindest er ja nur deswegen hergekommen ist. Aber Barbara hat gemeint, sie würde schon irgendeinen Dreh finden. Er solle sie nur machen lassen.
Und sie schafft es tatsächlich. Allerdings hat sie dabei mehr Glück als Verstand. Im Laufe des Gesprächs nämlich erwähnt Frau Kahn, daß sich Birgit seit ihrem Auszug aus dem elterlichen Haus zu ihrem Leidwesen völlig von der Kirche abgekehrt habe. „Die Birgit war als Kind immer lieb, brav, gottgefällig" – Horst zuckt bei diesem Wort zusammen; gut daß er die Kaffeetasse nicht gerade in der Hand hat. „Mir wird immer ein Rätsel bleiben ..." Weiter spricht sie nicht. Ihre Miene ist starr und undurchdringlich. Doch gibt sie damit ungewollt Barbara die Möglichkeit einzuhaken. „Vielleicht lag es ja am Pfarrer. Vielleicht kam sie ja mit ihm nicht zurecht. Vielleicht ..."

„Nein, nein“, wehrt Birgits Mutter ab, nun mit einem Male widerspruchsfreudig und mit gar nicht mehr maskenhaft-starrem, sondern eher kämpferisch-entschlossenem Blick, „unser Pfarrer Glogauer, auf den laß ich nichts kommen. Wie oft war der hier bei uns. Gehörte fast schon zur Familie. Ein netter, gottesfürchtiger Mann. Aber gerade die Guten und Aufrechten haben oft unter Anfeindungen zu leiden.“
Diese Worte lassen Horst aufhorchen. Damit hat Frau Kahn Barbarara – ohne daß die sich auch nur im mindesten anstrengen mußte – unfreiwillig weitergeholfen.
„Hat es also doch welche gegeben, die ihm Böses nachgesagt haben?“ setzt Barbara nach.
„Gemeine Verleumdungen, nichts weiter.“
Jetzt nur ja den Ball im Spiel halten, aber auch wieder nicht mit der Tür ins Haus fallen.
„Aber wer setzt so üble Gerüchte in die Welt?“
Nach einer kurzen Pause, in der sie den Blickkontakt mit Frau Kahn sucht, kommt Barbaras zweite Frage: „Und was waren das für Verleumdungen?“
Frau Kahn überlegt zwei, drei Sekunden lang. Dann schüttelt sie den Kopf. „Verleumdungen eben. Ganz, ganz gemeine, schmutzige Verleumdungen. Ich kann nicht darüber reden! Möchte auch nicht!“
Jetzt sind sie so kurz vor dem Ziel. Angestrengt überlegt Horst, wie er erfolgversprechend eingreifen könnte. Aber wieder kommt Hilfe von außen. Diesmal in Form einer Äußerung von Herrn Kahn: „Warum sagst du es ihnen nicht, Elisabeth? Er soll sich an Mädchen vergangen haben.“
„Luggi, wie kannst du nur ...?“
Herrn Kahn trifft ein vernichtender Blick seiner Frau.
„Ich habe den jungen Leuten nur gesagt, was hier getuschelt wurde.“
„Er soll also Mädchen sexuell belästigt haben und vielleicht noch mehr ...“

„Hören Sie auf!“ fällt Frau Kahn Barbara ins Wort. „Glauben Sie vielleicht, Pfarrer Glogauer wäre auch nur einen Tag länger im Amt geblieben, wenn ...! Ich dulde nicht, daß er in meinem Haus weiter so in den Schmutz gezogen wird! Auch nicht von Birgits Freunden.“
„Aber Elisabeth“, versucht Herr Kahn seine Frau zu beruhigen, „die jungen Leute haben doch nur ...“
„Nein, ich dulde das nicht!“ bleibt Frau Kahn unnachgiebig. Barbara und Horst verstehen, daß es keinen Zweck mehr hat weiterzubohren. Sie bleiben noch eine Dreiviertelstunde, reden über dies und das und verabschieden sich dann.
„Jetzt wissen wir also, daß die Schweinereien dieses Pfarrers Glogauer Ortsgespräch waren“, konstatiert Barbara auf der Rückfahrt. „Aber es hätte uns überhaupt nichts gebracht – außer vielleicht einem Rauswurf –, wenn wir Birgit konkreter mit Glogauers Schweinereien in Verbindung gebracht hätten.“
Horst nickt.
„Mit dem Rauswurf könntest du recht haben. Doch ich frage mich, ob das so schlimm gewesen wäre. Hätte uns eine unnütz verbrachte Stunde erspart.“
„Sei nicht so hart! Wir haben's ja geschafft!“
„Ich bin nicht hart. Ich habe nur festgestellt.“
„Apropos feststellen“, knüpft Barbara an Horsts letzten Satz an. „Laß uns doch mal resümieren, was wir schon alles zusammengetragen haben. Wir müssen uns jetzt schließlich Gedanken machen, wie wir weiter vor ...“
„Blödmann!“ schimpft Horst und meint den Fahrer, der vor ihm fährt, weil der plötzlich scharf bremst, um abzubiegen. Und weil Horst seinerseits ganz schön in die Eisen langen muß, bleibt Barbara vor Schreck das „gehen“ im Hals stecken. Das hindert sie aber nicht daran, einige Schrecksekunden später mit dem Resümee zu beginnen.
„Rekapitulieren wir doch mal, was wir bis jetzt wissen! Erstens: Birgits Tagebuch, das Rückschlüsse auf – ich drücke es mal sehr

zurückhaltend aus – sexuelle Belästigungen durch einen Pfarrer zuläßt."
„Einspruch, Euer Ehren", unterbricht Horst. „Was du da aus dem Tagebuch als Quasi-Faktum herausnimmst, ist nichts weiter als eine sehr gewagte Interpretation, die du ..."
„In Ordnung, Horst! Ich habe ja auch nicht behauptet, daß die Tagebuchaufzeichnungen für sich allein genommen ein gerichtsverwertbares Faktum sind. Aber doch wohl für uns erst mal eines von einigen Indizien, die wir als Arbeitsgrundlage nehmen können."
„Einverstanden!"
„Wir wissen weiter, daß Glogauer viele Jahre Pfarrer in Birgits Gemeinde war und über ihre Familie engen Kontakt mit ihr hatte. Und daß eben dieser Glogauer jetzt eine Pfarrerstelle im Einzugsbereich der Schule hat, an der Birgit Referendarin war. Er sollte an unserer Schule den Religionsunterricht übernehmen. Birgit sieht also nun nach so vielen Jahren ihren Peiniger wieder. Bei ihr kommt alles wieder hoch, was sie bis jetzt zu verdrängen versucht hat. Glogauer hat Angst, daß alles nach so langer Zeit an die Öffentlichkeit ..."
„Halt, halt, Barbara! Keine Spekulationen!"
„Gut, bleiben wir bei Indizien! Über Glogauer wird geredet. Daß er sich mit Mädchen einläßt. Daß ..." Barbara schlägt sich mit der flachen Hand an die Stirn. „Daß wir danach nicht gefragt haben!"
„Wonach?"
„Wie lange Glogauer Pfarrer in Birgits Heimatgemeinde gewesen ist. Bis in die letzte Zeit? Oder ist er schon früher abgelöst worden? Was hat er dann in der Zwischenzeit gemacht?"
„Du hast recht. Das müssen wir noch recherchieren. Und wir müssen noch herauskriegen, welches Auto Glogauer fährt. Vielleicht einen roten Mitsubishi Colt?"
„Das mit dem Auto ist ja wohl eine der einfachen Übungen."
„Aber die schwerere Übung, ich meine sogar die schwerste kommt danach – nämlich: Wie überführen wir Glogauer? Wir

können ja schlecht zu ihm hingehen, ihm erzählen, was wir alles rausgekriegt haben, und erwarten, daß er dann schön brav mit uns zur Polizei geht. Oder hast du eine Idee?“ fragt Horst.
„Nein, dazu im Moment nicht. Aber wie wär's denn, wenn wir da vorne nach Ödenthal abbiegen, uns dort ein bißchen umschauen und anschließend essen gehen?“
„Gute Idee“, zeigt sich Horst sofort einverstanden.
„Dann kannst du statt des linken den rechten Blinker setzen“, sagt Barbara unter Anspielung darauf, daß Horst drauf und dran war, seinen Vordermann zu überholen.

XXXV

Nachdem Barbara und Horst fast eine Stunde durch die verwinkelten Gäßchen der Altstadt von Ödenthal mit ihren schönen Fachwerkhäusern gebummelt sind, gehen sie in das Restaurant „Kupferkessel“, dessen Speisekarte und Inneres ihnen auf Anhieb zusagt. Da sie recht früh dran sind, haben sie trotz zahlreicher Reservierungen noch eine ziemlich große Auswahl. Sie entscheiden sich für einen Tisch in der hinteren rechten Ecke, von wo aus sie das gesamte Lokal überblicken können.
Während ihres Spaziergangs haben sie auf Vorschlag von Horst nicht über „ihren Fall“ gesprochen. „Lassen wir doch mal diese wunderschöne Altstadt auf uns wirken“, hat Horst gefordert. „Obwohl Ödenthal nicht so weit wegliegt, bin ich bisher noch nie hier gewesen. Da ist mir wirklich was entgangen.“
Erst nachdem sie ihr Essen bestellt haben – es ist Spargelzeit; Barbara hat sich Spargel mit Sauce Hollandaise und Kartoffeln ohne weitere Beilage, Horst mit Kalbsmedaillons bestellt –, knüpft Barbara an ihr Gespräch im Auto wieder an.
„Wie gehen wir also weiter vor, wenn wir herausgefunden haben, daß Glogauer tatsächlich einen roten Mitsubishi Colt fährt? Ich gehe mal davon aus, daß er – wie du vermutest – nicht alles zugeben und uns zur Polizei begleiten wird. Dazu zwingen können wir ihn ebensowenig.“
„Und du meinst, es bleibt uns nichts anderes übrig, als jetzt doch die Polizei einzuschalten?“
„Ich weiß halt eben nicht, ob es wirklich keine andere Möglichkeit gibt.“
Da hat Horst eine Idee: „Und was hältst du davon, wenn wir unser Wissen Haflers Rechtsanwalt mitteilen. Er kann uns zumindest raten, was weiter zu tun ist.“
„Kennst du Haflers Rechtsanwalt?“
„Das rauszukriegen dürfte kein Problem sein. Wahrscheinlich finden wir seinen Namen in den Zeitungsberichten.“

„Schade, daß wir nicht noch etwas mehr erfahren haben über Glogauers Hang zu Mädchen“, bedauert Barbara. „Ob diese Gerüchte vielleicht der Grund für seine Versetzung waren? Nicht jetzt, sondern schon vor einigen Jahren. Er ist ja nicht direkt von Birgits Heimatgemeinde hierher versetzt worden.“
Barbara sollte nicht lange auf die Beantwortung dieser Fragen warten müssen. Der Zufall kommt ihnen zu Hilfe. Sie sind gerade mitten im Spargelessen, da kommt Gunda Hille, begleitet von einem Mann etwa Ende dreißig, herein. Kaum haben sie das Restaurant betreten, werden sie auch schon von einer Frau in einem weinroten Kostüm – die Chefin, mutmaßt Horst – mit Handschlag begrüßt und zu ihrem reservierten Tisch begleitet.
Horst fällt auf, daß Barbara länger als üblich zu den neu eingetretenen Gästen hinschaut. Er wundert sich deswegen ein wenig, weil er beim besten Willen nicht erkennen kann, was an diesen so Besonderes sein soll. Er will gerade fragen, da sagt Barbara: „Das ist Gunda Hille.“
Horst kann mit dem Namen nichts anfangen und fragt: „Muß ich die kennen?“
In diesem Augenblick schaut besagte Gunda Hille in ihre Richtung. Sie winkt ihnen zu, sagt ein paar Worte zu ihrem Begleiter und kommt an ihren Tisch.
„So eine Überraschung!“ freut sie sich.
Barbara zeigt auf die Frau, schaut zu Horst und stellt vor: „Das ist Frau Hille, Gunda Hille, eine Schulfreundin von Birgit. Wir haben uns bei Birgits Beerdigung kennengelernt. Ich habe dir davon erzählt.“ Und auf Horst zeigend klärt sie Gunda Hille auf: „Herr Bär, auch ein Kollege von Birgit.“
Gunda und Horst geben sich die Hand und begrüßen sich. Gunda lädt beide ein, sich an ihren Tisch zu setzen, wenn sie mit dem Essen fertig sind.
Gundas Begleiter ist ihr Lebensgefährte und Geschäftspartner in Personalunion; gemeinsam betreiben sie in der Nachbarstadt eine Werbeagentur. Recht schnell dreht sich ihr Gespräch aber nur noch um Birgit. Barbara erzählt, daß sie von einem Kaffee-

nachmittag bei den Kahns kämen. Allerdings berichtet sie ihnen nichts von ihrer Suche nach dem Mörder von Birgit. Auch daß sie Birgits Tagebuch gelesen haben, behält sie für sich. Barbara wartet auf einen günstigen Augenblick, um das Gespräch auf Pfarrer Glogauer zu bringen.
„Für Birgits Mutter ist dieser Pfarrer Glogauer ein Heiliger", stellt Gunda Hille fest.
„Trotz der Gerüchte um ihn?" setzt Barbara sofort nach.
„Hat sie Ihnen davon erzählt?" staunt Gunda.
„Aber sofort nachgeschoben, daß alles nur schmutzige Verleumdungen waren."
Gunda senkt ihren Blick, preßt ihre Lippen aufeinander. Barbara hat den Eindruck, als ob sie über etwas nachdenkt. „Ich weiß nicht, ob es richtig ist, daß ich ... Ich hatte schon damals das Gefühl, daß dieser Glogauer mit Birgit ..., daß er sich auch an Birgit herangemacht hat."
„Hat Birgit Ihnen Anlaß für dieses Gefühl gegeben?"
„Sie hat nie etwas auch nur halbwegs Konkretes gesagt, nicht einmal angedeutet. Und ich hätte auch niemals etwas in dieser Richtung vermutet, wenn da nicht die Gerüchte gewesen wären."
„Aber Ihr Gefühl ... Sie müssen doch irgendeinen Grund für dieses Gefühl gehabt haben!"
„Ich habe Birgit einmal andeutungsweise darauf angesprochen."
„Auf die Gerüchte?" fragt Barbara.
„Ja. Aber wirklich nur ganz vage. Wie genau beziehungsweise vage kann ich Ihnen heute nach so langer Zeit natürlich nicht mehr sagen. An die Reaktion von Birgit kann ich mich jedoch noch ziemlich genau erinnern. Sekundenlang hat sie mich mit ihren Augen angeblitzt, die Lippen ganz fest aufeinandergepreßt. Aber keinen Ton gesagt. Dann hat sie sich umgedreht und ist weggegangen."
„Und das kam Ihnen nicht komisch vor?"

„Natürlich tat es das. Ich habe mich schon darüber gewundert. Und mir ist durch den Kopf gegangen, daß vielleicht Birgit auch ... Doch mit der Zeit ...“
„Und Sie haben nie mit jemand anderem über Ihr Gefühl gesprochen? Mit Ihrer Mutter, einer anderen Freundin?“
„Nein, nie.“ Gunda legt die Stirn in Falten. „Wissen Sie mehr? Hat Birgit Ihnen ...? Haben Sie vielleicht sogar Birgits Mutter ...?“ „Um Gottes Willen, nein“, wehrt Barbara ab. „Und Birgit hat auch mir gegenüber nie, auch nicht andeutungsweise, so etwas in der Richtung erwähnt.“
Gunda Hille fragt nicht nach, warum sie überhaupt bei Frau Kahn über dieses Thema gesprochen haben. Bei deren unerschütterlichem Glauben an die völlige Lauterkeit, ja Unfehlbarkeit von Glogauer ist es nur schwer oder eigentlich gar nicht vorstellbar, daß Birgits Mutter selbst davon angefangen hat.
„Wie lange war Glogauer noch Pfarrer in Birgits Heimatgemeinde?“ Zum ersten Mal seit längerer Zeit schaltet sich Horst wieder in das Gespräch der beiden Frauen ein.
„Frau Kahn hat Ihnen ?“
Als Horst den Kopf schüttelt, macht Gunda Hille eine kleine Pause. „Aufs Jahr genau weiß ich es nicht mehr. Aber es dürften nun schon an die fünf Jahre sein, daß er versetzt worden ist. Irgendeinen Posten im Bistum. Wahrscheinlich ist er sogar die Karriereleiter hinaufgefallen.“
„Ein Zusammenhang mit den Gerüchten ...“
„... wurde nie öffentlich hergestellt“, vollendet Gunda Barbaras Satz. „Nur wieder Gerüchte gingen um. Von wegen aus der Schußlinie nehmen.“
„Ja sind denn die Gerüchte über die Jahre hinweg nie verstummt ... oder vielleicht sogar in den letzten Jahren stärker geworden?“ will Horst wissen.
„Nein, stärker geworden nicht, eher schwächer, allerdings auch nie ganz verstummt. Ich nehme an, man hat Glogauer deshalb nicht schon viel früher versetzt, weil man den Eindruck vermeiden wollte, die Versetzung sei eine unmittelbare Reaktion

auf die Gerüchte. Die Leute hätten dies dann wohl als eine Art Schuldeingeständnis werten können."

Daß Glogauer jetzt eine neue Pfarrstelle, vor allen Dingen aber, wo er diese angetreten hat, sagen Barbara und Horst nicht.

XXXVI

„Ich glaube, jetzt wird es Zeit, daß wir endlich Haflers Rechtsanwalt einschalten."
„Aber wir wissen doch noch gar nicht, wie ..."
Horst fällt Barbara ins Wort. „Hast du noch die Zeitungen von dieser Woche? Bestimmt steht sein Name ... Ich bilde mir ein, ich hätte ihn in irgendeinem Bericht gelesen."
„Und wenn du vielleicht erst mal mit deinem Detektiv-Freund redest, von dem du mir neulich erzählt hast?" schlägt Barbara vor.
„Mit Peter Muskuweit? Daran habe ich auch schon gedacht. Aber eher, daß er uns bei den Nachforschungen hilft. Jetzt ist es, glaube ich, sinnvoller, mit Haflers Anwalt Kontakt aufzunehmen."
Horst dreht den Zundschlüssel herum, setzt den rechten Blinker und fährt los. Seit ungefähr drei Minuten wissen sie, daß Glogauer tatsächlich einen roten Mitsubishi Colt älteren Baujahres fährt. Hinten links hat der Wagen eine Delle, nicht sehr groß, aber doch deutlich sichtbar. Vielleicht ist das dem Zeugen, von dem in der Zeitung die Rede war, aufgefallen. Wenn, dann weiß das der Anwalt bestimmt.
Langsam fahren sie an dem roten Mitsubishi Colt vorbei. Besonders Barbara beäugt ihn ganz genau, so als würde das Auto, wenn man es nur intensiv genug ins Visier nimmt, sein Geheimnis verraten: ob nämlich Birgit Kahn am Sonntag abend in ihm mitgenommen wurde. Die nächsten zwei, drei Minuten ist Funkstille zwischen den beiden. Als erste bricht Barbara das Schweigen.
„Was machen wir jetzt?"
Horst hält erst noch an der nächsten Ampel, die kurz vorher auf „Rot" gesprungen ist, ehe er mit einer Frage antwortet: „Wie – was machen wir jetzt?"

„Ich meine, kannst du jetzt nach Hause fahren und dich ins Bett legen, als ob nichts gewesen wäre?“
„Und was sollen wir deiner Meinung nach tun?“
Barbara zuckt mit den Schultern. „Weiß nicht. Aber ich bin so ... Jedenfalls schlafen kann ich in meiner jetzigen Verfassung bestimmt nicht.“
Das gelbe Ampellicht leuchtet auf. Horst gibt langsam Gas. Er wendet seinen Kopf kurz Barbara zu. „Auch nicht mit mir?“
Verständnislos schaut sie ihn an. „Wie ... Was meinst du?“
„Ich will wissen, ob du auch nicht mit mir schlafen kannst.“
Ein Lächeln huscht über Barbaras Gesicht. „Doch ein Nimmersatt.“
„Na, hör mal“, spielt Horst den Empörten, „immerhin ist es schon vierundzwanzig Stunden her. Oder hat's dir nicht gefallen?“
„Horst, bleibe bitte ernst!“
„Ja, ja, schon gut!“
Horst will was von „Mimose“ sagen, verbietet sich aber erst mal selbst den Mund. Keine weitere unbedachte Äußerung. Barbara könnte die in den falschen Hals kriegen. Statt dessen sagt er nach kurzer Überlegung: „Entschuldige bitte! Du weißt, mir geht das mit Birgit genauso nah wie dir. Aber ich meine halt, daß wir sie auch nicht mehr lebendig machen, wenn ... Sieh es doch mal so: Wir sind in den letzten Tagen einen großen, einen sehr großen Schritt weitergekommen. Ich bin überzeugt, wir haben dafür gesorgt, daß jetzt der wirkliche Mörder von Birgit verhaftet werden kann. Ist das nichts? Glaub mir, ich bin genauso aufgeregt und aufgewühlt wie du. Und ob ich heute nacht ein Auge zumachen kann, weiß ich nicht. Aber wenn ich es könnte, bin ich doch nicht abgebrüht oder gefühllos. Und das bin ich doch auch nicht, wenn ich Lust habe, mit dir zu schlafen. Ich kann mir nicht vorstellen, daß Birgit was dagegen haben könnte. Natürlich ist es traurig, daß uns erst Birgits Tod zusammengebracht hat. Ohne sie wären wir wahrscheinlich – nein, sicher nicht – zusammengekommen. Bin ich aber ein Ego-

ist, nur weil ich mich deswegen freue und möglichst oft mit dir zusammensein will?"
Abrupt beendet Horst seinen Monolog. So abrupt, daß Barbara einige Zeit braucht, bis sie merkt, daß er nichts mehr sagen will.
„Halte bitte an!" Sie wiederholt ihre Bitte noch einmal, nachdem sie merkt, daß Horst nicht reagiert.
„Habe ich was Falsches gesagt? Dich gekränkt?"
„Das sage ich dir, wenn du angehalten hast", hält ihn Barbara hin.
„Warum kannst du mir das nicht im Fahren sagen?"
„Ich habe meine Gründe."
Horst hält Ausschau nach einer Parkmöglichkeit. An der nächsten Ecke biegt er nach rechts ab. Ein Auto parkt hinter dem anderen. Langsam fährt er an ihnen vorbei. Nirgends eine Lücke, in die er sich quetschen könnte. Plötzlich sieht er im Innenspiegel, daß bei einem der parkenden Autos der linke Blinker gesetzt wird. Er bremst scharf, vergewissert sich schnell, daß niemand hinter ihm fährt, legt den Rückwärtsgang ein und setzt mit quietschenden Reifen zurück.
„Was ist los?" Barbara schaut ihn entgeistert an, als er schließlich hinter dem blinkersetzenden Pkw darauf wartet, daß der rausfährt.
„Du wolltest, daß ich anhalte", erinnert Horst sie. „Dazu brauche ich einen Parkplatz. Und der hier macht gerade einen frei."
„Verrückter Kerl!" lacht Barbara.
Die freigewordene Lücke ist so reichlich bemessen, daß Horst es schafft, vorwärts einzuparken.
„Voilá, Madame!" Horst dreht sich zu Barbara und macht mit beiden Armen eine ausladende Bewegung.
„Verrückter Kerl!" wiederholt Barbara, drückt seine Arme nach unten, schlingt ihre um seinen Hals, zieht ihn zu sich hinüber und drückt ihm einen schmatzenden Kuß auf den Mund.
„So, jetzt darfst du weiterfahren!" sagt sie, nachdem sie ihn wieder losgelassen hat.

„Und dazu habe ich dieses halsbrecherische Manöver veranstaltet!“
„Ich habe dich nur aufgefordert anzuhalten. Ich habe nicht gesagt, daß du deswegen deinen Schadensfreiheitsrabatt oder sogar unsere Gesundheit riskieren sollst.“
„Im Ernst, Barbara! Warum wolltest du, daß ich anhalte?“
„Ich wollte mich entschuldigen. Nicht nur einfach mit Worten. Und du hättest doch bestimmt was dagegen gehabt, wenn ich dich während des Fahrens geküßt hätte.“
Schnell beugt sich Horst zu Barbara hinüber, küßt sie seinerseits und sagt: „Entschuldigung angenommen. Darf ich jetzt weiterfahren?“
„Aber bitte, mein Herr! Wie spät ist es eigentlich?“
„Auf dem Armaturenbrett, links von dir, ist eine Uhr.“
„Kurz nach neun“, murmelt Barbara vor sich hin. Sie schaltet das Radio ein.
„Warum?“ will Horst wissen.
„Nachrichten.“

„... hat der wegen Mordes in Untersuchungshaft einsitzende Herbert H. am Samstagabend in seiner Zelle Selbstmord begangen...“
„Was?“ ruft Barbara. „Hast du gehört? Hafler ...“ Sie vollendet den Satz nicht, dreht statt dessen den Ton lauter. „... ließ Rechtsanwalt Klephan vermelden. Das Wetter: In der Nacht ...“
Sie schaltet das Radio aus. Schüttelt den Kopf. „Alles umsonst.“
Mittlerweile haben auch bei Horst die eben gehörten Worte ihren Weg ins Bewußtsein gefunden. In der Parkbucht einer Bushaltestelle hält er an.
„Scheiße! Scheiße!“ Im Gleichklang mit seinen Ausrufen schlägt Horst mit den Innenflächen seiner Hände auf das Lenkrad.
„Alles umsonst“, wiederholt Barbara. „Warum hat er nicht warten können?“
„Hast du gehört, wie der Rechtsanwalt heißt? Klef ...“
„Das ist doch jetzt nicht mehr wichtig“, resigniert Barbara.

„Doch. Wir müssen die Sache durchziehen. Das Schwein muß zur Rechenschaft gezogen werden! Oder willst du, daß Glogauer ungeschoren ..."
„Nein! Verdammt noch mal, nein! Ich glaube, Klehan oder Klefan heißt der Anwalt."
„Wir fahren jetzt bis zur nächsten Telefonzelle", bestimmt Horst, „schnappen uns das Branchenverzeichnis. Es wird ja wohl nicht schwierig sein, diesen Rechtsanwalt zu finden."
Ein paar Minuten später hält Horst neben einer Telefonzelle. Die ist erstens leer, und zweitens sind beide Frankfurter Telefonbücher vorhanden und sogar in einwandfreiem Zustand. Trotz ihrer Aufregung finden sie recht schnell die Seiten mit den Frankfurter Anwälten, stellen ebenso schnell fest, daß der Gesuchte „Klephan" sich mit „ph" schreibt und mit Vornamen Richard heißt. Auch seine Privatnummer ist angegeben.
„Wir müssen ihn anrufen!" fordert Barbara. „Jetzt! Sofort!"
„Aber es ist schon bald halb zehn", gibt Horst zu bedenken. „Wir können ..."
„Ich rufe jetzt an, ob du willst oder nicht!"
Horst merkt, daß es keinen Sinn hat zu versuchen, Barbara von ihrer Entscheidung abzubringen. „Na gut! Aber wäre es nicht besser, wir würden statt anzurufen bei Klephan vorbeifahren?"
Fast ohne zu zögern, stimmt Barbara zu. „Prima Idee! Noch besser!"

„Haben Sie einmal auf die Uhr gesehen, wie spät es ist?"
Eine Frauenstimme, aus der unschwer die nur mäßig gezügelte Empörung herauszuhören ist, kommt aus der Gegensprechanlage am Gartentor.
„Wir wissen es, Frau Klephan", versucht Horst sie zu beschwichtigen, „und wir würden Sie auch nicht stören, wenn es nicht wirklich dringend wäre. Es geht um Herrn Hafler, den Ihr Gatte ..."

„Wer sind Sie?“ unterbricht Horst eine Männerstimme am anderen Ende der Sprechanlage. „Was haben Sie mit Herrn Hafler zu tun?“
„Mein Name ist Bär, Horst Bär. Meine Kollegin heißt Barbara Sailauf. Wir sind Lehrer an der Hermann-Löns-Schule, an der auch die Ehefrau von Herrn Hafler ...“
„Und was wollen Sie so spät noch von mir?“ unterbricht ihn Klephan.
„Wir haben wichtige Dinge, Herrn Hafler entlastende Dinge erfahren und möchten ...“
„Herr Hafler ist ... Er hat sich ... Kommen Sie rein!“
Ein Summton. Horst drückt gegen das Gartentor. Gleichzeitig öffnet sich die etwa zehn Meter entfernte Haustür. Ein Mann in verwaschenen blauen Jeans und pinkfarbenem Poloshirt erscheint in der Türöffnung. Kurze Begrüßung, als Barbara und Horst bei ihm sind.
„Sie wissen, daß Herr Hafler tot ist?“ fragt Klephan sie, nachdem er sie hereingebeten hat.
„Wir haben es gerade eben in den Nachrichten gehört“, antwortet Barbara. Und Horst ergänzt: „Da haben wir auch Ihren Namen erfahren und dann im Telefonbuch Ihre Adresse herausgesucht.“
Im Wohnzimmer erzählen Barbara und Horst, was sie in den letzten Tagen herausgefunden haben. Sie haben auf der Couch Platz genommen, ihnen gegenüber sitzt Klephan in einem Polstersessel. Seine Frau tischt Mineralwasser und Orangensaft auf.
„Leider nutzen Ihre Recherchen Herrn Hafler nichts mehr. Er war so mutlos und hat für sich keine Chancen ...“
„Tut uns leid“, entschuldigt sich Horst, „aber wir haben erst heute ...“
„Ich bitte Sie“, unterbricht ihn Klephan, „meine Worte sind in keiner Weise als Vorwurf zu verstehen. Und ich wollte damit auch nicht sagen, daß für mich nach dem Selbstmord von Herrn Hafler die Sache erledigt ist. Selbstverständlich werde ich mich ... Es ist nur zu überlegen, wie am besten vorzugehen ist.

Für die Kripo ist mit dem Selbstmord von Hafler die Sache erledigt. Die werden nicht gerade Freudenpurzelbäume schlagen, wenn wir jetzt kommen und das Ganze noch einmal aufrühren."
„Aber wenn doch Herr Hafler gar nicht der Täter ist", ruft Barbara entgeistert.
„Eben das soll ja bewiesen werden", entgegnet Klephan ruhig.
„Aber wir haben Ihnen doch gerade erzählt, was wir ..."
„Sie, Frau Sailauf, haben mir von Indizien berichtet, die gegen diesen Pfarrer Glogauer sprechen und die Herrn Hafler entlasten. Das ist richtig. Aber damit sind nicht die Indizien aus der Welt, die dazu geführt haben, daß Herr Hafler in Untersuchungshaft gekommen ist. Denn eines muß ich Ihnen sagen: Der Haftbefehl gegen Herrn Hafler war auf Grund der bisherigen Indizienlage ohne weiteres vertretbar."
„Aber doch nur, weil das, was wir Ihnen eben erzählt haben, bis jetzt nicht bekannt war", meldet sich Horst zu Wort.
„Richtig, Herr Bär!" gibt ihm Klephan recht. „Deswegen sprach ich ja auch von ‚bisheriger' Indizienlage. Doch jetzt zu unserem weiteren Vorgehen. Ich werde mich gleich morgen mit dem ermittlungsführenden Kripobeamten in Verbindung setzen. Von ihm habe ich den Eindruck, daß er der einzige ist, der noch immer nicht recht von Haflers Täterschaft überzeugt scheint."
„Und wieso war dann für Hafler die Lage so schlecht, daß er keinen anderen Ausweg als Selbstmord sah?" fragt Barbara.
„Weil eine Menge gegen Hafler spricht. Daran kam auch ich als sein Verteidiger nicht vorbei. Zumal ich ja Ihre Informationen bisher noch nicht hatte. Und weil insbesondere der Staatsanwalt – aber auch, ich vermute mal, der Vorgesetzte des ermittlungsführenden Kripobeamten – daran interessiert war und es bestimmt auch noch weiter ist, daß Hafler als Täter überführt wird und der Fall verhandlungsreif ist. Da sich das mit der Verhandlung nach Haflers Selbsttötung erledigt hat, ist der Fall für den Staatsanwalt abgeschlossen."

„Und wieso meinen Sie, daß Ihnen der skeptische Kommissar helfen kann?“ kommt Horst auf Klephans vorige Bemerkung zurück.
„Ich spreche erst mal mit ihm quasi von Mensch zu Mensch. Mal rausfinden, ob und wenn ja, inwieweit er uns vielleicht außerdienstlich weiterhelfen kann.“
„Und Sie meinen ...“, fängt Horst noch einmal an.
„Jetzt sind Sie mal nicht so ungeduldig. Ich habe gesagt, ich will mal bei ihm vorfühlen. Dann sehen wir weiter. Sobald ich was weiß, melde ich mich bei Ihnen.“
„Wann?“
„Heute nicht mehr“, schneidet Klephan Barbara das Wort ab. „Bis morgen müssen Sie sich schon gedulden.“

XXXVII

„Entschuldigen Sie, Herr Klephan, wenn ich Ihnen das so deutlich sage: Aber was Sie mir da bis jetzt an 'Beweisen' geliefert haben, ist recht dürftig. Wenn ich damit Kriminalrat Hörstein und Staatsanwalt Pregnitz komme, werden die kaum ..."
„Ich habe mir ja auch gedacht, daß Sie erst mal ... na, wie soll ich sagen ... daß Sie nicht als Polizist, sondern als ... ich will sagen als Zivilist ..."
„Brechen Sie sich man nur keinen ab, Herr Klephan, ich verstehe schon, was Sie wollen. Sie wollen mich außerdienstlich für Ihre Interessen einspannen, wobei Sie sich meine Skepsis, die Ihnen natürlich nicht verborgen geblieben ist ..."
„Aber Sie geben doch zu, daß Sie nicht von Haflers Täterschaft überzeugt sind. Oder liege ich da falsch mit meiner Vermutung?"
„Liegen Sie nicht, werter Herr Klephan. Aber meine Skepsis ist eine Sache, dienstwidriges Verhalten – und das ist es, was Sie von mir verlangen – eine andere."
„Sie können aber doch nicht zusehen, wie jemand die Täterschaft untergeschoben werden soll, der ..."
„Nun machen Sie aber mal halblang! Hier soll niemand etwas 'untergeschoben' werden. Es spricht sehr viel – und das haben ja auch Sie zugeben müssen – gegen Herrn Hafler. Das nur zum Thema 'Untergeschoben'. Und Sie werden wohl weiter nicht bestreiten wollen, daß Hafler ein rechtsstaatlich einwandfreies Verfahren bekommen hat. Schließlich hat eine unabhängige Haftrichterin Hafler auf Grund der vorliegenden Indizien in Untersuchungshaft genommen."
„Ist okay, Herr Bechler! Bestreitet niemand! Das Wort 'untergeschoben' nehme ich zurück. Ist zumindest mißverständlich."
„Gut. Abgehakt. Nun wieder zu Ihren – wie Sie sagen – Hafler entlastenden Indizien. Hörstein und Pregnitz würden sagen: Einerseits vage, andererseits Zufälle."

„Na, na, ich habe ..."
„Sie, Herr Klephan, haben einmal auf Grund ganz vager Tagebuchnotizen die Vermutung geäußert, daß dieser Pfarrer Hob ..."
„Glogauer."
„... daß dieser Pfarrer Glogauer Frau Kahn sexuell mißbraucht hat."
„So vage ..."
„Ich bitte Sie! Wie Sie mir gerade erzählt haben, steht in Frau Kahns Tagebuch nicht nur kein Name, sondern auch nicht im entferntesten ein halbwegs deutlicher Hinweis, wer konkret was gemacht hat."
„Aber die anderen Informationen, die ich Ihnen erläuternd dazu gegeben habe, weisen doch ziemlich eindeutig auf Glogauer hin."
„So interpretieren Sie und Ihre Informanten das. Doch Sie wissen selbst, daß die Beweislage ..."
„Aber ich bitte Sie doch deswegen um Mithilfe, damit die Beweislage noch besser wird."
„Jetzt kommen wir zum springenden Punkt. Ich nehme an, Sie wissen, wie gefährlich das für mich ..."
„Weiß ich doch, Herr Bechler! Und Sie würden unheimlich viel Zivilvourage ..."
„Dafür kann ich mir aber nichts kaufen."
„Ich habe Sie immer als sehr couragierten und engagierten ..."
„Bitte keine Beweihräucherung! Ich weiß ja doch, daß Sie mir nur Brei um den Bart schmieren wollen und mich für Ihre Interessen ..."
„Für die Interessen der Gerechtigkeit ..."
„Welch großes hehres Wort. Bitte eine Nummer kleiner, Herr Klephan!"
„Dann tun Sie es eben, weil Sie Ihre Selbstzweifel beseitigen wollen. Weil Sie dahinter kommen wollen, wer Frau Kahn nun wirklich umgebracht hat."
„Geben Sie sich keine Mühe, Herr Klephan, ich ..."

„Sie wollen mir nicht helfen?“
„Wenn Sie mich ausreden lassen würden, wüßten Sie schon, was ich sagen will. Geben Sie sich keine Mühe, wollte ich sagen, Sie haben mich schon überzeugt. Ich helfe Ihnen. Wir müssen nur noch besprechen, wie ...“
„Danke, Herr Bechler!“

XXXIIX

Er muß an den „stolzen Deutschen“ in seinem 5er BMW denken. Dieses „Arschloch“ wird heute morgen nicht einen Tick eher vor ihm sein. Auch ein Stau auf der Bartershausener Straße kann ihm heute morgen nichts anhaben. Er wird nicht an den Bullen am Klärwerk vorbeifahren müssen und einen Strafzettel riskieren. Und er wird sich auch kurz vor Leußen keinem Lastwagen vor die Schnauze setzen und nicht provozierend mit Tempo 50 vor ihm herfahren.
Eine Woche ist das alles nun her. Erst eine Woche. Sieben Tage. Eigentlich eine kurze Zeit, wenn man sie in Relation zu einem Jahr setzt, zu zweiundfünfzig Wochen oder dreihundertfünfundsechzig Tagen. Aber in dieser einen Woche ist mehr passiert als in den letzten Jahren zusammen. Leider sehr viel auf der Negativ-, nur sehr wenig auf der Positiv-Seite. Zu letzterer gehört Hilde. Er hat nur zweimal mit ihr geschlafen, und vielleicht wäre es eine längere Geschichte geworden (wahrscheinlich keine mit Zukunft, doch was will das schon heißen), aber daß Barbara in sein Leben trat – er denkt tatsächlich „in sein Leben trat“; wenn er es in irgendeinem Roman läse, würde er über so eine kitschige Formulierung lächeln; fehlte noch, daß er Barbara als „Geliebte“ in sein Leben treten ließe, das war am letzten Montag noch völlig undenkbar, einige Tage später aber schon Realität. Ihm fällt dazu nur der banale Spruch ein: „Es gibt nichts, was es nicht gibt.“
Die Ampel zeigt Rot-Gelb, springt kurz danach auf Grün. Hinter ihm hupt jemand, aber er kann nicht anfahren, weil Barbara, die in ihrem Auto vor ihm fährt, noch immer nicht losgefahren ist. Was ihr wohl im Moment durch den Kopf geht?
Sie haben die letzte Nacht doch gemeinsam verbracht. In Barbaras Wohnung. Sie sind nach ihrem Besuch bei Rechtsanwalt Klephan bei Horst vorbeigefahren, damit er seine Toiletten- und Schulsachen mitnehmen konnte. Die halbe Nacht haben sie ge-

redet – Strategien entwickelt, wie sie Birgits Mörder überführen würden, Zukunftspläne geschmiedet, dazwischen miteinander geschlafen.
Horst überläßt Barbara den einzigen noch freien Parkplatz an der Rückfront der Turnhalle. Er fährt einige Meter weiter und stellt sein Auto neben das von Evi Klednitz. Von der selbst ist Gott sei Dank nichts mehr zu sehen.
Barabra und Horst haben in ihrem „Nachtgespräch“ ausgemacht, daß sie vorerst weiterhin so tun werden, als würden sie sich nicht näher kennen. Es war Barbaras Wunsch, den er schließlich akzeptierte, nicht ohne vorher versucht zu haben, sie umzustimmen. Aber sie wollte nach ihrer Auseinandersetzung mit Evi und Sandra letzten Donnerstag nachmittag nicht gleich noch einen draufsetzen, indem sie sich auch noch als Horsts neue Lebensgefährtin outet.
Horsts Vormittag verläuft nach Plan. In der Schule ist wieder der Alltag eingekehrt. Kaum etwas erinnert an Birgit Kahn, in keinen Gesprächen, die Horst mitbekommt, kommt sie vor. Es ist fast, als hätte es an dieser Schule nie eine Referendarin Birgit Kahn gegeben. Dabei hat sie noch vor gut einer Woche hier mit ihnen zusammengesessen, ganze drei Tage ist sie erst unter der Erde. In der ersten großen Pause hat er Barbara zu Gräter hineingehen sehen. Er erfährt später, daß Gräter über Birgits Beerdigung informiert werden wollte.
Auch Haflers Selbstmord ist nicht das große Thema. Wahrscheinlich wäre er das, wenn Christine Hafler heute morgen nicht zum Dienst erschienen wäre. Aber sie ist gekommen. Ist es Pflichtbewußtsein? Demonstrativer Hinweis, daß sie mit ihm abgeschlossen hat? Wahrscheinlich letzteres, vermutet Horst. Er bewundert einerseits ihre Stärke – denn sich heute hier sehen zu lassen, dazu gehört, wie er meint, schon Stärke; schließlich setzt sie sich ohne Not den abschätzend-taxierenden Blicken der KollegInnen aus. Andererseits vermag er hinter dieser Demonstration keinen rechten Sinn zu sehen; jeder weiß doch mittlerweile, daß sie mit Hafler schon fertig war, bevor er sich selbst

getötet hat. Doch wie auch immer. Alle haben Hemmungen, laut über Haflers Selbstmord zu reden. Höchstens daß einmal darüber getuschelt wird.
„Schau bitte in dein großes Fach!“ murmelt Barbara Horst auf dem Flur zu, als sie sich zwischen der fünften und sechsten Stunde auf dem Flur begegnen.

„Rufe dich, sobald ich kann, heute nachmittag zu Hause an. Gruss Barbara.“
Was bedeutet das? Warum schreibt sie nicht, was sie vorhat? Es muß etwas sein, wovon sie erst heute morgen erfahren hat. Hat Klephan sich bei ihr gemeldet? Nein. Er weiß ja gar nicht, wo ... Doch, natürlich weiß er, an welcher Schule sie unterrichten. Sie haben ja mit ihm darüber gesprochen. Aber wenn er sich gemeldet hätte, würde ihm das Barbara mitgeteilt haben. Ist es wegen Evi und Sandra? Wollen sie sie überreden, weiter mitzumachen? Versuchen sie sie unter Druck zu setzen? Soll er sich nach der sechsten Stunde auf die Lauer legen und schauen ... Ach Quatsch, Barbara ist Frau genug, sich ihrer zu erwehren. Wahrscheinlich wäre es ihr auch gar nicht recht, wenn er sich einmischen würde. Vielleicht ist es ja etwas ganz Harmloses, und er macht sich umsonst Gedanken.
Nach dem Döner, den er sich als Mittagessen beim Türken auf der Hauptstraße mitgenommen hat, macht sich Horst an die Unterrichtsvorbereitungen für morgen. Erst hat er noch mit dem Gedanken gespielt, Klephan anzurufen und zu fragen, ob er schon mit dem zuständigen Hauptkommissar gesprochen hat und wie es nun weitergehen soll, aber dann hat er es doch für besser gehalten abzuwarten. Klephan hat ja versprochen, sich bei ihnen zu melden. Und wenn er schon bei Klephan nachfragt, will er wenigstens warten, bis Barbara dabei ist.
Nach gut einer halben Stunde schellt es. Er nimmt den Hörer der Sprechanlage ab.
„Ja, bitte!“
„Barbara.“

„Ich denke, du …"
„Willst du mich erst verhören, ehe du mich reinläßt?" Horst drückt auf den Türöffner.
„Ich konnte Evi und Sandra schlecht einen Korb geben", sagt Barbara, nachdem sie sich einen Begrüßungskuß gegeben haben. „Außerdem hat mich interessiert, auf welche Tour sie mir diesmal kommen würden."
„Und – auf welche Tour ?"
„Hundertachtzig Grad kehrt marsch. 'Ach, liebe Babsi, jetzt, nachdem Birgit ja leider tot ist … Wir waren doch immer so ein gutes Team. Wir haben das letzte Woche nicht so gemeint. Es ist halt alles so überraschend für uns gekommen. Du wirst uns das doch nicht krumm nehmen! Und so in dieser Tonlage ging es weiter."
„Und als sie gemerkt haben, daß du nicht mehr mitziehst, daß es dir wirklich ernst ist?"
„Ich habe das Gefühl, sie hoffen noch. Sie räumen mir quasi eine Chance ein. 'Überleg's dir noch einmal in Ruhe. Du darfst jetzt nicht Hals über Kopf entscheiden.' Am liebsten hätte ich denen hingeknallt, daß wir jetzt zusammen sind. Damit sie endlich kapieren, daß es aus ist. Daß ich in Ruhe gelassen werden möchte."
Barbara nimmt Horsts Hand und zieht ihn von der Tür weg. „Warum stehen wir eigentlich im Flur herum? Nach was riecht's bei dir?" Sie schnuppert. „Döner?"
„Volltreffer."
Barbara läßt sich in Horsts guter Stube auf die Couch fallen. „Hat sich Klephan schon gemeldet?"
„Bei mir noch nicht. Vielleicht bei dir?"
„Wenn er mich zu Hause nicht erreicht hätte, hätte er sich bei dir gemeldet."
„Meinst du, wir sollten ihn mal anrufen? Ich habe vorhin schon daran gedacht, wollte aber erst auf dich warten."
Barbara nickt kräftig.
„Gute Idee!"

Horst geht sofort ans Telefon. Wählt. Barbara wundert sich, daß er Klephans Nummer auswendig weiß. Sie hat manchmal sogar Schwierigkeiten mit der eigenen.
Kaum hat Horst gewählt, meldet sich auch schon Klephans Vorzimmerdame.
„Anwaltsbüro Klephan. Hohmann. Guten Tag!"
„Guten Tag! Bär, Horst Bär. Ich ..."
„Ich wollte Sie gerade eben anrufen, Herr Bär. Bleiben Sie bitte dran! Ich verbinde mit Herrn Klephan."
„Klephan. Guten Tag, Herr Bär! Herr Bechler, der Hauptkommissar, der die Ermittlungen im Fall Kahn leitet, macht mit. Ich bin mit ihm für neunzehn Uhr bei mir in der Kanzlei verabredet. Es wäre schön, wenn Sie auch kommen könnten."
„Aber klar kommen wir! Und was will dieser Kommissar bis dahin unternehmen?"
„Später, Herr Bär. Darüber können wir reden, wenn Sie da sind. Ich habe jetzt noch zwei wichtige Termine. Rufen Sie aber vorsichtshalber gegen achtzehn Uhr noch einmal zurück, ob es endgültig bei neunzehn Uhr bleibt."
Barbara kann es kaum erwarten, bis Horst den Hörer aus der Hand legt.
„Und was hat er gesagt? Wohin sollen wir kommen? Hilft uns der Kommissar?"
„Um sieben bei Klephan. Der Kommissar kommt auch."
„Noch über vier Stunden."
Es klingt so, als müßte Barbara nicht vier Stunden, sondern vier Jahre warten.

XXXIX

Bechler wartet, bis Bert Glarus, ein Kollege vom Betrugsdezernat, gegangen ist und er mit Kurt Harrem alleine am Tisch in der Kantine sitzt. Er informiert ihn kurz über sein Gespräch mit Rechtsanwalt Klephan.

„Du kannst dir denken, daß ich damit nicht zu Hörstein oder 'Fliege' gehen kann. Zumindest im jetzigen Stadium noch nicht. Eventuell später, wenn ich mehr über diesen Pfarrer herausgefunden habe und ..."

„Willst du damit sagen, daß du dich gewissermaßen als Privatdetektiv betätigen willst?"

„Wenn du es so nennen willst, ja, ich nehme den Fall als Privatdetektiv wieder auf."

„Und du bist dir über die eventuellen Folgen im klaren?"

„Ja, Kurt, bin ich. Ich glaube wenigstens. Aber verdammt noch mal, ich kann und will nicht zusehen, wie vielleicht jemand zum Mörder abgestempelt wird, der gar keiner ist."

„Hafler ist...."

„Ich weiß, Hafler ist tot. Aber trotzdem. Auch ein Toter hat ein Recht auf Gerechtigkeit."

„Und warum läßt du das nicht diesen Klephan machen? Der kann doch private Ermittlungen über einen Detektiv veranlassen."

„Natürlich, aber ich habe dir eben gesagt ..."

„Ich weiß", unterbricht ihn Kurt, „die Gerechtigkeit."

„Und das mit den eventuellen dienstrechtlichen Folgen ist ja auch nur relativ zu sehen. Schau mal, wenn dieser Pfarrer wirklich der Mörder von Frau Kahn ist, dann kräht kein Hahn mehr nach uns."

„Und wenn er nichts damit zu tun hat, wenn alles wirklich nur Zufall ist?"

„Dann passiert nach menschlichem Ermessen auch nichts. Aber ich will dich auf keinen Fall zu etwas drängen, was du nicht verantworten möchtest. Es liegt ganz bei dir ..."
„Noch kurz zu diesen beiden Lehrern. Du kennst sie doch gar nicht. Du weißt nur über Klephan von ihnen. Meinst du, man kann ihnen trauen?"
„Welchen anderen Gedanken sollten sie haben, als das Interesse, den Mord an ihrer Kollegin aufzuklären? Klephan hat ausführlich mit ihnen gesprochen. Wenn er auch nur eine vage Vermutung hätte, daß die Sache einen Pferdefuß haben könnte, hätte er mit mir darüber geredet. Aber ich kann dir nur noch mal sagen, Kurt, wenn du Bedenken haben solltest, ich würde es verstehen."
„So hundertprozentig überzeugt von Haflers Schuld war ich ja auch nie. Ich würde schon mitmachen bei deiner, na sagen wir mal, Aktion. Vorher muß ich aber wissen, was du vorhast."
„Ist doch klar! Wer kauft schon gern die Katze im Sack. Also, Kurt: Ich habe mir gedacht ..."

XL

Eine Minute nach sieben klingeln Barbara und Horst an Klephans Praxistür. Der Anwalt selbst macht ihnen auf. Hauptkommissar Bechler ist schon in Klephans Büro. Beiden ist er kein Unbekannter mehr. Sie kennen ihn von den „Vernehmungen“ vom Dienstag vormittag in der Schule; Horst hat ihn daneben auch schon am Montag nachmittag in Birgits Wohnung gesehen.

Nach der Begrüßung kommt Bechler gleich zur Sache.

„Sie beide scheinen recht zu haben mit ihrem Verdacht gegen diesen Pfarrer Glogauer. Er war am Sonntag abend in der Nähe von Frau Kahns Wohnung.“

Gleichzeitig sehen Barbara und Horst den Hauptkommissar an. In ihren Gesichtern spiegelt sich keine Genugtuung über das eben Gehörte wider, eher schon Verständnislosigkeit, so als hätten sie gar nicht richtig verstanden, was ihnen gerade gesagt worden ist.

„Haben Sie gehört?“ schaltet sich Klephan ein. „Glogauer war zur fraglichen Zeit unweit von Frau Kahns Wohnung.“

Horst begreift zuerst.

„Also doch Glogauer! Dann ist Hafler wirklich unschuldig!“

„Ganz soweit sind wir noch nicht“, tritt Klephan auf die Euphoriebremse.

„Aber was wollen Sie denn noch?“ ereifert sich Horst. „Sie haben ein Motiv, das Tatauto, Glogauer am Tatort, was ...?“

„Den Tatort kennen wir noch nicht“, schaltet sich wieder Bechler ein. „Sie haben wahrscheinlich sagen wollen, daß Glogauer nicht lange vor der Tatzeit in der Nähe von Frau Kahns Wohnung gesehen worden ist.“

„Wollte ich. Aber das weist doch eindeutig auf seine Täterschaft hin. Was sucht Glogauer sonst dort?“

Barbara meldet sich wieder zurück.

„Wie haben Sie eigentlich rausbekommen, daß Glogauer dort war?“
„Ein Hausbewohner hat ihn gesehen. Er hat noch einen abendlichen Verdauungsspaziergang gemacht. Er hat ihn deswegen wiedererkannt, weil er vor einer Telefonzelle beinahe mit ihm zusammengestoßen wäre. In die ist Glogauer gegangen.“
„Und wieso hat der Mann diese Aussage erst jetzt gemacht?“ fragt Horst.
„Weil nach Glogauer ...“
Horst schlägt sich an die Stirn und fällt Bechler ins Wort: „Blöd von mir! Glogauer war ja bisher gar nicht im Spiel.“
„Eben“, stellt Bechler kurz und bündig fest.
„Und wie hat Ihr Zeuge Glogauer identifiziert?“ will Barbara wissen.
„Anhand eines Bildes.“
„Und woher hatten sie ein solches?“ Bechler lächelt Barbara an.
„Wir hatten eben eines. Zufrieden?“ Barbara nickt.
Jetzt hat Horst noch eine Frage.
„Genügt das jetzt, um Glogauer festzunehmen?“
Bechler schüttelt den Kopf. „Abgesehen davon, daß ich die Befragungsaktion nicht als Kripobeamter durchgeführt habe, also offiziell überhaupt nicht weiß, daß Glogauer am Tatabend in Frau Kahns Nähe war, steht und fällt alles mit dem Motiv. Solange wir nicht nachweisen können, daß Glogauer Frau Kahn sexuell mißbraucht hat, sieht es schlecht für uns aus.“
„Das Tagebuch ...“
„Aber nicht doch, Frau Sailauf“, Bechler schüttelt wieder den Kopf, „das Tagebuch ist so vage, daß Sie keinen Richter finden, der ihn deswegen in Untersuchungshaft steckt, geschweige denn verurteilt.“
„Und die Gerüchte um Glogauers Hinwendung zu jungen Mädchen?“ läßt Barbara nicht locker.
„Sie sagen es, es sind Gerüchte.“
„Aber jetzt nach dem Mord an Birgit, an Frau Kahn, werden die damaligen Opfer aussagen.“

„Vielleicht. Vielleicht auch nicht. Wobei ich letzteres für eher wahrscheinlich halte. Wer den Mund aufmacht und auspackt, auf den kommt eine Menge an Belastungen zu.
Und da wird sich jeder überlegen, ob er das auf sich nimmt. Nein, ich halte eine andere Vorgehensweise für besser. Dabei müßten Sie, Frau Sailauf, mitspielen. In diesem Szenario habe ich Ihnen die Hauptrolle zugedacht.“ „Und wie soll dieses Szenario aussehen?“
Bechler antwortet nicht gleich. Er scheint noch zu überlegen, ob er überhaupt ...

XLI

„Ja, bitte!“
„Herr Pfarrer Glogauer?“
„Ja, hier Glogauer. Was kann ich für Sie tun?“
„Sagt Ihnen der Name Birgit Kahn etwas ?“
Pause. Leise Atemgeräusche.
„Sind Sie noch am Apparat, Herr Pfarrer?“
„Ja. Wer sind Sie?“
„Eine Freundin von Birgit.“
„Aber Frau Kahn ist doch ...“
„Ja, sie ist tot. Ermordet.“
„Und was habe ich damit zu tun?“
„Sie kannten Birgit. Sehr gut sogar. Sie verkehrten in ihrer Familie. Birgit war über Jahre Ihr Schützling.“
„Entweder sagen Sie mir jetzt, was Sie wollen oder ...“
„Oder?“
„Oder ich lege auf.“
„Das wäre nicht klug von Ihnen.“
„Nochmal: Was wollen Sie?“
„Mich mit Ihnen treffen.“
„Und warum sollte ich mich mit Ihnen treffen?“
„Ich sagte doch schon: Über Birgit reden.“
Pause.
Barbara drängt nicht. Wartet, bis Glogauer ihr das Ergebnis seines Denkprozesses mitteilen wird.
„Hören Sie, Frau ...“
Glaube ja nicht, daß du mir mit so einem billigen Trick meinen Namen entlocken kannst.
„Ja, ich höre.“
„Wann und wo schlagen Sie vor?“
„Noch heute. Im Maredo in der Freßgaß.“
„Noch heute?“

„Warum nicht. Es ist jetzt gleich acht. Wir könnten uns in einer halben bis dreiviertel Stunde treffen."
„Gut. Ich bin da. Sie kommen allein?"
„Ja."
„Wie erkenne ich Sie?"
„Gehen Sie durchs Lokal. Ich kenne Sie und spreche Sie an. Falls Sie eher da sein sollten, warten Sie vor dem Lokal. Es gibt nur einen Eingang. Wir können uns nicht verfehlen."
Barbara beeilt sich. Sie möchte vor Glogauer da sein. Möchte in Ruhe den Platz aussuchen. Hoffentlich ist das Maredo nicht zu voll.
Sie hat eine knappe halbe Stunde für Fahrt, Parkplatzsuche und den Fußmarsch zum Maredo gebraucht. Sie durchquert einmal das langgestreckte Lokal. Einem „Platzanweiser" erklärt sie, daß sie jemanden suche. Falls der noch nicht da sei, werde sie sich einen Platz suchen.
Weder ist Glogauer schon da, noch ist das Maredo voll besetzt. Sie hat sogar mehr freie Auswahl als gedacht. Sie setzt sich schließlich an einen Ecktisch so hin, daß Klephan, Bechler und Horst im Rücken von Glogauer Platz nehmen können, denn hinter ihm sind im Moment noch vier Tische frei. Und alle werden in den nächsten Minuten bestimmt nicht besetzt werden.
Barbara muß noch über eine Viertelstunde auf Glogauer warten.

„Warum triffst du diese Person? Warum hast du dich auf so etwas eingelassen? Du weiß doch gar nicht ..."
„Ich weiß zumindest nicht, was sie vorhat. Da hast du recht. Und das will ich ja eben rausfinden."
„Aber du kennst sie nicht."
„Um gerade das zu ändern, will ich mich mit ihr treffen."
„Frieder, überlege es dir gut!"

„Das habe ich. So gut man sich das auf die Schnelle überlegen kann. Wenn ich nicht hingehe, erfahre ich nicht, was sie gegen mich in der Hand hat."
„Vielleicht ist es eine Falle?"
„Das Risiko muß ich eingehen. Birgit hat ihr was erzählt. Aber wieviel? Was weiß sie? Oder hast du eine bessere Idee, wie wir es anstellen sollen, das zu erfahren?"
Glogauers Schwester bezweifelt, ob ihr Bruder im Begriff ist, das Richtige zu tun. Doch einen anderen Vorschlag – außer einfach nicht hinzugehen – hat sie nicht.

Barbara sieht Glogauer schon recht früh. Er ist nicht in Zivil, hat seine „Pfarrerkluft" an. Will er damit irgendwas demonstrieren? Sie beobachtet, wie er sich fragend umschaut und dabei immer näherkommt. So schwer ist es für Glogauer schließlich nicht, sie zu identifizieren. Barbara hat vorhin auf ihrem Gang durchs Lokal bis auf eine Ausnahme keine alleinsitzende Dame gesehen.
Etwa einen Meter seitlich von ihrem Tisch entfernt bleibt Glogauer stehen. Mustert sie kurz. Fragt: „Wir haben gerade miteinander telefoniert?"
Barbara nickt.
„Sie sehen, ich bin allein gekommen. Bitte, nehmen Sie Platz!" Dabei zeigt sie auf den Stuhl rechts neben sich.
Ohne zu zögern setzt sich Glogauer auf den angebotenen Stuhl.
„Sie möchten erst bestellen?" fragt Barbara.
„Ich möchte vor allen Dingen wissen, wer Sie sind und was Sie von mir wollen."
Er spricht leise, bemüht sich aber, seiner Stimme einen energischen, selbstbewußten Klang zu geben.
„Ich sagte Ihnen schon, eine Freundin von Birgit."
„Und weiter?"
„Sie kannten Birgit."
„Wollen Sie mir nicht erst mal sagen, wer Sie sind?"

„Es genügt, wenn Sie wissen, daß ich eine Freundin von Birgit war. Sie kannten also Birgit. Sehr gut sogar. Sie kannten deren Familie. Verkehrten jahrelang dort. Birgits Eltern halten noch heute große Stücke von Ihnen."
„Um mir das zu sagen, haben Sie ..."
„Nein, deswegen treffe ich mich nicht hier mit Ihnen. Aber Sie wissen, daß da noch mehr war. Etwas, was Birgits Eltern nicht wissen – ich sollte besser sagen, nicht wahrhaben wollen."
„Kommen Sie endlich zur Sache, sonst ..."
„Sonst gehen Sie? Das glaube ich nicht. Und zwar deswegen nicht, weil Sie nicht so dumm sind zu riskieren, daß ich zur Polizei gehe."
„Warum haben Sie das nicht schon längst gemacht? Oder soll das Ganze eine Erpressung werden?"
Glogauer macht immer noch einen recht selbstsicheren Eindruck. Zumindest nach außen.
„Warten Sie einfach einmal ab. Im Moment sind wir erst bei Birgit und dem, was Sie mit ihr – wie soll ich sagen – mit ihr angestellt haben."
„Und das wäre?"
Barbara lächelt.
„Herr Glogauer, ich weiß nicht, ob ich Sie bewundern oder ..."
„Sie sollen mir endlich sagen, was ich mit ihr angestellt habe."
„Sie haben Birgit jahrelang sexuell mißbraucht."
Barbara macht eine Pause, fixiert ihn. Wie reagiert Glogauer auf ihren Vorwurf? Versucht er weiter, ihr in der Maske des zu Unrecht verdächtigten Ehrenmannes gegenüberzutreten? Oder bricht er zusammen? Gesteht auch gleich noch den Mord an Birgit?
Glogauer tut nichts von beidem. Weder bricht er zusammen, noch gesteht er. Barbara bemerkt nur ein leichtes Zucken um seine Mundwinkel.
Und weil er nichts sagt, setzt sie noch einen drauf: „Und Sie haben Birgit umgebracht. Birgit hat gedroht, zur Polizei zu gehen und alles zu sagen. Ich bin keine Juristin, weiß also nicht, ob der

sexuelle Mißbrauch verjährt ist. Aber das ist auch zweitrangig. Sie wußten, wenn Birgit Sie anzeigt, dann sind Sie erledigt. Ob Sie strafrechtlich dafür zur Verantwortung gezogen werden können oder nicht. Sie wären auf alle Fälle als Pfarrer weg vom Fenster gewesen. Von Ihnen hätte keiner mehr ein Stück Brot genommen. Sie hätten sich gleich die Kugel geben können. Und um das zu verhindern, haben Sie Birgit umgebracht. Kaltblütig erwürgt."

„Märchenstunde zu Ende?"

Barbara meint Häme und Spott aus Glogauers Gesichtszügen ablesen zu können. Am liebsten hätte sie ihn geohrfeigt, angebrüllt, was er doch für ein mieses Schwein sei. Aber noch mehr ärgert sie sich über sich selbst, weil sie es bis jetzt nicht geschafft hat, ihn aus der Reserve zu locken. Trotzdem muß sie unbedingt versuchen, ruhig zu bleiben. Wenn sie jetzt ihren Emotionen freien Lauf läßt, schadet sie nur dem, was sie erreichen will.

„Dann hat mir Birgit also Märchen erzählt? Dann sind die jahrelangen Gerüchte in Ihrer ehemaligen Gemeinde nur Märchen? Dann ist es also auch ein Märchen, daß Sie an dem Abend, als Birgit umgebracht worden ist, in unmittelbarer Nähe ihrer Wohnung gewesen sind? Alles nur Märchen?"

Barbara gibt sich große Mühe ruhig zu sprechen, mit einem Schuß Ironie.

„Wer sagt das?"

„Wer sagt was?"

Barbara stellt sich absichtlich unwissend. Sie registriert wieder dieses Zucken um die Mundwinkel. Diesmal etwas deutlicher. Zeigt Glogauer endlich Wirkung?

„Haben Sie schon gewählt?"

Die junge hübsche schwarze Bedienung steht an ihrem Tisch. Scheiße, denkt Barbara. Einen ungünstigeren Zeitpunkt hätte die sich nicht aussuchen können. Jetzt hat Glogauer wieder Zeit, sich etwas zu fangen. Andererseits ist dann, wenn sie bestellt

haben, die Wahrscheinlichkeit, daß Glogauer einfach aufsteht und weggeht, geringer.
Nachdem die Bedienung sich entfernt hat, nimmt Barbara ihr Gespräch sofort wieder auf.
„Was meinten Sie eben mit Ihrer Frage: Wer sagt das?"
„Daß ich in der Nähe von Frau Kahns Wohnung gewesen sein soll. Wie sollte ich? Ich weiß doch gar nicht, wo sie wohnt."
Barbara lacht leise auf.
„Apropos Märchenstunde. Ihnen nutzen diese Mätzchen überhaupt nichts. Sie sind gesehen worden, wie Sie am Sonntag abend, nicht weit weg von Frau Kahns Wohnung, eine Telefonzelle betreten haben. Haben Sie Frau Kahn angerufen? Ist sie dann – wie auch immer Sie das erreicht haben mögen – runtergekommen und in Ihren roten Mitsubishi Colt eingestiegen? Auch Ihr Auto ist übrigens gesehen worden. Auch die Delle hinten links."
Das Zucken wird stärker. Jetzt nicht mehr locker lassen, nimmt sich Barbara vor.
„Hat es Ihnen die Sprache verschlagen, Herr Pfarrer?"
Sie spricht ihn absichtlich mit seinem Titel an. Gleich danach der Appell an sein Gewissen: „Wollen Sie nicht endlich reinen Tisch machen? Sie haben doch nicht nur Frau Kahn auf dem Gewissen. Auch Herrn Hafler. Der hat den Druck nicht mehr ausgehalten und sich selbst getötet. Was soll denn noch alles passieren?"
„Sie haben recht. Ich stelle mich."
Glogauers Reaktion kommt für Barbara völlig überraschend. Nicht im entferntesten hätte sie gedacht, daß er so schnell Wirkung zeigen würde.
„Begleiten Sie mich?"
Als er Barbaras fragenden Blick sieht, ergänzt er: „Zur Kripo."
„Wann?"
„Jetzt gleich."
Was soll sie machen? Zweifel an Glogauers plötzlichem Sinneswandel beschleichen sie. Soll sie ihm glauben, daß er sich wirk-

lich stellen und sie dabei haben will? Führt er irgendwas im Schilde? Will er sie vielleicht nur hier herauslocken und irgendwo draußen als lästige Zeugin beseitigen?
„Ich regele erst noch mit der Bedienung die Sache mit unserer Bestellung. Bitte warten Sie auf mich!"
Im Weggehen gibt sie Bechler mit den Augen und einer Kopfbewegung ein Zeichen, daß sie ihn sprechen möchte. Mit der Bedienung ist sich Barbara schnell einig. Sie bezahlt ihr Getränk, die anderen Bestellungen können storniert werden.
Unten in dem langen Flur, von dem die Toiletten abgehen, braucht sie keine halbe Minute zu warten, bis Bechler kommt. Damit sie nicht gleich gesehen werden können, schiebt er Barbara in die hintere der beiden Fernsprechzellen und stellt sich selbst in die geöffnete Tür, damit er den Flur im Auge hat.
„Er will sich stellen. Ich soll mit ihm zur Polizei fahren." Barbara spricht leise und hastig. „Was soll ich machen?"
„Haben Sie den Eindruck, er meint es ernst?" fragt Bechler ruhig.
Nach kurzem Zögern nickt Barbara. „Ich glaube. Ja, ich denke, er meint es ernst."
„Ich kann Ihnen Ihre Entscheidung nicht abnehmen. Ich will Ihnen auch keinen Rat geben. Sie haben mit ihm gesprochen, Sie müssen wissen, ob Sie ..."
„Doch. Ich fahre mit ihm."
„Gut. Dann gehen Sie jetzt gleich wieder hoch, damit er keinen Verdacht schöpft. Ich bleibe noch kurz hier unten, um zu vermeiden, daß er uns zusammen sieht. Der Pförtner im Präsidium wird sie in Zimmer 44 schicken; dort sind die Kollegen, die Bereitschaft haben. Ich komme so schnell wie möglich nach."
Im Weggehen ruft er Barbara hinterher: „Hat er eigentlich gesagt, ob jeder in seinem Auto fahren soll oder ..."
Barbara dreht sich um. „Nein, darüber haben wir nicht gesprochen."
„Versuchen Sie, ihn in Ihrem Auto mitzunehmen."
Barbara fragt nicht, warum sie das versuchen soll.

„Ich bin froh, daß das Versteckspiel vorbei ist."
Glogauer bricht auf dem Weg zu Barbaras Auto in der Junghofstraße nach zwei, drei Minuten als erster das Schweigen. Und als sie keine Anstalten macht, darauf einzugehen, setzt er nach: „Ich wollte doch nur, daß Birgit keine Anzeige macht. Wem wäre damit gedient gewesen? Die Sache mit ihr liegt schon mehr als ein Jahrzehnt zurück. Ich habe sie angefleht. Aber sie wurde immer nur noch störrischer."
„Vielleicht wollte sie verhindern, daß Sie weitermachen. Sie wußte ja auch, daß sie nicht die einzige war, die ..."
„Ich habe schon Jahre niemand mehr angerührt. Das habe ich Birgit auch gesagt."
„Vielleicht hat sie Ihnen nicht geglaubt."
„Aber es stimmt."
„Und wenn. Warum erzählen Sie mir das?"
„Sie müssen mir glauben!"
Sie sind an Barbaras Auto angekommen. Sie schließt ihre Tür auf. Glogauer setzt sich neben sie. Als Barbara den Zündschlüssel herumdrehen will, sagt Glogauer: „Bitte, warten Sie noch einen Augenblick! Ich möchte, daß Sie mir kurz zuhören!"
„Was wollen Sie mir noch erzählen?"
„Sie haben mir auf meine Frage keine Antwort gegeben."
„Was spielt das für eine Rolle, ob ich Ihnen glaube? Birgit hat Ihnen nicht geglaubt. Deswegen mußte sie sterben." Glogauer wendet sein Gesicht von ihr ab, schaut unter sich. „Ich wollte es nicht. Wirklich nicht. Aber Birgit war so ..."
„Dann war Birgit also selbst dran schuld, daß Sie sie umgebracht haben. Warum hat sie nicht einfach gesagt: Ist schon so lange her, machen wir einen Schlußstrich drunter. Fertig. Aus."
„Nein, natürlich nicht. Aber ..."
„Haben Sie sich jemals gefragt, was Sie den Mädchen, die Sie sexuell bedrängt, belästigt, vergewaltigt ..."
„Nicht vergewaltigt, ich habe ..."

„Sie haben doch Birgit nicht nur befummelt und betatscht – obwohl das schon schlimm genug gewesen wäre –, nein, Sie haben mit ihr geschlafen, und da sie das nicht freiwillig getan hat, ist das nichts anderes als vergewaltigen. Und was heißt überhaupt freiwillig: Birgit und Ihre anderen Opfer waren Kinder, die Ihnen wehrlos ausgeliefert waren."
Barbaras Stimme wird immer lauter. Glogauers Beschönigungsversuche haben sie immer erregter werden lassen.
„Aber wie auch immer", Barbara versucht ihre Emotionen wieder in den Griff zu bekommen, „haben Sie sich jemals gefragt, was Sie bei Ihren Opfern angerichtet haben?! Nicht nur kurzfristig, besonders langfristig? Sie waren für diese Mädchen eine Vertrauensperson und haben dieses Vertrauen brutal ausgenutzt zur Befriedigung Ihrer eigenen Lust. Haben Sie sich darüber schon einmal Gedanken gemacht? Darüber, was Sie bei den Mädchen kaputt gemacht haben?"
Glogauers Blick ist immer noch nach unten gerichtet, seine Stimme weinerlich.
„Ich habe dagegen gekämpft, gegen diesen teuflichen Drang ..."
„Lassen Sie den Teufel aus dem Spiel! Der Teufel waren Sie!"
„Ich habe mich nicht einfach hingegeben, immer wieder habe ich versucht, dagegen anzukämpfen. Ich habe mich selbst verachtet wegen meiner Schwäche."
„Wollen Sie jetzt auch noch bedauert werden?"
„Nein, nein, ich möchte nur, daß Sie wissen, daß ich ..."
„Ich habe bis jetzt noch kein einziges Mal gehört, daß es Ihnen leid tut. Sie verwenden Ihre ganze Energie darauf, sich als Opfer Ihrer Neigungen oder Triebe – oder nennen Sie es wie Sie wollen – hinzustellen. Sie kotzen mich an mit Ihrem Selbstmitleid!"
„Aber natürlich tut es mir leid! Ich weiß ..."
Glogauer spricht nicht weiter, schüttelt den Kopf. Wahrscheinlich hat ihn sein Selbstmitleid so überwältigt, daß es ihm die Kehle zugeschnürt hat, denkt Barbara. Sie greift zum Zündschlüssel, dreht ihn herum, schaut nach links, dann in den

Rückspiegel, setzt den Blinker und fährt weg. Sie hat keine Lust mehr, noch länger anzuhören. „Fahren wir!“

XLII

Bechler ist sogar noch kurz vor Barbara und Glogauer im Präsidium. Er informiert die Kollegen der Bereitschaft in groben Zügen, in sehr groben; natürlich läßt er die Einzelheiten seines Zusammenspiels mit Barbara, Horst und Klephan weg. Dann wählt er die Nummer von Kurt. Vielleicht ist er ja Hause, und sie können die Vernehmung zusammen durchführen. Und er hat Glück! Kurt meldet sich sofort, als hätte er direkt neben dem Telefon auf diesen Anruf gewartet. Er hat sich für diesen Abend nichts vorgenommen. Er hat im stillen gehofft, daß Bechler sich melden würde. Und wenn, dann wollte er erreichbar sein.

Die Kollegen der Bereitschaft nehmen Glogauer in Empfang. Sie lassen ihn bei sich so lange warten, bis Bechler ihn abruft. Kurt braucht an diesem Sonntag abend bei mäßigem Verkehr nur gut zehn Minuten für die Fahrt zum Präsidium.

„Und du meinst, er hat dich im 'Maredo' nicht gesehen?“ fragt er Malte.

„Nein, das glaube ich nicht. Das Lokal war ziemlich gut besetzt, und er hat Ausschau nach einer Frau gehalten. Wieso sollte gerade ich ihm auffallen? Wieso sollte er überhaupt auf jemand anderen als Frau Sailauf achten?“

„Denk dran: Er war besonders vorsichtig und aufmerksam, weil er sichergehen wollte, daß Frau Sailauf allein ist.“

„Wie sollte er das feststellen? Bei den vielen Leuten im Lokal.“

„Aber er hat doch gefragt, ob sie allein kommt. Also hat er ein Interesse ...“

„Du sagst es. Er hat sie gefragt, aber mehr konnte er nicht tun. Letztlich mußte er Frau Sailauf vertrauen.“

„Gut, dann laß ihn bringen!“

Kurz darauf sitzt Glogauer den beiden Kripoleuten gegenüber. Kurt hat bei dessen Eintreten und bei der Begrüßung den Pfarrer nicht aus den Augen gelassen. Aber er ist sich sicher, aus dessen Mienenspiel kein Erkennen Maltes herausgelesen zu haben.

„Herr Glogauer, Sie erscheinen freiwillig und aus eigenen Stücken hier“, stellt Bechler fest.

„Ja“, bestätigt der Angesprochene und kommt ohne Umschweife zur Sache. „Ich habe Frau Kahn getötet. Es tut mir auch aufrichtig leid, daß erst ein Unschuldiger ...“

„Herr Glogauer“, unterbricht Bechler dessen Redefluß, „bevor Sie weiterreden, muß ich Sie erst noch belehren, daß Sie als Beschuldigter keine Aussagen ...“

„Ich möchte aber aussagen und reinen Tisch machen. Gerade deswegen bin ich ja gekommen.“

„Trotzdem muß ich Sie belehren. Sie haben als Beschuldiger das Recht, die Aussage zu verweigern, und falls Sie doch Angaben zur Sache machen wollen, vorher einen Anwalt hinzuzuziehen. Wenn Sie aber dennoch Angaben machen, kann alles, was Sie hier vorbringen, in einem eventuellen Strafverfahren gegen Sie verwendet werden.“

„Ich möchte aussagen.“

„Nun gut, Herr Glogauer, dann sagen Sie uns doch erst mal Ihre Personalien!“

„Friedrich Glogauer, geboren am 23. November 1942 in Diez an der Lahn, katholischer Pfarrer, ledig, keine Kinder.“

„So, dann machen Sie bitte Ihre Aussage! Erzählen Sie!“

Zur selben Zeit läutet etwa acht Kilometer in südöstlicher Richtung vom Polizeipräsidium entfernt das Telefon. Die Klingel ist kaum verstummt, da wird auch schon der Hörer abgenommen.

„Na endlich, Frieder! Ich warte schon die ganze Zeit. Wo bist du?

Was ist los?“

Weil sich am anderen Ende der Leitung einige Sekunden nichts tut, will Gertrud Glogauer ungeduldig nachfragen, warum Frie-

der nichts sagt. Doch gerade in dem Moment, in dem Gertrud loslegen will, meldet sich der Anrufer.
„Entschuldigung! Ich habe mich verwählt. Ich dachte, ich hätte die Nummer der Pfarrei St. Georgen gewählt."
Jetzt braucht Gertrud zwei, drei Sekunden, um sich auf die neue Situation einzustellen.
„Nein, nein, Sie haben sich nicht verwählt. Hier ist die Pfarrei St. Georgen. Was kann ich für Sie tun?"
„Kann ich bitte Herrn Pfarrer Glogauer sprechen? Ich weiß, es ist schon etwas spät, aber mit Pfarrer Eysenck konnte ich in besonderen Fällen auch um diese Zeit noch reden, wenn ich Probleme hatte."
Gertrud schüttelt ungehalten den Kopf. Was sind deine Probleme gegen meine, unsere. Sie muß sich zusammennehmen, um ihre Stimme höflich und ruhig klingen zu lassen.
„Herr Pfarrer Glogauer ist leider nicht da. Er hat eine wichtige Besprechung. Ich weiß auch nicht, wann er zurückkommt. Tut mir leid, Frau ..."
„Ach entschuldigen Sie, ich habe mich noch gar nicht vorgestellt. Mein Name ist Klaßen, Marlene Klaßen."
Mir ist es völlig egal, wie du heißt, denkt Gertrud böse. Geh endlich aus der Leitung! Aber sie beherrscht sich weiter. „Wie gesagt, tut mir leid, Frau Klaßen, aber heute können Sie Herrn Pfarrer Glogauer nicht mehr sprechen."
„Na, dann muß ich wohl bis morgen warten. Vielen Dank! Auf Wiederhören!"
„Auf Wiederhören!"
Gertrud läßt den Hörer aus der Hand fallen, als könne sie sich an ihm verbrennen.
Sie nimmt wieder ihren Gang vom Telefon im Arbeitszimmer ihres Bruders zur Tür und wieder zurück auf. Fünf Schritte hin, Drehung, fünf Schritte zurück. Warum meldet er sich nicht endlich? Sie haben doch ausgemacht, daß er ihr Bescheid sagt. Was soll sie nur machen? Soll sie im „Maredo" anrufen und ihn dort ans Telefon holen lassen? Ist er überhaupt noch im „Ma-

redo"? Was will diese Person von ihm? Warum hat er sich nur auf ein Treffen mit ihr eingelassen? Hätte sie energischer darauf bestehen sollen, daß er nicht weggeht? Mit der Hilflosigkeit nimmt auch ihre Angst zu. Lange hält sie die Ungewißheit nicht mehr aus. Irgendwas muß sie unternehmen. Egal was. Alles ist besser als hier weiter hin und her zu laufen und sich das Gehirn zu zermartern.

„Vor gut zwei Wochen habe ich also Frau Kahn nach langen Jahren zum ersten Mal wiedergesehen. Und zwar auf dem Flur vor dem Sekretariat der Hermann-Löns-Schule. Ich sollte dort vier Stunden katholischen Religionsunterricht übernehmen und machte an diesem Tag Rektor Gräter quasi meinen Antrittsbesuch. Ich war völlig überrascht, weil ich natürlich nicht damit rechnen konnte, Frau Kahn hier zu begegnen. Sie muß genauso perplex gewesen sein wie ich. Von dem Gespräch mit Herrn Gräter wußte ich, daß er dem Kollegium meinen Namen noch nicht bekanntgemacht hatte. Frau Kahn ging langsamer, als sie mich sah, ich glaube sogar, sie blieb einen kurzen Moment stehen, schaute mich mit regunglosem Gesicht an und ging dann wortlos an mir vorbei."
Glogauer trinkt einen Schluck aus dem Glas, das ihm Kurt mit Mineralwasser gefüllt hat.
„Ich überlegte einen Augenblick, ob ich Birgit ansprechen soll, ließ es aber schließlich bleiben. Ich wollte mir erst mal in Ruhe klarwerden, wie ich mich verhalten wollte. Tagelang wägte ich das Für und Wider einer Kontaktaufnahme mit Birgit ab. Einerseits sagte ich mir: Wenn sie mich hätte anzeigen wollen, dann hätte sie das doch schon lange tun können; jetzt, nach so vielen Jahren, wird sie nichts mehr unternehmen. Andererseits: Obwohl schon lange Zeit seitdem vergangen ist, hat sich vielleicht die Situation für Birgit verändert, weil mit unserer Begegnung die Erinnerung wieder wachgeworden ist. Was sollte ich tun? Ich fand kaum mehr Ruhe, weil ich fühlte, daß ich in jedem Fall von Birgit abhängig war: ob ich nun aktiv wurde und sie um ein

Gespräch bat, oder ob ich passiv blieb und wartete, was passieren würde. Einmal redete ich mir ein, daß ich, wenn ich auf sie zukäme und das Gespräch von mir aus suchte, erstens Klarheit über ihre Absichten bekommen würde – die Ungewißheit machte mir am meisten zu schaffen – und zumindest versuchen könnte, sie in meinem Sinne zu beeinflussen; dann wieder sagte ich mir, daß ich vielleicht schlafende Hunde weckte, wenn ich sie von mir aus ansprach.

Fünf Tage nach unserem Gespräch, am Mittwoch vorletzter Woche, hielt ich die Ungewißheit nicht mehr aus. Ich rief Birgit an. Als sie erfuhr, wer da mit ihr sprechen wollte, war einige Zeit Funkstille, dann legte sie wortlos auf. Ungefähr eine halbe Stunde später unternahm ich einen neuen Anlauf. Ich wollte endlich Gewißheit haben. Egal was dabei auch herauskommen würde."

Glogauer macht eine Pause. Nimmt wieder einen Schluck Mineralwasser, ehe er fortfährt.

„Vielleicht war der zweite Anruf ein Fehler. Vielleicht auch nicht. Ich weiß es nicht. Spielt auch keine Rolle. Ich habe nun mal angerufen. Daran läßt sich nichts mehr ändern. Bevor ich nun zum zweiten Male anrief, legte ich mir die einleitenden Sätze zurecht. Ich wollte möglichst schnell sprechen, sie quasi damit überfallen, um zu verhindern, daß sie gleich wieder auflegt. Ich kann Ihnen noch wortwörtlich wiederholen, was ich gesagt habe. 'Hier ist noch einmal Glogauer. Hören Sie mich bitte erst an, Frau Kahn.' Ich habe mich für die Anrede Frau Kahn und nicht für Birgit entschieden. Ich hielt sie für angebrachter. Warum, kann ich eigentlich nicht sagen. Es war eine rein gefühlsmäßige Entscheidung. 'Legen Sie nicht gleich wieder auf. Geben Sie mir bitte eine Chance, mich mit Ihnen auszusprechen. Jetzt, nachdem sich nach so langer Zeit unsere Wege wieder gekreuzt haben. Wann und wo diese Aussprache stattfinden soll, entscheiden allein Sie. Schlagen Sie bitte mein Gesprächsangebot nicht aus.' Ich habe gewartet, ob und wenn ja, was Birgit sagen würde. Einige Sekunden war Sendepause, dann rief sie: 'Lassen Sie mich in Ruhe! Lassen Sie mich endlich in Ruhe!' Ehe ich etwas darauf erwidern konnte, hatte sie wieder aufgelegt. Ich mußte also weiter die Ungewißheit ertragen. Auf nichts anderes konnte ich mich mehr konzentrieren. Ständig gingen mir die immergleichen Fragen im Kopf herum: Was wird sie wohl machen? Wird sie mich anzeigen? Soll ich der schrecklichen Ungewißheit ein Ende machen und mich selbst anzeigen? Einmal hielt ich dies, ein andermal jenes für richtig. So ging das die nächsten Tage bis zum Sonntag. In diesen vier Tagen bin ich dreimal an Birgits Wohnung vorbeigefahren. Einmal habe ich sogar angehalten, etwa eine Minute gewartet, wollte aussteigen und zu ihr hochgehen, habe es dann aber doch nicht getan.

Am Sonntag abend habe ich mich dann wieder einmal ins Auto gesetzt und in der Nähe ihrer Wohnung geparkt. Ein paar Meter entfernt sah ich eine Telefonzelle. Da kam mir eine Idee. Ich rief Birgit von dieser Zelle aus an, sagte ihr, wo ich bin und daß ich mich jetzt mit ihr treffen wolle; ob in ihrer Wohnung oder woanders, sei mir egal, nur vertrösten würde ich mich nicht mehr lassen. Wenn sie nicht wolle, käme ich hoch und würde solange an ihrer Tür klingeln, bis sie aufmache. Sie sagte, ich solle in meinem Auto auf sie warten, sie käme in ein paar Minuten.

Das tat sie dann auch. Nach vielleicht fünf Minuten wurde hinter mir die Autotür aufgemacht und Birgit stieg ein.

'Also, was wollen Sie?' fragte sie, als die Tür ins Schloß gefallen war.

'Mit Ihnen reden.'

'Aber ich nicht mit Ihnen. Hören Sie gut zu, was ich Ihnen jetzt sage: Ich werde Sie anzeigen. Und Sie brauchen gar nicht versuchen, mich umzustimmen. Mein Entschluß steht fest.'

Ihr ist es ernst, ging es mir durch den Kopf. Wenn sie jetzt aussteigt, zeigt sie dich an. Und du kannst sie nicht daran hindern. Ich mußte also unbedingt erreichen, daß sie mit mir spricht. Vielleicht könnte ich sie noch zur Vernunft bringen."

„Wäre sie nur ausgestiegen, dann lebte sie noch", murmelt Kurt vor sich hin. Malte hat es deutlich verstanden. Aber er sitzt

auch näher bei ihm als Glogauer. Der Pfarrer hat nur mitbekommen,daß Kurt etwas gesagt hat. Deswegen schaut er ihn fragend an.Bechler dagegen bedenkt Harrem mit einem bösen Blick und fordert Glogauer auf weiterzusprechen.
„Sie konnten Frau Kahn schließlich überreden, bei Ihnen im Auto zu bleiben?"
„Ja", Glogauer nickt, „ja, sie stieg nicht aus. Irgendwie habe ich es geschafft, daß sie mit mir zum Pfarrhaus fuhr. Auf dem Weg dorthin unternahm ich zwei oder drei Gesprächsversuche, auf die Birgit aber nicht einging.
Erst in meinem Arbeitszimmer redete sie wieder mit mir. Jetzt erfuhr ich auch den Grund, warum sie doch nicht aus dem Auto ausgestiegen war. Das heißt, daß ich ihn erfahren habe, ist nicht ganz richtig. Sie sagte ihn mir nicht. Ich hatte aber die starke Vermutung, daß sie mir – wie soll ich sagen –, daß sie mir die Meinung sagen wollte. Immer wieder stellte sie zwischendurch klar, daß sie mich auf jeden Fall anzeigen wolle. Ich solle mir auf keinen Fall einbilden, daß ich sie davon abbringen könne. Als ich begriffen hatte, daß mit Birgit nicht zu reden war, daß ich sie nicht von ihrem Vorhaben ..."
„Sagen Sie mir doch, Herr Glogauer", unterbricht Malte zum ersten Mal den Redefluß des Pfarrers, „wie sah das aus, als Frau Kahn Ihnen die Meinung sagte?"
„Nun, Birgit hielt mir immer wieder vor, was ich ihr angetan hätte. Daß ich in schlimmster Weise ihr Vertrauen mißbraucht hätte. Daß sie es damals nicht geschafft hätte, sich dagegen zu wehren, geschweige denn, es irgend jemand zu sagen oder mich sogar anzuzeigen. Daß sie das jetzt aber auf alle Fälle nachholen wolle. Sie würde erst wieder Ruhe finden, wenn ich bestraft würde. Vielleicht würden dann auch ihre Eltern endlich kapieren, was für ein 'mieses Schwein' ich sei."
„Ich muß Sie noch einmal unterbrechen", sagt Bechler. „Sie hatte doch bis zu diesem Zeitpunkt nichts unternommen. Trotzdem hatten Sie wohl jetzt den Eindruck, sie meinte es ernst."

„Weil ich sie ...“, Glogauer fällt es offenbar schwer, das Wort auszusprechen, „weil ich sie getötet habe. Darauf wollen Sie wohl hinaus? Nein, ich habe sie eigentlich nicht einmal aus Angst vor einer Anzeige getötet – nicht in erster Linie wenigstens. Ich wollte nur, daß sie endlich still ist, nicht mehr schreit. Mein Arbeitszimmer liegt zwar nicht zur Straße, sondern nach hinten, und das Fenster war geschlossen, aber ich hatte Angst, es könnte sie doch jemand hören.“
„Haben Sie sie gleich gewürgt oder?“
„Nein, ich habe ihr zuerst nur den Mund zugehalten, nachdem ich sie mit Reden nicht zur Ruhe bringen konnte. Und dann muß ich irgendwie ...“, Glogauer schaut kopfschüttelnd unter sich, „irgendwie die Hände um ihren Hals gelegt haben und ...“
„Wie lange haben Sie zugedrückt?“ will Malte wissen.
Es dauert einige Sekunden, ehe Glogauer antwortet. „Ich weiß ... ich weiß nicht.“ Wieder schüttelt er den Kopf. „Ich weiß nur, daß sie ... daß sie sich plötzlich nicht mehr rührte.“
„Als Sie ihr den Mund zuhielten und sie dann würgten, wo war da Frau Kahn? Stand sie, oder ...?“
„Birgit saß. Ich habe in meinem Arbeitszimmer neben meinem Schreibtisch eine Sitzecke mit zwei Sesseln und einem kleinen Tisch. Birgit saß auf einem dieser Sessel.“
„Und Sie? Wo waren Sie?“
„Ich war schon kurz vorher aufgestanden und hatte mich neben sie gestellt. Bevor ich ihr Mund zuhielt, bin ich in die Hocke gegangen. Ich war links von ihr, hielt ihr mit der linken Hand den Mund zu und hatte sie mit der rechten am Hinterkopf gepackt.“
„Was haben Sie gemacht, als Sie merkten, daß sie sich – wie Sie sagten – plötzlich nicht mehr rührte?“
„Ich wollte Sie doch nicht töten. Deswegen kam ich auch zuerst gar nicht auf den Gedanken, daß sie nicht mehr leben könnte. Als ich dann endlich begriff, was ich angerichtet hatte, war ich ... Es war schlimm. Ich wollte es doch nicht. Ich wollte doch nur, daß sie nicht mehr schrie.“

Auf die genauen Einzelheiten der Tatausführung würden sie in einer späteren Vernehmung und bei einer Tatrekonstruktion noch eingehen. Deswegen hakt Bechler an diesem Punkt auch nicht weiter nach.

„Sie leben nicht allein im Pfarrhaus?"

„Nein. Meine Schwester macht den Haushalt, versorgt das Haus. Aber sie hat nichts damit zu tun. Gar nichts."

„War sie an diesem Abend denn nicht zu Hause? Es muß doch schon recht spät gewesen sein, als sie mit Frau Kahn gekommen sind."

„Ich ... ich weiß nicht. Ich habe sie nicht gesehen."

„Aber Herr Glogauer. Sie sagten selbst, daß Frau Kahn geschrien hat. Jemand, der im Haus war, muß doch etwas gehört haben."

„Das Zimmer meiner Schwester liegt im ersten Stock auf der anderen Hausseite. Außerdem hat meine Schwester einen festen Schlaf."

„Trotzdem, Herr Glogauer. Sie haben gesagt, daß Frau Kahn sehr laut geschrien hat. Ich kann mir einfach nicht vorstellen, daß jemand, der im Haus wohnt ..."

„Meine Schwester hat fest geschlafen."

„... meinetwegen schläft, davon nichts mitbekommen hat."

„Frau Kahn hat nicht lange geschrien. Damit niemand etwas hört, habe ich ihr ja den Mund zugehalten."

„Nun gut, lassen wir das vorerst", beendet Bechler dieses Thema. „Kommen wir zu der Beseitigung der Leiche von Frau Kahn."

„Es war schrecklich! Da saß Birgit vor mir und rührte sich nicht mehr. Irgendwann begriff ich, daß sie nicht mehr ... daß sie tot war. Zuerst war ich in Panik. Dann versuchte ich mich zur Ruhe zu zwingen. Sollte ich mich stellen? Was wäre die Folge? Mein Leben wäre verpfuscht. Und Birgit würde es auch nicht mehr lebendig machen. Ich entschloß mich, nicht zur Polizei zu gehen. Das bedeutete, daß ich Birgit von hier wegbringen mußte. Ich zog Birgit aus und ..."

„Warum taten Sie das? Warum zogen Sie Frau Kahn die Kleider aus?"
„Das war ein spontaner Einfall. Ich kann Ihnen nicht sagen, was ich mir dabei gedacht habe. Das hintere Ende des Flurs hat eine Verbindung mit der Garage. Ich konnte also Birgit, ohne daß irgendjemand mich dabei beobachtete, vom Haus direkt in mein Auto bringen. Ich legte Birgit in den Kofferraum meines Autos."
„Nackt? Sie legten sie nackt in Ihren Kofferraum? Sie wickelten Sie nicht in irgendwas ein?"
„Nein."
„Wohin brachten Sie Frau Kahns Leiche dann?"
„Dahin, wo sie gefunden worden ist. An einen kleinen Teich in Seckbach."
„Fuhren Sie sie direkt dorthin? Hatten Sie sich das vor Ihrer Abfahrt schon überlegt? Oder entschieden Sie sich erst während der Fahrt?"
„Für die Richtung hatte ich mich schon vor der Abfahrt entschieden. Auch spontan. Mir kam die Gegend plötzlich in den Sinn. Ich bin ein paar Tage zuvor dort vorbeigekommen. Ich wußte, daß dort Schrebergärten sind und niemand in unmittelbarer Nähe wohnt."
„Sie hatten keinen anderen Grund? Vielleicht den, daß Sie sich erinnerten, daß dort vor drei Jahren schon einmal eine Leiche gefunden worden ist? Auch nackt. Der Täter von damals lief noch frei herum. Da könnte man doch die Polizei auf eine falsche Fährte locken, ihr suggerieren, daß derselbe Täter wieder zugeschlagen hat."
„Nein, das wußte ich nicht. Ich habe Ihnen gesagt, wie es dazu gekommen ist."
„Und was haben Sie mit den Kleidern gemacht?"
„Die habe ich auf verschiedene Müllcontainer in Bornheim verteilt. Die sollten am nächsten Tag geleert werden."
„Woher wußten Sie denn das?"
„Sie standen leerbereit auf den Bürgersteigen."

„Und nachdem Sie das alles erledigt hatten, fuhren Sie wieder nach Hause, legten sich ins Bett und schliefen?“ kann sich Kurt nicht verkneifen einzuwerfen. Er hattte sich die ganze Zeit zurückhalten müssen nichts zu sagen, als Glogauer die Gründe dargelegt hat, warum er sich entschloß, sich nicht zu stellen. An sich hat er da gedacht, nicht an seine Opfer. Dieser widerliche Pfaffe kotzt ihn an. Diese Bemerkung mußte er im Interesse seines seelischen Gleichgewichts loswerden. Dafür nimmt er gern einen Zurechtweisung seines Herrn und Meister Malte in Kauf.
„Nein. Nein.“ Glogauer will eine solche Wertung seines Verhaltens nicht auf sich sitzen lassen. „So dürfen Sie nicht über mich denken. Ich wollte, ich könnte das Ganze ungeschehen machen.“
„Möchten Sie Ihrer Aussage noch etwas hinzufügen?“ fragt Bechler.
„Nein.“
„Sie sind dann vorläufig festgenommen. Aller Wahrscheinlichkeit nach wird morgen der Staatsanwalt Haftbefehl gegen Sie wegen Totschlags oder wegen Mordes beantragen. In diesem Fall werden Sie dem Haftrichter vorgeführt, und der entscheidet dann über die Verhängung der Untersuchungshaft.“
„Kann ich jetzt meine Schwester benachrichtigen?“
„Ja.“
Bechler stellt einen Telefonapparat vor Glogauer.
„Bitte, sagen Sie Ihrer Schwester, sie soll Wäsche und Hygieneartikel für Sie zurechtlegen.“
Glogauer nimmt den Hörer ab, wählt aber nicht.
„Bitte, Herr Glogauer. Rufen Sie an!“
„Ich möchte ... alleine mit meiner Schwester ...“
„Nein. Das geht leider nicht. Sie müssen schon in unserem Beisein mit ihr sprechen.“
Glogauer zögert noch ein wenig, nimmt dann aber den Hörer wieder ab und wählt. Fünfzehn- oder sogar zwanzigmal läßt er es durchläuten. Niemand hebt ab.

„Probieren Sie es noch einmal!“ fordert ihn Bechler auf. „Haben Sie eigentlich Ihrer Schwester gesagt, wo Sie hingegangen sind?“
„Nein. Nein. Sie weiß von nichts“, antwortet Glogauer hastig. „Sie weiß auch nicht, daß ich Birgit hier wieder getroffen habe.“
„Sie sagten, Ihre Schwester habe einen festen Schlaf. Bei sich im Zimmer hat sie kein Telefon?“
„Nein.“
„Dann wird sie es bei ihrem festen Schlaf auch nicht hören. Da ist es wohl das beste, wenn wir einen Beamten zu ihr schicken.“
„Aber ich möchte mit. Bitte!“
„Das geht leider nicht, Herr Glogauer. Außerdem ist es doch auch gar nicht nötig. Der Beamte wird Ihrer Schwester sagen, wo Sie sind und sich die nötigen Sachen geben lassen.“
„Bitte, verstehen Sie doch! Meine Schwester weiß von nichts. Wenn plötzlich mitten in der Nacht jemand von der Polizei vor ihr steht und ihr sagt, daß ich ... Bitte, lassen Sie mich mitgehen!“
Als Glogauer merkt, daß Bechler nicht auf seinen Wunsch eingeht, unternimmt er einen erneuten telefonischen Anlauf. Wieder vergeblich.

Der Sprecher im Radio sagt gerade, daß es genau ein Uhr und dreißig Minuten ist. Bechler steigt aus seinem Auto. Fünf Stunden Schlaf würde er sich noch gönnen. Hanna ist bestimmt sauer auf ihn. Sie wollten am gestrigen Abend zusammen essen gehen. Beim Griechen war schon ein Tisch bestellt. Und dann hat ihnen dieser Glogauer einen Strich durch die Rechnung gemacht. Hanna weiß natürlich, daß so etwas immer dazwischenkommen kann. Sie hat nun mal keinen Finanzbeamten geheiratet. Vor ein paar Jahren hat sie es auch meistens noch stillschweigend hingenommen. Aber in letzter Zeit reagiert sie häufiger abweisend, wenn durch unvorhergesehene Einsätze ihre Planungen über den Haufen geworfen werden. Er hat dann das Gefühl, als mache sie ihn dafür verantwortlich und nehme es ihm persönlich übel.

Bechler gibt sich Mühe, in der Wohnung ganz leise zu sein. Wenigstens will er sie nicht wecken. Im Bad macht er Katzenwäsche. Als er schließlich behutsam die Schlafzimmertür öffnet, wundert er sich, daß noch das Licht von Hannas Nachttischlampe brennt. Ist sie beim Lesen eingeschlafen?
„Reichlich früh", empfängt Hanna ihn.
„Entschuldige bitte, aber ..."
„Schon gut, leg dich hin, damit ich das Licht ausmachen kann."
Aus ihrer Stimme hört er erstaunlicherweise weder einen unwirschen noch einen ironischen Unterton heraus. Das verschlägt ihm erst mal die Sprache.
„Stelle den Wecker auf halb acht. Das reicht. Ich habe morgen, das heißt heute, erst zur dritten Stunde Unterricht, und das Polizeiwesen wird auch nicht gleich zusammenbrechen, wenn du ein wenig später kommst."
„Du bist mir nicht böse, daß wir nicht zum Griechen konnten?" fragt Malte erstaunt, nachdem er seine Sprache wiedergefunden hat. Hanna knipst die Nachttischlampe aus.
„Wir nicht, aber ich schon."
„Heißt das, du warst ?"
„Genau das heißt es. Ich war alleine dort. Ich habe mir gedacht, wenn du nicht kannst, heißt das noch lange nicht, daß ich auch darauf verzichten muß. Was dagegen?"
„Nein. Nein. Du machst mir keine Vorwürfe?"
„Das wundert dich?"
„Naja ... schon, weil du doch sonst immer ..."
„Ich habe mich entschlossen, mich in Zukunft nicht mehr zu ärgern, wenn wieder mal was ins Wasser fällt, weil du unabkömmlich bist. Eigentlich sollte ich mich wirklich daran gewöhnt haben. Da muß ich dir recht geben. Ich werde jetzt nur nicht immer brav zu Hause sitzen und warten, bis du endlich nach Hause kommst."
Malte weiß nicht recht, wie er Hannas Äußerungen einschätzen soll. Im Moment verspürt er auch keine Lust dazu, sich darüber den Kopf zu zerbrechen. Obwohl er müde ist, mutmaßt er, daß

ihn die Vorkommnisse der letzten Stunden nicht zur Ruhe kommen lassen werden. Zu frisch sind noch die Eindrücke. Er ist nicht so abgebrüht und gefühllos, wie Außenstehende ihn und seinesgleichen häufig einschätzen. Bei einem Fall wie diesem kann er nicht einfach abschalten. Eine junge Frau ist ermordet worden. Ein Unschuldiger hat den Druck des Tatverdachts nicht ausgehalten, hat sich selbst das Leben genommen. Und dann heute die Klärung. Ein Pfarrer, der über Jahre hinweg Mädchen sexuell mißbraucht hat, trifft nach mehr als einem Jahrzehnt mit einem seiner Opfer zusammen und ermordet es. Wenn dieses Lehrerpaar nicht auf eigene Faust so unbeirrt ermittelt hätte, wäre der wirkliche Täter vielleicht, nein mit großer Wahrscheinlichkeit, nie gefunden worden. Er macht sich Vorwürfe. Warum ist *er* nicht auf die Spur dieses Pfarrers gekommen? Er hatte doch Zweifel an Haflers Täterschaft. Er hätte mehr Zivilcourage zeigen und gegen den Widerstand von Pregnitz und Hörstein energischer darauf bestehen müssen, die Ermittlungen nicht so einseitig gegen Hafler auszurichten. Er hätte sich auf keinen Fall damit zufriedengeben dürfen, den beiden seine Skepsis mitzuteilen. Er hat sich gefügt und sich damit mitschuldig gemacht. Mitschuldig am Tod eines Menschen, dessen unglückliche Verstrickung in diese Sache ihm zum Verhängnis geworden ist. Er hätte ...
„Malte, was ist? Warum sagst du nichts? Habe ich dich gekränkt?"
„Was hast du? Nein ..." Malte benötigt ein wenig Zeit, um den Sinn der Worte seiner Frau zu verstehen. „Nein, Hanna. Es ist nur, weil ich daran gedacht habe, daß Hafler noch leben könnte. Er ist nämlich tatsächlich unschuldig, und wenn ich ..."
„Du brauchst dir doch nichts vorzuwerfen. Du hast Hörstein gesagt, daß du von Haflers Schuld nicht vollends überzeugt bist."
„Ich hätte mich nicht kleinkriegen lassen dürfen."
„Du hast aber auch selbst gesagt, daß sehr viel gegen Hafler spricht. Und der Richter hat ihn für hinreichend tatverdächtig

– so heißt es doch bei euch wohl – gehalten und Haftbefehl erlassen."
„Ja, stimmt alles. Aber trotzdem."
Hanna möchte ihm eigentlich sagen, daß ihr gefällt, daß er sich seine Sensibilität auch nach so vielen Jahren bei der Kripo noch bewahrt hat. Daß er es noch nicht verlernt hat, Skrupel zu entwickeln. Daß er den Mut hat, Fehler einzugestehen. Daß sie ihn unter anderem gerade deswegen liebt, weil er kein tumber Bulle ist. Sie nimmt sich vor, ihm dies in Zukunft wieder öfter zu zeigen und sich ironische Sticheleien zu verkneifen.
„Versuche, ein wenig zu schlafen, Malte! Versuche abzuschalten, auch wenn es dir schwerfällt. Harrem braucht dich morgen ausgeruht."

XLIII

Kurz vor acht erscheint Bechler zum Dienst. Alles andere als topfit, aber es hat ihn nicht mehr länger im Bett gehalten. Er hat lange nicht einschlafen können. Das letzte Mal hat er um halb vier auf den Wecker gesehen. Danach muß er wohl eingeschlafen sein. Um Viertel vor sieben ist er dann nach unruhigem Schlaf aufgestanden. Obwohl er sich Mühe gegeben hat leise zu sein, ist Hanna doch wach geworden. Sie wollte auch aufstehen und ihm das Frühstück machen. Aber er bestand darauf, daß sie noch im Bett blieb. Er würde in der Kantine Kaffee trinken und belegte Brötchen essen. Auf seinem Schreibtisch findet er einen Zettel:

„Glogauers Schwester öffnete nicht. Habe mehrmals lange geschellt. Gruß Mertier."

Dann wird er es jetzt gleich noch einmal telefonisch versuchen. Um diese Zeit wird Glogauers Schwester ja wohl wach sein und das Klingeln hören. Oder soll er erst schnell zu Hörstein gehen und ihn über den neuesten Stand informieren? Er kann sich dessen Gesicht lebhaft vorstellen.

„Uns bleibt aber auch nichts erspart. Konnte dieser Hafler nicht ein bißchen länger mit seinem Selbstmord warten. Jetzt wäre er frei, und ich hätte die Presse nicht auf dem Hals. Was glauben Sie, was die wieder alles schreiben werden. Kübelweise Dreck werden die über uns ausschütten. Polizei treibt Unschuldigen in den Tod."

Und in dieser Tonlage würde er weiterjammern. Wenn er es zu toll trieb, würde er ihn daran erinnern, daß er sich das alles hätte ersparen können. Er hätte nur ein wenig mehr auf seine Einwände hören und sich nicht so sehr mit Pregnitz auf Hafler als Täter versteifen sollen.

Die Tür geht auf. Kurt kommt herein.

„Hast du den Zettel auf deinem Schreibtisch ...?"

„Ja, habe ich."

„Ich habe eben gerade am Telefon versucht, seine Schwester zu erreichen. Es meldet sich niemand. Ist doch komisch, was?"
„Hör zu, Kurt! Laß dir von Glogauer den Schlüssel geben und fahr selbst zum Pfarrhaus. Nimm dir am besten jemanden mit! Sag mir sofort Bescheid, wenn du etwas weißt! Ich gehe jetzt gleich zu Hörstein. Falls ich ... Das heißt, Hörstein soll warten. Erst frühstücke ich mal in der Kantine. Du erreichst mich also entweder in der Kantine, bei Hörstein oder, wenn es bei dir länger dauert, bin ich schon wieder zurück in meinem Zimmer."

„Sie hier, Herr Kollege?"
Hörstein! Malte stellt seine Tasse ab. Noch nicht mal in Ruhe Kaffee trinken und Brötchen essen kann man.
„Darf ich Platz nehmen?"
Noch ehe Bechler antworten kann, zieht Hörstein einen Stuhl heraus und setzt sich.
„Was habe ich da eben gerade gehört? Sie haben einen Pfarrer verhaftet?"
„Vorläufig festgenommen."
„Lassen Sie die Wortklauberei! Was ist mit dem Pfarrer?"
Malte beißt von seinem Brötchen ab.
„Herr Kollege, bitte!" drängt Hörstein ungeduldig, weil Bechler mit dem Sprechen wartet, bis er den Bissen fertiggekaut und hinuntergeschluckt hat.
„Der Pfarrer hat die Tötung von Frau Kahn gestanden."
Diese Information hat Hörstein für einige Augenblicke sprachlos gemacht. Und das will bei einem Mann, dem so schnell nichts die Sprache verschlägt, etwas heißen.
„Und ... und warum erfahre ich das erst jetzt? Mein Gott, Bechler, das ist ja ..."
Weil Hörstein statt weiterzusprechen nur den Kopf schüttelt, fragt Malte nach: „Was ist das, Herr Kriminalrat?"
„Das ist ja schrecklich! Was haben Sie da nur ... Haben Sie schon daran gedacht, was für Folgen ... Die Presse, Bechler, die

Presse. Sie wird sich auf uns stürzen. Schrecklich! Nein, Bechler, in welche Lage ..."
Kopfschütteln begleitet dieses Gestammel. Der Schock sitzt tief. Wenn Hörstein einmal nicht in ganzen, wohlgeordneten Sätzen spricht, muß schon etwas arg Schockierendes passiert sein.
„Ich wollte anschließend zu Ihnen und Sie informieren. Herr Harrem ist gerade unterwegs zu Glogauers Schwester, weil die ... Ach so, Sie können das ja noch nicht wissen. Glogauer ist der Name des Pfarrers. Also, Herr Harrem ist unterwegs zum Pfarrhaus, weil Glogauers Schwester, die ihm den Haushalt versorgt, weder heute nacht noch heute morgen telefonisch zu erreichen war."
„Gut, gut. Jetzt erzählen Sie mir doch erst mal, wie Sie an diesen Pfarrer Glomann ..."
„Glogauer, Herr Kriminalrat."
„Meinetwegen. Wie sind Sie an diesen Pfarrer Glogauer gekommen? Und er hat gestanden, Frau Kahn getötet zu haben? Dabei waren wir uns so sicher, mit Hafler den Täter gefaßt zu haben."
„Sie und Herr Pregnitz waren sich sicher. Sie wissen, daß ich Bedenken ..."
„Ja, ja", winkt Hörstein ab, „aber die Beweise waren erdrückend. Das mußten auch Sie eingestehen. Warum hat er sich dann umgebracht, wenn er doch unschuldig ist?"
„Ich weiß nicht", Bechler zuckt mit den Achseln. „Vielleicht hat er den Druck nicht ausgehalten."
„Und Sie sind sich sicher, daß dieser Pfarrer wirklich der Täter ist?"
„Er hat gestanden. Er hat sich freiwillig gestellt und den Tathergang geschildert. Alles stimmt mit unseren Ermittlungsergebnissen überein. Und warum sollte er sich zu einer Tat bekennen, mit der er nichts zu tun hat?"
„Warum hat er Frau Kahn getötet?"
„Er hat sie vor über einem Jahrzehnt sexuell mißbraucht, und Frau Kahn hat ihm jetzt, als sie sich zufällig an der Schule, an der Frau Kahn Referendarin war, wiedertrafen, mit einer An-

zeige gedroht. Im Pfarrhaus hat er sie erwürgt, dann nach Seckbach gefahren und ihre Kleider in Müllcontainern in Bornheim entsorgt."
„Ein katholischer Pfarrer?"
Bechler nickt.
„Staatsanwalt Pregnitz weiß noch nichts?"
„Von mir noch nicht", antwortet Malte.
„Dann werde ich gleich ..."
„Herr Bechler, Telefon für Sie! Herr Harrem."
Malte schaut nach vorne und sieht die Kantinenwirtin, Frau Hrubasch, den Telefonhörer hochhalten.
„Ja, ich komme!" ruft er. „Einen Augenblick, Herr Kriminalrat."
Es dauert keine Minute, bis er wieder zurück ist.
„Das gibt's nicht! Auch das noch!" murmelt Malte kopfschüttelnd vor sich hin.
„Was ist denn?" will Hörstein wissen.
„Nein, nein", sagt Bechler unter weiterem ständigen Kopfschütteln, „das gibt's nicht!"
„Reden Sie endlich, Bechler! Was gibt es nicht? Was ist jetzt schon wieder?'
„Glogauers Schwester ist tot. Sie hat einen Abschiedsbrief hinterlassen. Ich muß sofort hin."
„Aber Herr Bechler", ruft ihm Hörstein hinterher, „warten Sie!"
Doch Malte dreht sich nur kurz um, sagt: „Wenn ich Genaueres weiß, rufe ich Sie an", und läßt sich nicht weiter aufhalten.

„Hier ist der Abschiedsbrief." Kurt weist Malte auf einen DIN-A-5 großen Zettel hin, der auf dem Couchtisch neben einem leeren Glas steht. „In dem Glas war wahrscheinlich die Flüssigkeit, in der sie die Tabletten aufgelöst hat. Dr. Fennewald ist schon verständigt."
„Auch die Erkennungsdienstler?"
„Die natürlich auch", antwortet Kurt leicht säuerlich.
„Entschuldige meine Frage. Ich dachte nur, weil sie noch nicht da sind."

„Aber du kennst sie doch. Die denken, die Toten können ihnen nicht mehr davonlaufen."
In einem Sessel vor dem Couchtisch, in Reichweite des Glases und des Zettels, sitzt eine recht korpulente Frau Mitte fünfzig. Ihre Hände liegen gefaltet auf ihrem Schoß.
Malte geht neben der Toten in die Knie und liest die handschriftlichen Zeilen.

„Lieber Frieder,
ich bitte Dich um Verzeihung, aber ich habe keinen anderen Ausweg mehr gesehen. Ich will nicht, daß Du für etwas büßt, was Du nicht getan hast.
Sei mir nicht böse und behalte mich in guter Erinnerung!
Deine Dich immer liebende Schwester Gertrud."

Bechler kann seinen Blick lange nicht von den Zeilen trennen, viel länger als man braucht, um sie zu lesen. Als er sich unter leichtem Ächzen wieder gestreckt hat, schaut er Kurt zweifelnd an. „Hat sie vielleicht nur die Schuld für ihren Bruder auf sich genommen, damit er weiter Pfarrer bleiben kann?"
„Aber das kann er sowieso nicht mehr. Jetzt kommen die ganzen Schweinereien ans Licht. Da läßt ihn die Kirche fallen wie eine heiße Kartoffel, auch wenn sie ihn bis jetzt gedeckt hat."
„Vielleicht hat seine Schwester geglaubt, daß Glogauer weitermachen kann, wenn sie nur den Mord auf sich nimmt?"
„Glaube ich nicht, Malte. So naiv kann ein Mensch gar nicht sein."
„Warten wir mal ab, was unser Pfarrer dazu sagt."

Um Viertel vor zehn ist Malte schon wieder im Polizeipräsidium zurück. Er fährt sofort in den dritten Stock.
„Herr Bechler, schön Sie wiederzusehen", begrüßt ihn Frau Sarkowski, Hörsteins Sekretärin, „leider läßt uns der Herr Kriminalrat keine Zeit für ein Schwätzchen. Er sitzt schon wie auf glühenden Kohlen. Ich soll Sie gleich ..."
Die Tür zu Hörsteins Zimmer wird aufgerissen.
„Na endlich, Herr Bechler, kommen Sie rein! Erzählen Sie!"

„Frau Sarkowski, bitte zwei Kaffee! Sie trinken doch einen mit?"
„Gern", sagt Malte.
„Der Kaffee kommt sofort", ruft Frau Sarkowski den beiden hinterher.
Noch auf dem Weg zu seinem Schreibtisch bedrängt Hörstein Bechler. „Was ist los? Neue Lage?"
Malte setzt sich erst, ehe er antwortet. „Das kann man wohl sagen."
„Ja und, was ist passiert? Spannen Sie mich nicht auf die Folter!" Hörstein hat nicht Platz genommen, sondern läuft nervös neben Malte auf und ab.
„Es sieht so aus, als ob Glogauer Frau Kahn doch nicht ermordet hat."
„Was sagen Sie da!" ruft Hörstein entsetzt aus. „Aber ich denke, Sie haben ein Geständnis von ihm."
„Haben wir auch. Es sieht so aus, als ob er seine Schwester aus der Sache heraushalten wollte und für sie die Schuld auf sich genommen hat. Seine Schwester hat sich selbst getötet. Wahrscheinlich mit Schlaftabletten. Sie hat einen Abschiedsbrief hinterlassen, und in dem schreibt sie, daß sie nicht will, daß ihr Bruder für etwas büßt, was er nicht getan hat."
Während der letzten Worte Bechlers hebt Hörstein seinen rechten Arm und winkt in Richtung Tür.
„Stellen Sie den Kaffee bitte hin! Danke, Frau Sarkowski!"
„Milch und Zucker?" fragt die Sekretärin Bechler.
Für den Gefragten antwortet Hörstein: „Lassen Sie nur! Wir machen das selbst. Danke!" Und zu Bechler gewandt sagt er: „Aber Sie haben doch gesagt, daß Glogauer genau geschildert hat, wie er Frau Kahn getötet hat."
„Stimmt."
„Und er hat Ihnen doch auch erzählt, wohin er die Leiche gebracht hat. Das will alles seine Schwester alleine gemacht haben?" Bechler schüttet etwas Milch in seinen Kaffee und trinkt einen Schluck.

„Was genau passiert ist, müssen wir natürlich noch abklären. Ich weiß im Moment auch nicht mehr, als daß es dieses neue Geständnis gibt. Wenn seine Schwester Frau Kahn wirklich umgebracht hat, muß das ja noch lange nicht heißen, daß Glogauer nichts damit zu tun hat."
„Kann eine Frau eine Erwachsene erwürgen? Dazu gehört doch eine Menge Kraft."
„Jede Frau wohl nicht, aber bei Glogauers Schwester ist das nach meinem Dafürhalten möglich. Sie ist recht kräftig gebaut, Frau Kahn dagegen würde ich, verglichen mit ihr, eher zierlich nennen."
„Lassen Sie Glogauer ..."
Telefonläuten unterbricht Hörstein. Er geht hinter seinen Schreibtisch, setzt sich hin und nimmt den Hörer ab.
„Hörstein. Grüße Sie, Herr Pregnitz! Ja, es ist eine völlig andere Situation eingetreten. Herr Bechler wird Sie informieren ... Können Sie in einer halben Stunde bei uns sein? Gut!
Herr Bechler erwartet Sie dann in seinem Zimmer. Sie wissen, wo Herrn Bechlers Zimmer ... Ja, wir lassen Herrn Glogauer vorführen. Auf Wiedersehen!"
Hörstein legt den Hörer auf.
„Sie haben gehört, Herr Bechler! Staatsanwalt Pregnitz macht sich gleich auf den Weg. Wegen der Vorführung von Glogauer können Sie von meinem Apparat aus anrufen."
Malte wundert sich, daß Hörstein nicht mit von der Partie sein will, wenn Glogauer vernommen wird. Er veranlaßt Glogauers Vorführung, trinkt den Rest seines Kaffees aus und verabschiedet sich von Hörstein.
„Leider kann ich nicht dabei sein. In einer halben Stunde habe ich einen Termin beim Präsidenten. Aber Sie und Staatsanwalt Pregnitz machen das schon."

Pregnitz ist eher bei Bechler als Glogauer.
„Was meinte da vorhin Herr Hörstein, als er von einer anderen Situation im Fall Kahn sprach? Sogar von einer völlig anderen

Situation, wenn ich das richtig in Erinnerung habe. Herr Glogauer hat sich doch heute nacht erst gestellt und ein Geständnis abgelegt. Bin ich da richtig im Bild?"
Bechler berichtet Pregnitz kurz über die „völlig andere Situation."
Es klopft. Nach der Aufforderung „Ja, bitte!" wird die Tür geöffnet, und ein Beamter mit Glogauer im Handschellen-Schlepptau will eintreten.
„Bleiben Sie bitte noch einen Augenblick draußen! Ich sage Ihnen gleich Bescheid, wenn Sie reinkommen können", sagt Malte.
„Wie glaubhaft ist diese Selbstbeschuldigung?" will Pregnitz wissen, als die Tür wieder geschlossen ist.
„Das Gleiche hat mich auch Kriminalrat Hörstein gefragt. Ich weiß es nicht. Warten wir doch einfach erst einmal ab, was Glogauer dazu sagt."
„Guter Vorschlag, Herr Bechler."
Der Gelobte wundert sich. Malte erinnert sich nicht, aus dem Munde von Pregnitz je etwas derart Positives über sich gehört zu haben. Vielleicht soll das Ausdruck seiner Anerkennung darüber sein, daß Malte ihm nicht vorgehalten hat, wie sehr er auf Hafler als Täter fixiert war und sich davon auch nicht durch Maltes Zweifel hat abbringen lassen.
Und Bechler sollte sich weiter wundern:
„Führen Sie die Befragung allein durch. Ich werde mich zurückziehen und mit der Rolle des Zuhörers bescheiden."
Malte geht zur Tür und bittet den Beamten und Glogauer herein. Er läßt die Handschellen aufschließen und bietet Glogauer den Stuhl vor seinem Schreibtisch an.
„Haben Sie meine Schwester mittlerweile erreicht?"
„Sie haben uns heute nacht nicht die Wahrheit gesagt."
Bechler schaut seinem Gegenüber ins Gesicht. Wie wird er auf diese Mitteilung reagieren? Wenn es stimmt, daß nicht er, sondern seine Schwester Frau Kahn auf dem Gewissen hat, dann weiß Glogauer jetzt, daß auch die Polizei informiert ist.

„Woher wollen Sie das wissen?"
Ach so denkst du dir das! Innerlich muß Malte schmunzeln, äußerlich ist ihm nichts anzumerken. Pokerface. Glaubst du, du kannst mich aus der Reserve locken?
„Haben Sie uns denn die Wahrheit gesagt?"
Malte glaubt eine Unsicherheit aus Glogauers Miene herauslesen zu können. Es vergehen einige Sekunden, in denen Glogauers graue Zellen krampfhaft auf der Suche nach der richtigen Antwort sind.
„Warum zweifeln Sie daran?"
Hartnäckiger Bursche! Gibst dich wohl nicht so schnell geschlagen!
„Antworten Sie doch einfach mit einem klaren Ja oder Nein auf eine einfache Frage. Noch mal: Haben Sie uns die Wahrheit gesagt? Oder möchten Sie sich vielleicht vorher mit einem Anwalt beraten?"
„Nein."
„Auf welche Frage war das jetzt die Antwort? Wahrheit gesagt oder Anwalt sprechen?"
„Ich brauche keinen Anwalt, weil ich die Wahrheit gesagt habe. Wenn meine Schwester Ihnen etwas anderes erzählt hat, dann will sie mich nur schützen. Ich war es. Gertrud, meine Schwester, hat nichts damit zu tun."
„Wieso kommen Sie darauf, daß uns Ihre Schwester etwas anderes erzählt haben könnte?"
„Wie ich schon sagte. Vielleicht, weil sie mich schützen will."
„Ich frage mich, wie Ihre Schwester Sie schützen kann? Sie hat doch gar nichts von Frau Kahns Tötung mitbekommen. Wie sollte sie uns dann glaubhaft machen können, daß sie die Täterin ist. Sie weiß dann ja noch nicht einmal, wie Sie sie getötet und an die Fundstelle gebracht haben. Oder haben Sie ihr das vielleicht gebeichtet?"
„Nein, habe ich nicht."
„Wie soll sie uns also ihre Täterschaft glaubhaft machen?"

„Sie werden schon noch feststellen, daß sie es nicht gewesen sein kann."
„Leider werden wir das nicht mehr können."
„Wie? Warum werden Sie das nicht mehr können? Wissen Sie es vielleicht schon, weil Sie sie bereits befragt haben?"
„Ich habe nicht gesagt, daß wir sie nicht mehr zu befragen brauchen. Wir *können* sie nicht mehr befragen. Und im übrigen: Wenn Ihre Schwester es nicht war und Sie ihr auch nichts gesagt haben, und wenn wir sie schon befragt hätten, wüßten wir doch schon, daß sie es nicht gewesen sein kann."
„Was sollen diese Spielchen mit 'brauchen' und 'können'! Entweder Sie sagen mir jetzt klipp und klar, warum Sie meine Schwester nicht mehr befragen können, oder ich sage nichts mehr."
„Es tut mir leid, Herr Glogauer! Ihre Schwester ist tot. Wir haben sie heute morgen gefunden. Sie hat einen Abschiedsbrief hinterlassen. In dem bittet sie Sie um Verzeihung, aber sie habe keinen anderen Ausweg gesehen. Und weiter heißt es wörtlich: 'Ich will nicht, daß du für etwas büßt, was du nicht getan hast.' Ich verstehe diesen Satz so, daß Ihre Schwester zugibt, Frau Kahn getötet zu haben."
Weil Glogauer darauf nichts sagt, schiebt Bechler die Frage nach: „Oder haben Sie einen anderen Interpretationsvorschlag?"
Glogauer hebt den Kopf. Seine Augen sind starr an Bechler vorbei auf die Wand hinter ihm gerichtet.
„Gertrud ist tot? Sie sagen, sie ist tot?" Glogauer senkt jetzt wieder den Blick. „Warum Gertrud? Warum? Ich hätte doch nie ... Warum hast du das getan, Gertrud?"
„Stimmt es, daß Ihre Schwester Frau Kahn getötet hat? Hat sie es für Sie getan? Haben Sie deswegen die Schuld auf sich genommen? Herr Glogauer, sagen Sie uns, wie es wirklich war!"
Das Telefon klingelt. Malte hebt ab.
„Bechler. Ach du, Kurt! Keine äußere Gewalteinwirkung erkennbar ... Ja gut, melde dich in fünfzehn oder zwanzig Minuten noch mal! Tschüß!"

Nachdem er den Hörer aufgelegt hat, wendet sich Bechler wieder an den Pfarrer.
„Herr Glogauer, machen Sie reinen Tisch! Erzählen Sie uns die Wahrheit! Wie ist Frau Kahn zu Tode gekommen?"
„Jetzt, wo Gertrud tot ist, ist sowieso alles egal. Sagen Sie mir nur noch, wie meine Schwester es gemacht ... wie sie sich umgebracht hat!" „Sehr wahrscheinlich mit Tabletten. Vor ihr auf dem Tisch stand ein leeres Glas. Der Arzt hat äußerlich keine Gewalteinwirkung festgestellt. Wenn Sie jetzt bitte ..."
„Von dem, was ich Ihnen bisher erzählt habe, ist alles richtig bis zu dem Zeitpunkt, als ich mit Birgit ins Pfarrhaus gekommen bin. Meine Schwester wußte von meinem Vorhaben, zu Birgit zu fahren und auf alle Fälle auf einer Aussprache zu bestehen. Ich ging mit Birgit ins Arbeitszimmer. Kaum hatten wir gesessen, da kam Gertrud herein. Sie überfiel Birgit sofort mit Vorwürfen, was sie davon hätte, wenn sie mich anzeigen würde. Mir war das nicht recht, weil ich natürlich befürchtete, daß Birgit sich so nicht von einer Anzeige abbringen lassen würde. Birgit stand auch tatsächlich auf und wollte gehen. Nur mit Mühe gelang es mir, sie ein bißchen zu beruhigen und zu erreichen, daß sie sich wieder hinsetzte. Auch Gertrud war nun wieder etwas ruhiger geworden, zumindest hatte ich diesen Eindruck. Ich ermahnte sie, Birgit nicht mehr anzuschreien. Sie setzte sich schließlich auch hin und beteiligte sich von da an nur noch als Zuhörerin an dem Gespräch zwischen Birgit und mir. Ich redete ein paar Minuten mit Birgit ..."
„Sie versuchten weiterhin, Frau Kahn von einer Anzeige abzubringen? Wie reagierte Frau Kahn jetzt darauf? Hatten Sie das Gefühl, Ihre Argumente könnten bei Frau Kahn etwas in Ihrem Sinne bewirken? Blieb Ihr Gespräch ruhig oder ...?"
„Ja, es blieb ruhig. ... Allerdings blieb auch Birgit unnachgiebig. Aber die Hoffnung hatte ich trotzdem noch nicht aufgegeben. Es ging schließlich um meine Existenz."
Glogauer spricht nicht weiter. Bechler wartet eine Zeitlang. Doch der Pfarrer bleibt stumm. Fällt es ihm schwer zu erzählen,

wie seine Schwester Frau Kahn erwürgt hat? Vielleicht in seiner Gegenwart und mit seiner stillen Duldung?
„Warum reden Sie nicht weiter? Weil jetzt Ihre Schwester ...?"
„Weil ich da einen Fehler gemacht habe. Einen folgenschweren, unverzeihlichen Fehler. Birgit würde noch leben, wenn ... Gertrud bat mich, sie mit Birgit alleinzulassen. Sie versprach auch, sich nicht mehr so wie vorhin gehen zu lassen. Sie wolle ein Gespräch von Frau zu Frau führen. Da ich eigentlich nichts mehr zu verlieren hatte, war es mir recht. Ich fragte Birgit, ob sie damit einverstanden sei. Sie sagte nichts, zuckte nur mit den Schultern. Daraufhin ging ich aus dem Zimmer."
„Wohin?"
„Rüber in die Kirche."
„Sagten Sie Frau Kahn und Ihrer Schwester, wohin sie gehen wollten?"
„Ja."
„Sagten Sie auch, wie lange Sie wegbleiben wollten?"
„Nein."
„Warum haben Sie nicht im Haus, in der Nähe Ihres Arbeitszimmers gewartet? Sie mußten doch trotz der Zusicherung Ihrer Schwester damit rechnen oder konnten zumindest nicht ausschließen, daß das Gespräch zwischen den beiden erneut eskalieren würde." „Ich weiß es nicht. Ich weiß es wirklich nicht. Aber im nachhinein weiß ich natürlich, daß ich einen sehr großen Fehler gemacht habe. Ich hätte in der Nähe bleiben müssen. Dann wäre ..."
„Wie lange blieben Sie in der Kirche?"
„Zehn Minuten vielleicht."
„Hatten Sie einen besonderen Grund, wieder zurückzugehen? Ich meine, trieb Sie die Angst zurück, daß in Ihrer Abwesenheit eventuell doch nicht alles ohne Zwischenfall verlaufen könnte?"
„Nein." Glogauer schüttelt den Kopf. „Nein. Ich hatte nicht im entferntesten befürchtet, daß etwas so Schlimmes passieren könnte. Wieder Streit, oder daß Birgit weggehen könnte, das ja. Aber doch nicht, daß Gertrud ..."

„Als Sie nun wieder in Ihr Arbeitszimmer zurückkamen, welche Situation haben Sie da vorgefunden? Haben Sie noch irgendwelche Laute gehört, Schreie, Rufen oder etwas ähnliches?"
„Nein, nichts. Es war mucksmäuschenstill, als ich ins Haus kam. Und auch als ich ins Zimmer trat ... nichts, kein Laut. Gertrud stand neben meinem Schreibtisch, mit dem Rücken zur Tür. Zwei Schritte neben ihr saß Birgit im Sessel, ich sah auch sie nur von hinten. Ihre Arme hinten seitlich über die Lehne. Ich dachte nicht im Traum daran ..." Glogauer spricht nicht weiter.
„... daß Frau Kahn tot war", vollendet Glogauer den Satz. „Wollten Sie das sagen?"
Glogauer nickt.
„Sondern? Was dachten Sie?"
Der Pfarrer zuckt mit den Schultern.
„Irgendeinen Eindruck mußten Sie doch haben, als Sie da in der Tür standen."
Glogauer schaut stumm unter sich. Zuckt noch nicht einmal mehr mit den Schultern.
„Aber irgendwie muß es doch weitergegangen sein. Irgend jemand muß doch etwas gesagt haben."
„Nach einigen Sekunden drehte sich Gertrud um und sagte: 'Sie ist tot. Frieder, sie ist tot. Ich war es.' Es dauerte eine Zeitlang, ehe ich den Sinn ihrer Worte erfaßte. Ehe ich kapierte,was da eben gerade passiert ist. Das heißt, so richtig verstanden hatte ich es immer noch nicht. Ich starrte weiter auf meine Schwester und Birgit, von der ich allerdings nur die Arme und den Kopf sah. Ich war wie gelähmt. 'Ich wollte doch nur, daß sie nicht mehr so laut schrie', sagte Gertrud schließlich. 'Frieder, ich wollte doch nicht, daß sie tot ist. Warum hat sie nur so geschrien? Ich habe ihr gesagt, daß sie nicht so schreien soll. Aber sie hat weitergeschrien, immer weitergeschrien. Da habe ich ihr den Mund zugehalten. Ich wollte doch nur, daß sie ruhig ist. Was mache ich jetzt nur?' Gertruds Worte haben langsam meine Erstarrung gelöst. Sie hatte recht, wir mußten uns überlegen, was nun zu tun war."

„Hat Ihnen Ihre Schwester danach genauer erzählt, wie sie Frau Kahn getötet hat? Laut Obduktionsbefund muß sie massive Gewalt angewendet haben. Da war mehr als ein einfaches Mundzudrücken."
„Ich habe mit Gertrud nie mehr darüber gesprochen, was genau in der Zeit meiner Abwesenheit passiert ist. Wozu auch? Was geschehen ist, ist geschehen. Daran war nichts mehr zu ändern. Birgit hätte es auch nicht mehr geholfen."
„Sie haben wirklich nie mehr ...?"
„Nein, wirklich nicht. Gertrud hat von sich aus nicht mehr angefangen, und warum hätte ich das Ganze noch einmal aufwühlen sollen?"
„Gut, lassen wir das vorerst. Wie ging es nun weiter? Wer schlug vor, was mit Frau Kahn zu tun war?"
„Ich. Ich habe gesagt: 'Wir müssen sie wegbringen. Hier kann sie nicht bleiben. Ich fahre sie mit dem Auto weg.' Alles weitere ist dann so abgelaufen, wie ich es Ihnen schon gesagt habe." „Ihre Schwester fuhr also nicht mit?"
„Nein. Sie hat mir nur geholfen, Birgit in mein Auto zu bringen. Weggefahren bin ich allein."
„Warum haben Sie uns zuerst erzählt, Sie hätten Frau Kahn getötet?" Bechler entschließt sich spontan, den nächsten Satz nachzuschieben. Spätestens sein Verteidiger wird ihn sowieso fragen, weshalb er sich freiwillig gestellt und sich einer Tötung bezichtigt hat, die er gar nicht getan hat, zumal die Polizei doch schon einen Täter hatte. „Warum sind Sie aus freien Stücken zu uns gekommen?"
„Ich wollte reinen Tisch machen. Ich wollte nicht länger mit dieser Schuld leben."
„Aber Sie haben Frau Kahn nicht umgebracht. Sie wollten mit einer Lüge reinen Tisch machen?"
„Ich habe meine Schwester hineingezogen. Gertrud hat es für mich getan. Also bin ich auch dafür verantwortlich. Und zu dieser Verantwortung wollte ich stehen."
„Wußte Ihre Schwester, daß Sie sich stellen wollten?"

„Dazu möchte ich nichts sagen. Das tut auch gar nichts zur Sache. Ihnen kann das doch gleich sein."
„Mir kann aber nicht gleich sein, daß ein Unschuldiger sterben mußte, weil Sie beziehungsweise Ihre Schwester sich nicht eher zu dieser Tat bekannt haben. Sie wußten doch, daß ein anderer deswegen in Untersuchungshaft saß. Warum hat da Ihr christliches Gewissen Ihnen nicht befohlen, die Sache aufzuklären und dafür zu sorgen, daß ein Unschuldiger seine Freiheit wiederbekommt?"
„Wenn ich geahnt hätte, daß er sich umbringt. Ich ... Wir hätten bestimmt ..."
Bechler muß sich immer mehr zusammennehmen, um diesem miesen Schwein da vor ihm nicht seine ganze Verachtung ins Gesicht zu schreien. Einerseits hofft er, daß er ihn bald endlich nicht mehr sehen muß; andererseits möchte er ihn hier ruhig noch ein bißchen zappeln lassen.
„Aber er war doch unschuldig in Haft. Hat das nicht gereicht, um an Ihr Verantwortungsbewußtsein, von dem sie uns so viel erzählen, zu appellieren?"
„Ja ... Aus der jetzigen Sicht ... Sie haben natürlich recht. Ich ... wir ... wir dachten, seine Unschuld stellt sich bestimmt bald heraus, und dann würde er freikommen."
Nein, denkt Bechler, ich tue mir das hier nicht noch länger an. Eine letzte Frage, und dann raus mit ihm. Soll Pregnitz entscheiden, was mit Glogauer geschieht. Das heißt, ihm wird nichts anderes übrig beiben als ihn laufenzulassen. Mit welcher Begründung sollte er einen Haftbefehl beantragen?
„Die Version, die Sie uns eben erzählt haben, ist das die richtige? Hat sich die Sache so zugetragen?"
„Ja. Ich versichere Ihnen ..."
„Schon gut, Herr Glogauer." Und zu dem Beamten, der den Pfarrer vorgeführt hat, sagt er: „Bitte, warten Sie mit Herrn Glogauer draußen! Ohne Handschellen. Ich sage Ihnen gleich Bescheid!"

Als Glogauer mit dem Beamten geht, steht Pregnitz auf, kommt nach vorne und setzt sich auf den Stuhl, den der Pfarrer gerade freigemacht hat.
„Dieser Kerl kotzt mich an!"
„Keine Emotionen, Herr Bechler! Der Fall zeigt uns, daß auch Pfarrer Menschen sind", kann sich Pregnitz nicht verkneifen zu sagen.
Malte hätte sich gewundert, wenn „Fliege" anders reagiert hätte.
„Was mir viel mehr Sorgen macht, ist die negative Presse, die wir bekommen werden. Da hat uns Hafler mit seinem überstürzten Selbstmord in eine schöne Lage gebracht. Er hätte ja auch noch ein paar Tage mehr Geduld haben können. Hätte uns und ihm einiges erspart."
Als Pregnitz das Gesicht Bechlers sieht, weiß er, daß er zu weit gegangen ist und versucht Schadensbegrenzung.
„Verstehen Sie mich bitte nicht falsch! Ich bedauere natürlich zutiefst das Schicksal von Hafler. Und ich gebe zu, daß sich Ihre intuitive Skepsis nachträglich als berechtigt herausgestellt hat. Aber die Beweise gegen Hafler. Sie müssen doch zugeben, daß wir ihn bei dieser Beweislage nicht laufenlassen konnten. Wir sind halt nicht unfehlbar. Irrtümer kommen immer wieder vor. Das wissen Sie so gut wie ich. Wir haben nun mal einen Beruf, bei dem sich die Wahrheit manchmal erst ..."
„Wir müssen wohl Glogauer freilassen?" unterbricht Bechler Pregnitz' Monolog. Er hat weder Lust noch Nerven für eine Grundsatzdiskussion.
Die Frage überrascht Pregnitz. Hat ihm kurzzeitig die Sprache verschlagen. Es dauert ein paar Sekunden, ehe er antwortet.
„Ja, müssen wir wohl. Für die Tötung von Frau Kahn kann er nicht belangt werden, und dafür, daß er die Leiche beiseitegeschafft hat, können wir ihn nicht in Haft nehmen lassen. Was den sexuellen Mißbrauch von Frau Kahn und eventuell anderen betrifft, müssen die Ermittlungen ergeben, ob er dafür überhaupt noch belangt werden kann oder ob bereits Verjährung eingetreten ist."

„Das sind so die Momente in meinem Berufsleben, wo ich am liebsten alles hinschmeißen würde.“
„Sie sind doch schon lange genug dabei. Sie erleben so etwas doch nicht zum ersten Mal.“
„Jedes Mal ist ein Mal zuviel.“
„Sie haben ja recht, Herr Bechler. Und daß Sie nicht so abgebrüht sind wie einige Ihrer Kollegen, macht Sie sympathisch.“
Weil Malte ihn ungläubig ansieht, fährt er fort: „Doch, doch, Sie sind mir sympathisch. Auch wenn Ihnen dies bisher entgangen sein sollte.“
„Ist es, Herr Pregnitz, ist es. Es ist Ihnen hervorragend gelungen, dies bis jetzt vor mir geheimzuhalten.“
„Vielleicht liegt es nur daran, daß wir bislang wenig – oder sollte ich besser sagen: gar keine – Gelegenheit hatten, uns näher kennenzulernen. Aber dem ist ja abzuhelfen. Wenn Sie einverstanden sind, machen wir gleich einen Termin aus, an dem wir dies nachholen.“
Jetzt ist es an Malte, sprachlos zu sein. Sollte er sich wirklich in Pregnitz so gründlich getäuscht haben?
„Ich wollte Sie natürlich nicht überfahren. Vielleicht haben Sie gar keinen Nachholbedarf. Aber auch in diesem Fall wäre ich froh, daß Sie wissen, wie sehr ich Sie und Ihre Arbeit schätze.“
„Nein, nein, überfahren nicht. Überrascht haben Sie mich.“ Malte langt sich plötzlich an den Kopf. „Draußen sitzt immer noch Glogauer. Was machen wir mit ihm?“
„Protokoll aufnehmen und ab mit ihm. Nur noch eins, Herr Bechler, bevor wir Glogauer noch mal reinholen. Sie haben des Pfarrers Schwesterlein gesehen. Weil Sie Glogauer die Version mit seiner Schwester abgenommen haben, nehme ich an, sie ist von ihrer Statur her in der Lage, Frau Kahn zu erwürgen.“
Bechler nickt heftig.
„Sie sah kräftig genug aus. Gegen sie hatte Frau Kahn keine Chance.“

Gegen vier Uhr sitzen Malte und Kurt im Café „Schiller" in der Nähe des Polizeipräsidiums. Sie sind hier mit Rechtsanwalt Klephan verabredet. Kurz nach vier wollte er kommen, es könnte aber auch eine Viertelstunde später werden. Er habe vorher noch eine Besprechung mit einem Mandanten.
„Und das soll 'Fliege' gesagt haben?" staunt Kurt. „Du verarschst mich auch wirklich nicht?"
„Kannst mir glauben. Ich sage die Wahrheit und nichts als die Wahrheit."
„Es gibt Sachen, die gibt's gar nicht. Kann sich ein Mensch so verstellen? Oder bin ich so ein schlechter Menschenkenner, daß ich nicht ..."
„Tröste dich, Kurt, wenn schon, dann trifft das für uns beide zu."
„Hast du 'Fliege' erzählt, wie du auf Glogauer gekommen bist?"
„Nein. Ich muß ihm ja nicht gleich alles auf die Nase binden. Während seiner Vernehmung habe ich mit einer Frage riskiert, daß Glogauer damit herausrückt und von Frau Sailaufs Anruf und dem, was danach kam, erzählt. Ich habe ihn gefragt, warum er sich aus freien Stücken gestellt hat. Aber er hat nur was von 'reinen Tisch machen' und von Schuldbewußtsein gefaselt."
„Glaubst du, daß es seine Schwester war?"
„Wir können ihm nicht das Gegenteil beweisen."
„Glaubst du es?"
„Rein vom Gefühl her: Eher ja."
„Also doch nicht hundertprozentig?"
„Warum bringt sich seine Schwester um und beschuldigt sich?"
„Vielleicht hat sie geglaubt, wenn sie die Sache auf sich nimmt, kann er im Amt bleiben."
„Ich kann mir nicht vorstellen, daß jemand so weltfremd ist. Und überhaupt: Ich mache mir deswegen keine großen Gedanken mehr. Beweisen könnten wir ihm das Gegenteil eh nicht mehr. Aus! Erledigt! Was mir allerdings gewaltig gegen den Strich geht, ist, daß dieses Schwein mit seinen Sauereien wahrscheinlich straflos durchgeht."

„Guten Tag, meine Herren!“
In ihrem Gesprächseifer haben Malte und Kurt Klephans Kommen gar nicht bemerkt.
„Darf ich mich setzen?“
„Aber natürlich, Herr Rechtsanwalt.“
Malte zeigt auf eine der beiden freien Stühle. „Bitte!“ Dann stellt er mit einer Handbewegung in Richtung Kurt vor: „Mein Kollege Harrem.“ Und zu Kurt gewandt sagt er: „Herr Rechtsanwalt Klephan.“
Kurt steht auf. Beide geben sich die Hand. Klephan zieht den Stuhl neben Malte heraus und setzt sich.
„Wie ich gehört habe, sind Sie schon beim Thema. Sie könnten recht haben, Herr Bechler. Die früheren Sachen liegen wahrscheinlich schon zu lange zurück. Deswegen wird man Glogauer nicht mehr belangen können. Aber er ist doch zumindest wegen Totschlags dran. Einige Jährchen dürften ihm da doch sicher sein.“
„Eben nicht.“
Klephan schaut Kurt erstaunt an.
„Wieso nicht?“
„Weil er nur die Leiche weggebracht hat.“
Diesmal ist es Malte, der den Rechtsanwalt zum Staunen bringt.
„Jetzt verstehe ich gar nichts mehr. Wenn die Herren vielleicht so freundlich wären, mich aufzuklären.“
Bechler informiert Klephan über den neuesten Stand der Dinge. Der Rechtsanwalt ist als Strafverteidiger einiges gewohnt, aber das, was er da eben erfahren hat, ist schon ein starkes Stück. Und so kann er erst einmal auch nicht mehr sagen als „Das ist ja ein Ding!“.
Doch nachdem Klephan diesen neuen Brocken verdaut hat, ist er schon wieder schnell zu weitergehenden Überlegungen, was die Rolle von Bechler angeht, in der Lage.
„Für Sie, Herr Bechler, könnte die Täterschaft von Glogauers Schwester aber eine positive Seite haben: Vielleicht wird nach deren Quasi-Geständnis der Fall schon bald abgeschlossen und

nicht mehr intensiver nachgehakt, was Glogauer denn dazu veranlaßt hat, sich 'freiwillig' zu stellen."
Klephan bestellt bei der Bedienung ein Kännchen Kaffee. „Auch ein Stück Torte, der Herr?"
„Nein, danke!"
„Wenn Glogauer nichts sagt", nimmt Bechler den Gedankengang des Rechtsanwalts wieder auf.
„Wieso sollte er? Oder hat er schon eine ..."
„Nein, nein." Malte schüttelt den Kopf. „Er hat von Verantwortungsbewußtsein geredet. Stellen Sie sich vor, der nimmt so ein Wort in den Mund. Läßt einen Unschuldigen über die Klinge springen und quatscht von Verantwortungsbewußtsein. Zum Kotzen! Am liebsten würde ich ihm seine selbstgerechte Maske vom Gesicht reißen. Auch wenn ich einen Nachteil hätte. Es würde mich nicht gleich den Kopf kosten."
„Das lohnt nicht, Malte", widerspricht Kurt.
„Ihr Kollege hat recht", stimmt Klephan zu. „Damit wäre niemandem geholfen."
„Schon gut", brummelt Malte vor sich hin. „Ich mach's ja nicht. Obwohl ..."

XLIV

Nach der Schule fährt Horst in seine Wohnung. Barbara hat um drei Uhr einen schon länger vereinbarten Termin bei ihrem Frauenarzt. Später am Nachmittag will Horst Rechtsanwalt Klephan anrufen und anschließend zu Barbara fahren.
Nach einem Nasi Goreng aus der Dose – Horst hat einen kleinen Vorrat davon zu Hause, weil es ganz passabel schmeckt – setzt sich Horst an seinen Schreibtisch und erledigt im Schnelldurchgang die Unterrichtsvorbereitungen der nächsten Tage. Auch das Konzept der Mathematikarbeit für den G-Kurs entwirft er. Er hätte wohl noch ein wenig Zeit gehabt, sie soll erst am Mittwoch nächster Woche geschrieben werden; aber wer weiß, was in den folgenden Tagen noch alles auf ihn zukommt. Was abgehakt ist, kann ihm nicht mehr in die Quere kommen.
Gegen Viertel vor vier ruft er das Krankenhaus an, in dem seine Mutter liegt. Es gelingt ihm mit einer Notlüge – angeblich wartet Frau Dr. Freudel auf seinen Anruf –, bis zu deren Apparat vorzudringen.
„Dr. Wentschke. Ja, bitte?“
„Bär. Bin ich nicht mit dem Apparat von Frau Dr. Freudel verbunden?“
„Doch. Aber Dr. Freudel ist im Moment nicht im Zimmer.“
Scheiße, flucht Horst im geheimen. Wenn ich ihm sage, daß seine Kollegin auf meinen Anruf ...
„Ah, Sie haben Glück. Gerade kommt sie. Bleiben Sie dran! ...“
„Dr. Freudel hier.“
„Bär. Entschuldigen Sie die Störung. Wir haben vorgestern miteinander gesprochen und ...“
„Gut, daß Sie sich melden. Dann brauche ich Sie nicht benachrichtigen zu lassen. Ihre Mutter wird morgen in die Reha-Klinik nach Bad Orb verlegt. Am besten, Sie setzen sich mit der Klinik dort in Verbindung.“
„Oh, das ging aber schnell.“

„Ich sagte Ihnen ja bei unserem letzten Gespräch, daß wir für Ihre Mutter nicht mehr viel tun können. In der Reha-Klinik ist sie sehr gut aufgehoben."
„Vielen Dank, Frau Dr. Freudel. Auf Wiederhören!"
Horst legt erleichtert den Hörer auf. Er hofft, daß es mit seiner Mutter wieder aufwärts gehen wird. Aber er weiß auch, daß er sich in nächster Zeit um einen Heimplatz kümmern muß. Wenn seine Mutter ihn dann vielleicht doch nicht braucht – umso besser. Gerade vor kurzem hat er wieder gelesen, wie lange die Wartelisten für die Aufnahme in Pflegeheimen sind. Außerdem möchte er sich auch in Ruhe selbst davon überzeugen – soweit man das als Außenstehender kann –, daß seine Mutter in ein Heim kommt, in dem sie gut untergebracht ist und gepflegt wird. Auch da sollen von Heim zu Heim gewaltige Unterschiede bestehen. Erst neulich erzählte Meike Noh in einem Pausengespräch in der Schule von schockierend unhygienischen Zuständen und liebloser Behandlung in einem Heim, über das ihr eine Sportfreundin aus ihrer Volleyballgruppe berichtet hat.
Nach dem Telefonat mit Dr. Freudel versucht er Rechtsanwalt Klephan in seiner Kanzlei zu erreichen.
„Der Herr Rechtsanwalt ist leider nicht da", sagt ihm eine Kanzleiangestellte, „aber ich soll Ihnen ausrichten, Sie möchten nach fünf hier in der Praxis noch einmal anrufen. Sie könnten es aber auch am frühen Abend in seiner Wohnung versuchen."
Gut, dann wird er jetzt zu Barbara fahren. Den Zweitschlüssel für die Wohnung hat er, falls sie noch nicht zu Hause sein sollte.

„Evi und Sandra wissen Bescheid. Ich habe ihnen alles gesagt."
Mit dieser Neuigkeit überfällt Barbara Horst, kaum daß sie ihm die Wohnungstür aufgemacht hat.
„Du hast schon wieder mit ihnen zusammengesessen?"
„Nein. Aber komm erst mal rein!" fordert sie ihn auf. „Wir müssen ja nicht zwischen Tür und Angel reden."
Barbara schließt hinter Horst die Tür.

„Evi hat mich nach der Schule im Lehrerzimmer abgepaßt und gesagt, sie müsse mich kurz sprechen, ich solle mit ihr in ihr Zimmer gehen. Ich habe nicht gleich geschaltet und nachgefragt, ich bin davon ausgegangen, sie wolle was Dienstliches mit mir besprechen. Als ich in ihrem Zimmer aber Sandra gesehen habe, wußte ich, daß es um nichts Dienstliches ging."
„Eigentlich hättest du dir doch denken können ..."
„Ja, ja, natürlich hätte ich. Aber ich hab's halt nicht."
„Ging es wieder um Birgit?"
„Auch. In erster Linie aber um dich."
„Du hast von uns ...? Sie wissen ...?"
„Ja", nickt Barbara, „sie wissen. Es war ein spontaner Entschluß, ihnen alles zu erzählen. Und warum auch nicht? Warum sollen wir aus unserer Beziehung ein Geheimnis machen? Auf Dauer können wir damit ja doch nicht hinterm Berg halten."
„Auch nicht vor dem Kollegium."
„Bist du jetzt sauer?"
„Quatsch!" wehrt Horst energisch ab. „Erinnere dich! Ich war schon letzte Woche dafür, es deinen Busenfreundinnen zu sagen. Da wolltest du noch nicht."
Barbara gibt ihm einen züchtigen Kuß auf die Wange.
„Über unsere detektivischen Aktivitäten hast du ..."
„Darüber habe ich natürlich nichts erzählt. Das ist ja auch eine andere Sache. Hast du Rechtsanwalt Klephan angerufen?"
„Vorhin war er nicht in seinem Büro. Wir sollen es später noch mal versuchen."
Im zweiten Anlauf – um halb sechs – meldet sich Klephan. „Gerade hatte ich ein Gespräch mit Hauptkommissar Bechler." „Und", drängt Barbara, „hat Glogauer gestanden? Sitzt er?" „Die Sache hat eine überraschende Wendung genommen. Kommen Sie doch bei mir in der Kanzlei vorbei. Sie können gleich?"
„Ja, natürlich. Aber was meinen Sie mit überraschender Wendung? Man hat ihn doch nicht laufenlassen?"
„Glogauer hängt mit drin in der Sache, allerdings anders. Kommen Sie gleich, Frau Sailauf! Dann erzähle ich Ihnen alles

in Ruhe. Ich war genauso überrascht wie Sie, als ich es vorhin erfahren habe."
„Gut, wir machen uns sofort auf die Socken."

Auf der Rückfahrt von Klephan zu Barbaras Wohnung herrscht minutenlang Funkstille zwischen beiden. Horst tut so, als sei er mit der Konzentration auf den Verkehr voll beschäftigt. Barbara sitzt, starr geradeaus schauend, neben ihm.
Als erster findet Horst seine Sprache wieder.
„Glogauer ist erledigt. Ist das nichts?"
Sekundenlang hat es den Anschein, als ob Barbara auch weiterhin keine Anstalten machen will, etwas zu sagen. Plötzlich aber dreht sie ihr Gesicht Horst zu.
„Hast du nicht gehört, was Klephan gesagt hat? Er ist frei."
„Aber jetzt ist alles rausgekommen. Seine Schweinereien mit den Mädchen. Auch wenn die Sachen verjährt sein sollten. Als Pfarrer ist er erledigt. Die Kirche kann nichts mehr zudecken und vertuschen."
„Trotzdem."
„Barbara, sieh das Ganze doch nicht so pessimistisch! Ohne deine Hartnäckigkeit wäre Glogauer weiter im Amt, und Hafler wäre für alle Birgits Mörder."
„Glogauer lebt, Hafler ist tot."
„Daran können wir doch auch nichts mehr ändern."
„Und deswegen kann ich nicht zufrieden sein."
„Ich sag ja auch nicht, daß wir zufrieden sein können. Aber wir haben dazu beigetragen, daß die Wahrheit rausgekommen ist."
„Wahrheit", lacht Barbara auf, „ein großes Wort. Wissen wir denn, ob es nicht doch Glogauer war."
„Bitte nicht schon wieder diese Diskussion. Ich dachte, darüber hätten wir bei Klephan ausgiebigst gesprochen."
„Dann nimm aber auch das Wort Wahrheit in diesem Zusammenhang nicht in den Mund."
„Ob Glogauers Schwester oder vielleicht doch Glogauer, Hafler ist auf jeden Fall rehabilitiert."

„Posthum."
„Wahr ist auf jeden Fall, daß du eine unverbesserliche Pessimistin bist."
An der nächsten roten Ampel schnallt Horst seinen Sicherheitsgurt ab, beugt sich zu Barbara hinüber und küßt sie auf den Mund.
Barbara läßt das nicht nur widerstandslos geschehen, sie schlingt ihre Arme um ihn und hält ihn fest. Auch dann noch, als die Autos hinter ihnen ein Hupkonzert veranstalten.